巨眼さぁ往く〈うどめさぁゆく〉

阪口雄三
Sakaguti Yuzou

元就出版社

はじめに

西郷を書こうと思って「巨眼さぁ開眼」と題して書き出した時は、もうよい加減老年でもあるし、西郷の一生を書き終わることは出来なくともよいと思っていたが、さて書き終わってみると、もう少しと欲が出て、今度は西郷にとっての最高の見せ場であり、勝海舟と談笑のうちに決めたと言われる「江戸城明け渡し」の場面まで辿り着かねばと思った。

だから初めは躊躇《ちゅうちょ》して書き出したのであったが、だんだんと勢いがついて、それが騎虎《きこ》の勢いとなり、とうとう城山で戦死する最期まで行き着くことになってしまった。

私なりの名場面を演出したかった。

書き出してゆくと高杉晋作が出てくる、坂本竜馬の活躍は是非とも書かねばならなくなってくる。何とかうまく書きたいと心に念じた。

幕末、明治の始めは、とにかく現在とよく似た所がある。それは世の中が濁っており汚いことだ。こんなところにいる人間はやはり汚い所が好きなのだろうか。そう思って、テレビでしか観たことはないが、人気のある女性の元外務大臣を観察すると、お世辞にも綺麗（外観ではない）とは言えない。不正追求で勇名を馳せた女性議員も外見とは裏腹に濁り切っていた。

でも多くの人々は綺麗なもの、清いもの、美しいものを求めていることは確かで、近頃流行の「ガーデニング」の人気が高いのはその現れであろうと思ったりする。

本当に清いものを求める声が高まれば、強さを秘めた清らかさを持つ人物に行き着くはずである。複数の次期首相候補と目される人物が蠢動《しゅんどう》するが、そんな人でないことは西郷隆盛を知れば自ずとハッキリする。

強くて清くて頼り甲斐のある人物はまだまだ出てくれないし、西郷を知りたい、求めたいとする声がもう少し高くなるまで待てないような気がする。

西郷は天保八年二月十九日（西暦一八三七年）、大坂で一揆を指導し、世に言う「大塩の乱」を起こした大坂天満の与力・大塩平八郎を高く評価していたと言われる。

西郷はその時まだわずか数え年十一歳で「うす馬鹿」と蔑《さげす》まれていた頃であるが、大塩に強く清いものを感じ、自身も強く清い人になろうとしたに違いない。そしてうす馬鹿と言われていた大方の予想を裏切って大物として頭角を現わして来たのである。

この乱から十五年後にアメリカのペリー提督が下田に来航し、そのまた十五年後の明治の世へと進むこの三十年の間、日本の改革を一身に背負ったと知れば、まさに時代の申し子と言える人物であったと思われる。

うす馬鹿と呼ばれ、お人好しで、真面目と誠と勇気だけが取り柄の、そんな人物の往く道を探って、巨眼さぁ・西郷の後半生を追ってみた。

巨眼さぁ往く——目次

巨眼《うどめ》さぁ往《ゆ》く

装幀――純谷祥一

第一章――再生長州藩

其の一　高杉晋作の蹶起

『幕府が大軍を擁して長州様を征伐に来ると吐《ぬ》かしてるが、この際、百姓でも町人でも誰でも、この国を守って見せるちゅう気概のある奴は集まって来い。幕府の腰抜けと一戦してもわしは絶対負けはせん。この高杉を信じてついてこい』

高杉のこの天をも衝く意気込みに奇兵隊を始めとする諸隊は、

『腰抜けの俗論党の椋梨《むくなし》や財満《ざいま》が幕府と結んだ講和条件には、我らは絶対承服出来ん。こうなりゃ、アイツらの首を刎《は》ねて我らで藩政を牛耳らねばならん』

『おう、そうと決まれば、五人のお公卿さんをアイツらに奪われてはどうにもならん。すぐさま我らでお護りしよう』

『はや、奇兵隊がお公卿さんを擁して功山寺へ入ったと言うぞ。遅れてはどもならん。我々も功山寺へ駈け付けよう。急げ』

講和締結を前にして奇兵隊を始めとする諸隊は暴れだしてきた。

奇兵隊及び諸隊を牛耳るのは高杉晋作である。晋作は奇兵隊の創立者であり、自らは開闢《かいびやく》総督と称して諸隊の上に君臨していたし、皆もそう認識していた。不羈《ふき》奔放な行動を以てする晋作は、保守派の重役に疎《うと》まれ、ついに藩主の怒りを買い、居場所を転々と変えている留守の間は、総督は秀才で目端《めはし》の利く赤根武人が務めていた。

晋作は常に潜伏先から同志との連絡は絶やさなかったが、長州藩の浮沈にかかわる今度の征討もあらかたメドがついて征討軍が引き上げるとなれば、今こそ長州藩の実権を握る絶好のチャンスである。二度とない重大な局面に差し掛かったとみて、総督の赤根ととくと話し合わねばと思っていても、なかなか連絡は取れずやきもきしていたが、ようやく赤根と会うことが出来た。晋作は赤根の顔を見るなり怒鳴った。

『おい赤根、今なんで起たんのか。ぐじぐじしている時ではないぞ』

『高杉さん、まだ時機ではありません。今はいったん藩政府と同調して時を待つべきです。我々には金もなければ食料もない。あんたの言うように藩政府と戦って勝てるはずはない。それより高杉さん、あんたは妾を連れてのうのうと遊び回って少しでも奇兵隊のため、鉄砲なり大砲なりを揃えてくれましたか。それでこのわしによくもそんな意見が言えたものよのう』

この言葉を聞いて晋作は頭に来た。癇癪玉《かんしやくだま》が破裂した。

『おぬしは戦機というものを知らんな。いつからそんな腰抜けになったのじゃ。征討軍が引き上げにかかって、藩政府ももう戦さはないと気の弛《ゆる》んだこの今こそ勝機と言うもんじゃ。勝てない、駄目じゃとは三つの子供の言うことよ。わしの言うことをよう聞け。武器や金は藩政府から獲ってくればええんじゃ。兵の人数がどうのこうのと言うのは誰でも言うことじゃ。勝敗は兵の数で決まるのではない、やると決めた気迫の兵がいるかいないかで決まる。今こそ一戦して俗論党のヤツらの首を挙げて、長州藩は討幕に向かって蹶起《けっき》せねばならん。これからわしのすることをよく見ておけ』

傍《かたわ》らにいた監軍の山県狂介（有朋）も、

『高杉さんの言う通りじゃ。赤根、今頃そんな弱腰では戦さは出来ん。やる気があるのか無いのかはっきりせんかい』

高杉と山県は一緒になって赤根を「臆病な振る舞いではないか」と罵倒《ばとう》した。

『お前のような奴は総督の値打ちはない。辞めろ』

晋作は怒り狂った。目は血走り眉はきりりとひきつっていた。山県を指差し、

『今日から狂介、お前が総督になれ』

かくて山県は総督となり、功山寺に拠って蹶起したのであった。

西郷は高杉が破天荒な一戦を試みて藩政を一新しようとしているとは知らない。

征討の最後の詰めの段階に来て、予期せぬ奇兵隊が起こしている騒動の最中とはいえ、講和とは一筋縄で行かないものと決めている西郷は動じない。総督府会議の席場で西郷は、

『まずは講和を成立させることが先決でごわす。とても長州藩の内訌《ないこう》の面倒まで見切れん。おいが馬関に行って奇兵隊や諸隊の幹部と話し合い、彼らの言い分も聞いてやらねば纏《まと》まる講和も纏まらんことになりもす。時機を失してはないもはん』

『おいはこれから馬関へ行こう思いもす』

『せごどん、そりゃ危うか。おはんは気やすくそう言うが、馬関へ行ったら命が幾つあっても足りもはんぞ』

吉井の声には重々しい響きがあって、親友を案ずる気持ちがその眉根《まゆね》にも表われていた。

『それじゃから行くのでごわす。命を預けてこそ、相手もおいの言うことも解ってくれもす。ここは何としても行かねばなりもはん。今こそチャンスでごわす』

西郷は皆の言葉に耳を藉《か》さずに「行く」と言い張った。

『おはんがそいほどに言うならおいも行きもす』

西郷は吉井と税所と共に馬関へ乗り込んだ。

何度も言うが、薩賊会姦と叫んで、薩摩を憎むことの激しさは、想像以上の危険な敵地の真っ只中へ、乗り込んで行く西郷の命を捨てた真の勇気には、敵も味方も誰であっても称賛しない者はなかった。真っすぐ奇兵隊の山県を尋ねた。

『山県さん、おはんも、おいも尊皇の心に変わりはなか。今は敵味方と所は替わってもお国を思う心にはこれまた変わりはなか。今まで戦さを避けて来たのもこんためでごわす。戦さをすれば、どちらが勝とうが困るのは民百姓じゃ。おいども総督府は長州藩との講和はすでに終わっていもす。おはんたちと干戈《かんか》を交えることは望んではなか。おいが保障しもす。ましてこの寒空での滞陣は兵どもにとっては辛かろう。考えてみてくいやれ。お頼みしもす』

『西郷先生にそこまで言われては、考えんわけには参りますまい』

西郷の命を賭けた誠意がその態度と言葉の中に現われ、同時に伝わってくる温もりは、さしも過激な奇兵隊の幹部の心を和らげて、あくまでも五卿の動座に反対する固い心をも次第に溶かしていった。ついに長州の問題は征討の局外に置くこととして決着し、ここにさしもの講和も成立したのであった。

この講和の話し合いの最中に晋作らの挙兵があり、藩内は二つに割れて抗争することになっていたが、それは他藩の内紛として征討軍は関わらないと纏めた用兵は、まさに孫子の「敵を知り己れを知るは百戦危うからず」の兵法に適《かな》ったものと言えよう。かくて、さしも難航した講和も整い、解兵に踏み切ることが出来たのであった。

その後の長州藩の内紛はますます烈しくなるばかりであった。

高杉晋作は咆えた。

『おい、これから馬関の奉行所を襲って、軍資金を分捕《ぶんど》るんじゃ』

『高杉さん、本気か。勝てる自信があるのか』

『ぐずぐず言うな。俺についてくる奴だけでよい。行くぞ』

征討軍がまだ国境の雪の降る寒空の下で、滞陣している元治元年十二月十五日、高杉晋作の蹶起の命に同意した八十余名の決死の一隊が、夜陰にまぎれて喚声を挙げて奉行所に雪崩込《なだれこ》んで、たちまちここを占拠《せんきょ》してしまった。高杉は怒鳴った。

『ついでに藩の軍艦を捕ってこよう。命のいらん奴はついてこい』

余勢を駆って三田尻の海軍局を襲ったのは、晋作を含めて僅かに十八人であったが、三隻の小舟に乗って藩船に忍び寄り、やにわに歓声を挙げて斬り込むと、寝込みを襲われた藩兵はわれ勝ちにと逃げ惑い、ある者は海へ逃れ、ある者は降伏し、たちまち三隻の藩船を奪い取って帰ってきた。決死の襲撃に成功した十八人の勇士の、体の底から突き上げてくる歓喜の雄叫びはいかばかりであったろう。

このことが藩政府に知れると、せっかく出来上がった講和が崩れることを恐れ、俗論党は直ちに晋作らの部隊の掃討を藩主の命令として出した。

晋作は征討軍が晋作らの蹶起を他藩の内紛として処理し、引き上げるなどとは予想もしていない。晋作にとってはそんなことより、ただ腰抜けの保守派の俗論党が、藩政を握っていることが我慢ならなかったし、晋作自身はこの一戦には勝てると踏んで賭けに出た戦いであった。
「わしらは高杉さんにはついて行く、やるしかない」と決死で戦った者たちは、予期せぬ勝利に酔い痴《し》れていた。その彼らが次に聞いたのが、藩主からの追討命令であると知らされた時は、始めは「馬鹿な」と一笑に付し、次には「待てよ」と半信半疑になって首を傾げ、「真実だ」と分かると、晋作も兵たちも、体の中から噴き挙げてくる男としての怒りは烈しい憎悪に変わった。

『君側の奸とは、我が身大事の俗論党の奴らじゃ。わしゃ暴れ回ってやるぞ』

晋作ならずとも男なら立ち上がるであろう。

まずは一撃で馬関の奉行所を制した。ここは藩にとっては金融、経済関係の越荷方がある。晋作らはまず軍資金の確保を計ったのだが、さらに今後の戦費の調達のために、付近の大庄屋や金持ちから借金し、着々と戦備を整え、俗論党が支配する萩の藩政府軍を攻撃してまたもただの一戦で撃退させてしまった。

ついに晋作によって点《つ》けられた導火線の火が長州の火薬庫を爆発させるに至った。

この晋作らの蹶起を知った西郷は、

『おいは初め、この高杉らの暴発は、かえって幕府の権威を強めるだけではないかと憂慮した。この際、長州藩を徹底的に叩いて無力化して仕舞うべきだと考えて、決死の覚悟で長州に乗り込み、長州の内情を実地に見聞してみっと、藩政府の首脳のやっていっことは、腐り切った幕府の者たちとまったく変わっていないことが分かった。その反対に暴発組と議論をしていっうちに、これの方がこれからの目的に向かって、正しい行動をしていっのではなかかと考えるようになりもした。

おいの長州征討の処方に変化が起こったのは、おいの考えが変わったのではなか、周《まわ》りが変わってきたのでごわす。この暴発によって、ほとんど出来上がっていた講和条件も、一時は瓦《が》解《かい》寸前にまで追い込まれ、死ぬより辛い右往左往を繰り返しもしたが、この世は一寸先は闇で、時代が我々の思惑とは関係なく動いて行く。人間の先見の明など多寡《たか》が知れていもす。大事とは何かを見極めっのは人間のようだが、大事を決し誤りなく先へ進めて行くのは、人間のようであって人間ではなか。総ては天地の運行に左右されているものだ。人間などのすることは、自然は見抜き見通しで児戯《じぎ》の類にしか過ぎんのではなかか。驕慢《きょうまん》の心や欲心が起こっては舵取りを誤る。島での教訓を忘れまいぞ』

今になって考えれば自分は遠回りしたようにも思えるが、所詮、人間のすることは間違いばかりである。西郷は反省と懺悔を繰り返していた。

『先見があるの賢いのと言っても、人生は自然任せではあるまいか』

薩摩藩も西郷が沖永良部島から帰って、大久保と手を握り、藩政を彼らの同志で掌握《しょうあく》するようになったが、奇しくも長州藩も高杉の活躍で藩政を高杉や桂らの若手が握ることになったが、これこそは西郷の言う天の配剤《はいざい》であろう。

兎もかくも第一次長州征討は終わった。

征討軍が引き上げてしまうと、晋作らの活動は、一斉に俗論党のいる萩の藩政府軍の一掃に向けられ、またたく間に蹴散らしてしまった。もはや長州の天地に晋作に刃向かう何者もいなくなった。晋作は諸隊を重要拠点に配備して、臨戦態勢を布くと共に、軍律を厳しくして民心の安定を計った。事実、軍律に違反した者には切腹を命じている。次の一戦に備えて武器弾薬の確保と整備に務めた。

高杉晋作の活躍は長州藩を再生させ、自身、政治的、軍事的の最高責任者になった。本来なら晋作は萩に本陣を構えて、今後起こってくるであろう様々な事件に対処しなければならないのであったが、意外にも洋行すると言い出した。外国へ行くと言うのである。

ここが晋作の晋作らしいところであった。

『地位や名誉など糞食らえ。欲しけりゃやる』

言い出したら聞かないのが晋作で、子分の伊藤俊輔（博文）を連れて、まずは長崎へ乗り込んできた。ここでグラバー（武器商人）に上海に渡る相談をすると、グラバーは、

『高杉さん、今から外国へ行くのはやめ給え。そんな時機ではありません。それより長崎に来る船を増やして、もっと儲《もう》けなさい。お金が要《い》るんでしょう』

言外に馬関（下関）を開港しなさいと教えられ、洋行は思い留まった。

晋作という男は迷走する猛台風のようなもので、その行動は速い。考えるより先に行動に移っている。早速《さっそく》、馬関を開港して貿易をしようと準備しだした。他人の思惑などそっちのけである。当然反対する者が出てくる。開港によって利益を失う者たちは、晋作を暗殺しようと画策しだした。この報《しら》せを聞いた晋作は、

『ここでうろうろしていたら、命が幾つあっても足らん。逃げの一手じゃ』

妾のおうのを連れて四国へ渡り、道後温泉に浸り、こんぴらさんで名高い琴平で、俠客《きょうかく》の日柳燕石《くさなぎえんせき》の庇護を受けて遊んでいた。金は藩から渡航費用として預かった一千両もの大金を持っていて不足はない。女を連れての物見遊山であった。命を狙われつつ豪華な旅を楽しむ晋作に寄り添うおうのは、女冥利に尽きる思いであったろう。晋作はここでしっかり充電した後、一世一代の大活躍を始めるのである。

其の二　長州再征前夜

幕府では第一次長州征討によって長州藩に下した罰は手緩いとして、四月八日に元号が代わったばかりの慶応元年四月十二日、再度、長州征討を発令した。発令はしたが、幕府も各藩大名共に内実は乏しく、戦費は無いに等しかった。

幕府は江戸と大坂の大商人に献金を命じるが、はかばかしく集まってこない。諸藩も同じで重い腰は上がりそうになかった。

やっと慶応元年十一月七日、紀州侯徳川茂承が征討先鋒総督を引き受け、彦根藩以下三十一藩の大名に出兵を命じた。続いて翌年の一月十四日、徳川慶喜は朝廷に参内し、毛利藩主父子の朝敵の罪名を除き、所領十万石を削り、父の敬親には隠居慎を、子の広封には永蟄居《ちっきょ》を命ずるよう奏請した。

この少し以前から、長州藩主父子が罪をうけ、罰として所領も削られるとの噂が長州に流れてくると、奇兵隊を始めとする諸隊は、

『絶対、承服出来ない。もはや、戦さにかけて謂《いわ》れなき罪の雪辱《せつじょく》を期さねばならぬ』

と奇兵隊や先鋒隊など諸隊が実権を握った藩当局は、丹後の出石で荒物屋に潜伏していた桂小五郎を呼び返して藩政に参与させ、戦術家の大村益次郎を軍事の指導者として、軍略、軍備の調練、整備に乗り出した。

しかしながら、実際の幕府の大軍を迎えて戦闘になった時、勝つ戦さの出来る者といえば長州に人材多しといえども高杉晋作をおいて他にはいない。藩政府は晋作に白羽の矢を立てて呼

び返した。

『とうとう出番が来たか。おうの、ついてこい』

晋作は妾のおうのを連れて山口へ帰ってきた。何とも格好がよく、胸の透くような光景ではないか。晋作でなければこの絵は様にならない。

これから桂と組んでの大活躍が始まったのであるが、ここで目を薩摩に向けてみよう。

西郷は元号が慶応と代わる少し前の元治二年一月、長州へ出兵していた薩摩軍を率いて鹿児島へ凱旋《がいせん》し、国父久光に報告を済ませ、すぐに大久保を始めとする藩首脳と次善の策について協議に入った。珍しくまず西郷は口火を切った。

『今度の戦さで、おいが執った講和に一橋様と会津中将様は手緩いとご機嫌斜めでごわしたが、おいには征討総督様はじめ征討軍に参加している各藩首脳の嘆き、それはほとんど金がない愚痴《ぐち》ばかりでごわしたが、このまま戦さが長引けば、当然、我が藩が主になって戦う羽目になっのは目に見えていもす。そうなれば会津とは離れられんこととなりもす。苦心して何とか会津とは手切れが出来もしたが、今後をどうすっかでごわす』

幕府はたしかにその力は弱くなっているとは言うものの、薩摩藩一藩ではどうなるものではない。誰の思いも同じであった。しばらくの沈黙が続いた。やがて大久保は、

『せごどんの今回の功は絶大じゃ。おい共はよか相手を探して幕府を追い詰めて行かねばなりもはん。せごどんは肥後藩は駄目じゃと言いなさるが、あそこには長岡監物様もおられて、藩の舵取りは誤りのないお方と聞いている。おいもせごどんに連れられて一度お会いしたことがあったが、申し分のないお方であった。せごどんが今度の戦さで芸州の辻将曹どのや、岩国の吉川監物どのも相当なお方と言われっから、我が藩もそれらの方々と誼《よしみ》を通じておくのが良策

でごわしょう。また折りにつれ、事に際して朝廷を助けて幕府を追求し、我が藩の尊皇の真心を見せておく必要がありもす』

と、皆の意見を聞いたところ、

『それがよか。それで行こう』

話はたちまち決定したが、西郷の見てきた長州は、とても敗戦でうちひしがれた様子が見えなかったとの話から、長州を敵に回して一戦する愚は避けねばならぬ。薩賊会奸《さつぞくかいかん》と叫んで薩摩に敵対する今の長州との関係については、一層配慮せねばならぬと西郷と大久保の目は早くも長州に注がれていた。大方針を決めるのは西郷が得意であり、その方針の実行に伴う諸手当てに関しては大久保に適《かな》う者はいない。二人の歯車はがっちり嚙み合って一分の狂いもなく順調に回転していた。

こんな時に西郷に再婚話が起こってきた。西郷の日夜の激務ははなはだしく、とても独り身では持ち堪《こた》えられないと、友人知己がよりより集まって話をどんどん進めてきた。西郷は奄美に残した妻子のことが頭から離れられず、なかなか承諾の返事をしなかったが、ついに慶応元年一月二十八日、小番・家老座書役の岩山八郎太の娘、絲子と結婚した。この時、西郷は三十九歳であった。

西郷はすでに薩摩藩では側役を勤める大層な身分であったが、妻の実家の家格は小番で、西郷家より遙かに上位であるが職責は家老座書役に過ぎない。西郷家も元はといえば最下級の小姓組で、今でも借金も返せない貧乏暮らしであり、とうてい立派な結婚式は挙げられない。親戚身内だけが集まり、媒酌人には家老の小松帯刀がなってごく質素に済ませた。

西郷は多忙である。一日として寛《くつろ》ぐ日はない。

いよいよ幕府は長州再征討に動くとのニュースが入った。ちょうど、二月二日、藩主より筑前福岡で潜居《せんきょ》している三条卿はじめ五卿の待遇を改善させるため、福岡へ出張せよと命ぜられたのを機に、その足で京へ行くことの許可も貰《もら》った。

鹿児島で薩摩藩側役の蓑田《みのだ》伝兵衛と相談し、慶応元年二月六日、村田新八を伴って太宰府へ行き五卿と会って善処を約束し、五卿警備の関山新兵衛らと、五卿の進退、護送の警備について話し合った。これらの懸案を解決する任務も帯びて、西郷は三月五日に博多を出発し、十一日に京に着いた。

さっそく、京都藩邸で首脳者会議を開き、即座に幕府の再征討には反対、出兵も断固拒否で貫くことを確認し、四月二十二日、家老の小松帯刀と藩船胡蝶丸で薩摩へ取って返した。

国元でも今は薩摩の勢力を温存して次善に備え、幕府の出兵要請には断固反対の意見で統一し、難しい久光や保守的な島津一門の了解を取り付けた。

この時、藩主より大番頭、役料高・百八十石、一身家老組に補された。土佐の坂本竜馬が西郷に同行して鹿児島へ入ったのはこの時である。竜馬は小松、西郷に薩摩と長州が手を組むべきであると熱心に説いたと察せられる。

一方、西郷は今後の長州対策のため、すでに長州の内情についてかなり詳しく調べていた。何故なら幕府の長州再征が必至となっている時でもあり、それに対する処方はすべて自分に課せられるはずで、諸方へ隠密を放ち、人とも会って確かめていた。

幕府が諸藩に長州再征討を発令したのが、四月十二日であるから、薩摩藩の隠密を縦横に放って情報を得ていた西郷の手配と決断が如何に素早かったかが分かるだろう。

この薩摩藩の動きに対して、幕府の対応の不手際と威令の行き届かぬ有様は見ていて哀れでさえある。大きいだけで装備も古く乗組員の訓練も出来ていない軍艦に似ていた。

薩摩藩が動かぬと解れば、もはや、各大名の腰も引けてしまい、お互いの様子見に終始する。御三家、譜代大名とて体面を気にするばかりで戦さどころではない。一般大名に至っては、先行きを思案して疑心暗鬼《ぎしんあんき》に明け暮れていた。

幕府は確かに焦っていた。金もなければ軍備もととのわない。諸大名に昔のように威令を行き渡らせ叱咤《しった》するにはどうすればよいのか。知恵を絞って考え出されたのが、緩《ゆる》めていた参勤交代の制度を復活させることだと、過ぐる元治元年九月一日に発令していたが、逼迫《ひっぱく》する藩財政に苦しむ諸藩が守れるはずはない。幕府は諸藩が守れるはずはないことにさえ気がつかない有様であった。

西郷はこんな腐り切った幕府でも、また旧来の制度のままでも、舵の取りようではまだまだ隠然たる勢力があると見ていた。

京へ先着していた大久保、小松帯刀は薩摩藩の枢機《すうき》に参画する岩下方平、吉井幸輔、税所長蔵らと、知恵を絞って薩摩藩の今後の行動が容易に行なえるように、朝廷始め諸方に働き掛けていた。特に言うまでもないことだが、常に西郷の影に隠れて、参謀の役目を十二分に果たす大久保の時勢眼は、鋭くかつ正確無比で、そこから出る指令は一つとして無駄がなく誤りがない。西郷が着いた時には全ての下工作は出来上がっていた。

それは西郷と大久保が鹿児島で相談したものを、京に先着した大久保が二条関白と慎重に協議し、関白も三回も朝議を開いて決定して、京の所司代へ勅書として渡した。その内容は大体以下のようである。
一、毛利父子を江戸へ呼び付けることはしばらくそのままにせよ。

一、五人の公卿を江戸へ差し立てることをせず、そのままにしておくこと。
一、元治元年九月一日に発令した参勤交代の制度の復活は、そもそも初めに参勤交代を緩めたのは、幕府が朝廷に勅命を請い奉り命令を出したのであって、朝廷の許可なく変更することなどは以てのほかであり、文久二年改革の通りにせよ。
　右の件はそれぞれ朝廷より書付をもって命令されるようにする。

　いずれも幕府の弱点を正確に衝いた工作であったが、この格別に難役とも言うべき諸工作を、大久保はいささかの遺漏もなく運んでいた。

　特に参勤交代の件については、幕府への勅令を老中に持たせて江戸へ差し出させる約束までさせていた。

　もはや、幕府は薩摩藩の実力の前にはなす術もないほど弱体化していたとはいえ、幕府にも人物がいないわけではない。一橋慶喜がいた。

　慶応元年閏《うるう》五月二十二日、将軍がきらびやかな軍装で京に入ってきた。この美々しく勇壮な上洛を見た公卿たちは早くも動揺し出していた。この事態を憂慮《ゆうりよ》して大久保は先手を打って朝廷工作を遺漏《いろう》なくしていたのであるが、ここに来てせっかくの朝廷工作も覆《くつがえ》されるような形勢になってきた。

　朝廷は大久保の進言によって、閏五月二十二日に先着の一橋卿、会津侯、桑名侯の三大名を朝廷に呼び付けて、

『長州の処分については、よく審議を尽くすように。また、再度の長州征討は国内での大きな争いになるから、軽々しくするべきではない』

と申し渡した。一橋卿は、

『これは薩摩の大久保の仕業である。巻き返さねばならぬ』

と、判断し、三人はすぐさま老中を交えて、巻き返しの対策を練って、朝廷はもちろん、気脈を通じた公卿たちにもじわじわと根気よく抗議を続けて、ついに大久保が苦心して纏《まと》め、朝廷より公卿を通じて幕府へ渡した勅書は、再び朝廷に返還されることになった。

大久保の努力も水泡に帰してしまい、ツキも薩摩藩から遠退《の》いた感があった。

この薩摩藩と幕府との間で緊迫した鍔迫《つばぜ》り合いの続いている最中に、坂本竜馬らの画策《かくさく》する「薩長同盟」の話が隠密裡《おんみつり》に進められていた。


第一章・再生長州藩と第二章・薩長同盟は物語の構成上、日付が重複したり前後することがありますが御了承下さい。

第二章——薩長同盟

其の一　竜馬と中岡

幕府と薩摩藩との京での鍔迫り合い政争の真っ只中に、雲を呼び嵐をまき起こす男、土佐の郷士、坂本竜馬が登場してきた。

竜馬は江戸の桶町の千葉道場にいた頃、洋学にかぶれた勝を斬ろうと師の千葉定吉の息子の千葉重太郎の誘いに応じて勝邸に乗り込んだ。勝は玄関に立つ二人を見下ろして、

『お若いの、おいらに何か用かい』

重太郎は勝の気合いに呑まれて言葉がどもって言っている意味が分からない。

『お前さん方は、おいらを斬りに来たんでがしょう。顔に描いてある。お前さんの言うことが正しければ、おいらはいつでも斬られてあげるよ。あわてないでまあお上がり』

勝は重太郎の後で頭を掻いてふけを落としている竜馬に異状な関心を持っていた。

『桶町の若先生はどうでも、この薄汚い男は面白い奴じゃ。ちょっと説教してやろか』

勝は二人を前にして時世の趨勢を説明し、現今の若者の取るべき方途を教えた。

『日本の周りはみんな海じゃ。アメリカのペリーはたった四隻の軍艦で日本じゅうを引っ繰り返した。これからは日本は船じゃ、強い海軍を創らにゃぁならん』

海と船に異状な関心のある竜馬はその場で弟子になった。その後、航海術や蒸気機関の仕組みについて教わると共に、勝の見込み通り天性の才覚は異彩を放った。海軍奉行となり幕府の重職に進んだ勝は、文久三年四月、神戸に海軍操練所を建設したのを機に、竜馬はそれの建設から塾生の募集など、開所に向けて全般にわたって補佐していた。

この海軍操練所は、初め勝の私塾として発足させたのだが、入塾する者が増えてくるに従い、幕府から年間三千両の援助金を仰ぐこととなり、以来、幕府の所轄に移っていた。

創立の趣旨は塾生に幕臣の教育をおこなうためであったのが、勝の方針は海軍に志のある者なら人を選ばずが、良くも悪くも働いて、次第に諸藩からの留学生や浪士たちばかりとなり、時代が尊皇、佐幕に別れて混沌としてくると、反幕府的な浪人志士にとっては、よい隠れ家となって、慶応元年三月十二日、開所から二年足らずで、ついに幕府はこの塾を閉鎖することにした。

この時、勝が特に困ったのは、勝の愛弟子であり塾頭である坂本竜馬のことであった。

竜馬は土佐の脱藩浪士であり、土佐の殿様山内容堂が、将軍継嗣問題でいったんは幕府から謹慎を命ぜられて藩政から遠ざかっていたが、今度、許されて藩主に返り咲き土佐の勤王党の弾圧に乗り出していたので、竜馬もいつ捕らえられて土佐に送り返され、処刑されるかも知れないと心配した。勝は薩摩の家老、小松帯刀に話をしたところ、竜馬以下の土佐浪士を薩摩藩邸で預かることを快諾してくれたので、勝は胸を撫ぜおろして江戸へ帰った。

この頃、すでに心ある者は、なぜ長州が暴れるのか。薩摩がどうしてもっとハッキリしないのか。幕府はもうよい加減に見栄を張らずに目を開かないのかと案じ、行動力のある者は、危険を冒して三者、特に薩摩と長州の間を調整しようと活動しだしていた。

このことをもっとも早く唱え出したのは、第一次長州征討の講和が難航する時に、西郷を助けて尽力した月形洗蔵であった。筑前黒田藩の尊皇派の月形は長州再征討に際して、藩論が佐幕に一変したために捕らえられて処刑されたので、薩長両藩同盟の周旋から脱落していったが、その主張は志士の間に脈々と受け継がれていた。それが長州藩尊皇派の志士たちと深い関わりを持ち、身軽で開放的な土佐の脱藩浪士・中岡慎太郎の着目するところとなっていた。

長州人にとって薩摩は薩賊であり、会姦の片割れとして口にするも汚《けが》らわしい犬猿の仲で、薩摩との同盟など夢のまた夢の話としか考えられていなかったが、長い間吹きまくった尊皇佐幕の嵐も、風向きが落ち着いてくると、この両大藩が何時までもいがみ合うことの無駄と非常識が認識され、ここに来て、長州、薩摩の両藩にとって、今後の活動にその必要性が認識されてきた。言い換えれば時代の胎動が激しく変化してきていたのだ。

岡目八目というが、当事者たちには見えなくとも、傍目《はため》にはよく見えるもので、竜馬は薩摩と長州のいがみ合いを、

『阿呆がいつまで意地を張り、屁理屈をこねてるのか』

と、冷ややかに見ていたのであった。

一体、竜馬という男は、薩摩藩に預かってもらって恩には着ているが、その恩に対して深く感ずるとか、義理を重んずるとか、世間一般の人が持っている感覚はまったくない。土佐の横目（捕吏）がうろつく京や大坂へもしょっちゅう出歩く。恐さ知らずか無鉄砲か無神経なのか、訳の分からぬところが良かったのか、ここでばったり京で土佐勤王党の同志の中岡慎太郎と土

方楠左衛門とに出会った。正確には元治二年、一般には慶応元年一月十二日であった。

『おお、中岡に土方、生きておったかや』

『竜馬、おんしゃ（お前）、海軍塾が解散して薩摩武士になったんかいの』

竜馬は土佐藩からの追求をかわすため、髷も風体も薩摩風にしていたのだ。

三人はさっそく、酒を飲みだした。土佐人の酒の飲みっぷりは見ていても惚れ惚れする。話し声もだんだん大きくなってくる。やや落ち着いてくると、竜馬は二人に話し掛けた。

『なあ、中岡に土方よ、わしゃ薩摩に世話になっちゅうが、薩摩もこのままではどうにもならんぜよ。ここの大将の西郷さんはどない舵を取るのか知らんが、どこかと組まねばいかんちゃ。おんしゃら（お前ら）どう思う』

『坂本君、君もそう思うておったんか。僕も同感じゃ。僕は長州にいて蛤御門の戦いにも、今度の長州征討にも参加して戦ったが、いっこうに敗けたとは思っておらんぞ。長州はまだまだやる気満々じゃ』

中岡は長州で流行している君づけで人を呼ぶようになっている。

中岡と土方は熱っぽく長州の戦意の盛んなことをこもごも語った。中岡は声を落とし、

『なあ、土方、わいら（自分ら）は長州にいてたから、長州人と言うても奇兵隊の者の考えじゃが、迷わず討幕に決していることを知っている。高杉さんは幕府には絶対敗けないと言い切っている。あの人の目は千里眼じゃから、まず間違いはないいじゃろ』

『そうか、まだまだ高杉ちゅう奴はやると言いゆうがか。そんなら高杉の目は薩摩に向いてるのと違うやろうか』

竜馬が言うと、土方は、

『そう言うのは、直接関係のないわいら（われわれ）のいうこっちゃ。高杉さんの吐く言葉を聞いていると、とてもそうは思えん。高杉さんだけではない。長州の人間は第一番に西郷の腹が読めん、腹黒い奴じゃと皆言うている』

『そりゃ、当たり前じゃ。一遍捨てた女にいくら優しくしても、すればするほど、こちらを腹黒い企《たくら》みがあるのではと疑うのと同じよ。じゃがよ、幕府と薩摩と長州が三つ巴で喧嘩してたら、いつになったら形がつくやら分からん。ここは薩摩と長州が手を組んで、幕府を倒さにゃいかんぜよ』

『おう、おまんもそう言うか。薩摩の西郷さんもそう言うちゅう』

中岡は竜馬も西郷と同じことを言うと、首をひねった。

西郷に会ってその器量を知っている竜馬は、この話は持って行きようで何とかなると思っていたので、その話をすると二人もそれもそうだろうと、土佐弁丸出しで腹打ち割って話をし、ついに話は「やろう」と決まってそれぞれ別れていった。その後も三人はたびたび会い、これは我々で何とか当たってみようと相談がまとまった。さっそく薩摩の小松に会って話を切り出してみると、小松は思案顔で、

『それは結構なお話でごわすが、何分、我が藩と長州藩との仲が悪すぎる。そのお骨折りは大変でごわしょう』

薩摩にとっては願ってもない話なのだが、成功を危ぶむ態度は当然ながら、かなりの期待をにじませている様子に、「脈はある」と活路を見いだした思いで、三人は案ずるより当たって砕けろと、勇み立った。

男は一つの目標が定まると、遮二無二突き進む習性がある。この三人は中途で投げ出すよう

なやわな人間でない。命懸けの脱藩までして奔走している男たちであった。

竜馬にしても海軍塾が閉鎖されて、輩下の塾生と共に今後の方途について一思案せねばならぬが、今度の仕事は一世一代の大仕事になるに違いない。これは何としてもやらねばならぬ、うまくやれば両方一挙に片付くかも知れないと胸勘定《むなかんじょう》を巡らした。

中岡は長州の熱をさませようと、これも一筋縄で行かぬ大問題に取り組むことになった。土方は永らく長州に落ち延びた公卿と共にいて、その応接を仕切っていたから、京に居て活動することとして、それぞれ手分けしてこの仕事に取り組むことになった。

このような時、正確には慶応元年三月十一日であったが、西郷は京都藩邸に着いて、大久保はじめ在京の幹部と協議をしていた。

『せごどん、久光公と約束した幕府をやり込める件については、今、返事を待っていっところでごわす。それからせごどんもご存じの土佐の坂本竜馬、中岡慎太郎ともう一人の土方楠左衛門の三人が、長州との仲を取り持つと活動されていもす』

小松から長州との同盟の話を聞いた薩摩の首脳は、すでにそのことを真剣に検討していた。

『どれもうまく運んで結構な話でごわすな。追風《おいて》に帆《ほ》と行きたいものでごわす』

西郷は丁重にお辞儀をした。しばらく意見交換をした後、長州征討で一橋慶喜の人となりを知っている西郷は、かならず一橋から横槍が入ってきているに違いないと、そのことについて聞くと、大久保と小松はさっと顔色を変えて、

『せごどん、慧眼《けいがん》恐れ入る。実はおいと小松どんが一橋様から御呼びだしがあって、あの件は朝議を経て改めて返答すっと言うて寄越したのでごわす』

『一橋様とはそういうお方じゃ。気になさっことはごわはん。誰がやっても、どのように慎重

に運んでも、どこからでも突いてくっお方じゃ。ま、待とうかい』

手回しの良い大久保は、気になっていた勅諚の件は、二条関白邸へ返書の来る頃を見計らって出向いて行き、上洛してきた老中が朝廷からの勅諚を受けて江戸へ帰り、将軍に差し出すことになったと聞いてきた。

『やれ安心しもした』

全てが順調に運んだ大久保は三月二十二日に京を発ち、二十六日、大坂から船で鹿児島へ帰ることになった。

西郷たちは幕府からの返事の遅いのを気にしていたが、遂に四月十二日に、幕府が長州再征を決定したと聞くと、直ぐさま大坂に下り、二十五日には藩の汽船、胡蝶丸で鹿児島へ帰った。この時、西郷と共に竜馬も鹿児島に下った。竜馬の目的は薩摩藩に船を買わせて、その船を借り受ける相談であったが、先にも書いて重複するが船中では竜馬は西郷に薩摩と長州が、今こそ手を組むときであると熱心に説き続けたことは言うまでもない。

抜け目のない竜馬は薩摩藩邸にいる間、西郷と親しくなり、借船の話を持ち出していた。

『西郷さん、幕府はフランスから金を借って、軍艦は買うわ、造船所を造るちゅうは、えらい勢いぜよ』

『それはうすうす聞いて知っちょりもす』

『悠長なことを言うてはいかん。幕府がもう一ぺん長州を叩くちゅうのは金よ、金が出来たからよ』

『西郷さん、あんた、陸での戦争も大事やが、海軍を疎《おろそ》かにしたらいかんぜよ。なにせ日本の周りは海じゃからのう。そこでじゃ。薩摩も船を揃えなされ。乗組員はうちには仰山居るから使うてくれ。ほいて（そして）わしにも一隻貸してくれ。賃借料は払うきに』

『よう分かりもした。そんことは国元の者にも聞かねばないもはん』

西郷はまず大久保に話をした。大久保はすぐに返事をした。

『おはんがその坂本を見込んだのなら、一緒に国に帰って本人から直接、仕置家老に話させてみてはどうかな』

『そりぁ、よか』

神戸操練所の輩下の身の振り方をも西郷を通じて働き掛けていた。

高杉と共に姿を晦《くら》ましていた伊藤が、つい先頃、藩の要請を受けて桂小五郎と共に潜伏先から馬関に帰ってきていたが、ここへ中岡が偶然尋ねて来た。

中岡慎太郎という男は、土佐の室戸に近い柏木村の大庄屋で郷士の倅《せがれ》であるが、早くから脱藩して長州に身を寄せていた。頭脳鋭敏、大胆にして緻密な論法は、よほどの論客も太刀打ち出来ない鋭さがある上、行動力には定評がある。行動範囲は広く恐らく幕末期、もっとも多く歩いた男ではなかったろうか。長州では誰しも一目おく人物であった。その中岡が桂に会ったのが四月三十日である。

中岡は桂に会って、竜馬や土方と話したこと、薩摩の家老の小松との話の内容や態度からよい感触を得たこと、その後すぐに太宰府に行って、土方と坂本との三人で薩長連合の策を建てて奔走していることを説明し、三条公の諒解を得て、博多で薩摩藩士、黒田清綱に会って、これまでの経過を報告して諒解を取ってきたことを説明した。

何とも忙しい男である。京を出たのが二月二十三日であるから、二ヵ月ちょっとで京から福岡の太宰府へ歩き、博多へ回って馬関に着いたのだから、船旅も入れて九百キロは動いた勘定になる。薩長連合の実際の下工作に奔走したのは、実は中岡慎太郎なのである。

中岡は桂に会って熱弁を振るったが、何事も慎重で疑い深い桂は容易に信用しない。桂とはそういう男で、人は婦人のような煮え切らないところがあると評しているが、桂には長州藩という重荷を背負っている責任がある。自身は同意であっても長州藩の大半の意見を纏めるのは容易ではない。先の見える男だけに、確たる返事はいつも控えがちであった。

中岡は桂との会見が済むと馬関から船で大坂へ入り、五月一日、京へ戻って来た。折りしも、将軍が大兵を率いて長州再征討に進発すると伝えてきた。またフランスが幕府を後押しして軍備も戦費も十分だとの情報も伝わって、京は戦さ騒ぎに沸き返っていた。

『これはえらいことになるぞ』

京、大坂ではその噂で持ち切っていた。戦備未だしの長州内部をよく知っている土方や中岡は気が気でない。中岡はすぐに一策を案出した。

まずは薩摩藩に伝えて今後の具体策を急がせることである。それには何より今、帰国中の西郷に早く戻ってきて貰わねばならない。愚図愚図していられない。中岡は薩摩藩邸に吉井を尋ねて相談したところ、西郷はほどなく上京して来るという。それでは西郷を馬関で待ち合わせて、長州に案内し、長州の首脳、桂や晋作と話し合い、一気に話を進めようと手分けして行動に移ろうと相談は纏まった。

大体、知恵者と呼ばれる人は、すぐにこのように立案し実行に踏み切り易いが、これこそ「急いては事をし損じる」のであって、時と場合は人間の思うように動かない。第一長州藩も薩摩藩もまだ態度が決定していない。首脳たちは乗り気でも成否については半信半疑であることを忘れている。これまでの経過が都合良く順調であり、実現した時の効果の大きさに早くも酔っていたのかも知れない。

其の二　薩長同盟失敗

大坂から薩摩藩の汽船に飛び乗った中岡と土方、それに薩摩の家老・岩下は、閏《うるう》五月二日には薩摩の船は長州の港には入れないから、門司の近くの田野浦港に入り、土方はここで降りて長州領に入って長府に行った。明くる日、中岡が馬関の定宿で泊まっていると、坂本竜馬が来ていると報《しら》せてきた。都合はよしと、尋ねて行って今までの経過を交換し合った。それによると竜馬は竜馬で西郷と薩長連合の話をして、竜馬はこれから長州へ行って仲介の労を取ると出てきたことを語った。

竜馬と桂は旧知の間柄である。江戸での大試合《おおよせ》時代からの交際で、兵庫の海軍操練所にいるときは何度も会っていて気心は知り抜いている。桂は今や長州の藩政の中心になっている。この男と竜馬が昵懇《じっこん》であったのは、この同盟にとって何とも頼もしい限りであった。

桂と竜馬には細かい話は要《い》らない。細かい話は介添えの土方が、公卿の三条から五人の公卿の意見も同意であることを、また中岡が薩摩藩の事情を語り、長州再征討には絶対出兵拒否することなどを、時には竜馬の同意を促しながら語った。

桂は竜馬の話の大要は聞かずとも分かっているが、自分は薩摩藩のこと、西郷のことなど言いたいことは一杯持っている。ちくりちくりと辛辣な質問もすれば、大事なところではとぼけて話を元へ戻して聞きかえす。並みの脳細胞の持ち主ではないだけに、説明する方は骨が折れる。

『わしらがここに来たのは、すでに幕府の中身は腐り切っちゅうことは、お互い周知の事実じゃろ。それをも弁《わきま》えずに再征討を企てている幕府の馬鹿者には呆れるほかないけんど、ここで幕府の頭を一発どやしつけてやらねば幕府はもちろん、日和見《ひよりみ》の大名どもの性根が改まらんぜよ。こう言っては失礼ながら、貴藩も薩摩藩も一藩だけでは、その仕事はちと荷が重すぎる。ここは一つ手を組むべきじゃきに』

長州の桂にずばりと真っ向からこう言えるのは竜馬のほかにはいない。

『坂本君、幕府の腐り切っていることはよく解りました。でも長州藩は大勢の人間が犠牲になっています。薩摩ではどうでしょうか』

竜馬は桂の愚痴がまた始まったかとうんざりしたが、

『長州では大切な人が犠牲になっちゅう。そらよう解《わか》るけんど、もう生き返って来ることは出来ん。今さら言うても仕方のないこっちゃ。それより土方から三条卿の話も聞いたやろ、薩摩を見てきた中岡からの話も聞いて時代が急速に動いちゅうことは解っちゅうろ。いよいよ最後の詰めの時ぜよ。頭のええ桂さんがどうしたがぜよ』

土佐弁丸出しで核心を衝いてくる竜馬の言葉に加えて、稚気溢れるしぐさと人を人とも思わぬ大胆さに、さしもの桂も目を細め、苦笑して聞くばかりであった。

竜馬は薩摩にいる間に家老の小松に、薩摩の船を貸してもらい、その操船一切を竜馬らの元神戸海軍操練所の者が請け合い、運送業務を代行する約束を取り付け、すでに長崎に事務所も構え、薩摩藩が船を入手するのを待っているだけだと話した。

『桂さん、わしぁ長州と薩摩が手を結ぶなら、船での手伝いならなんぼでも（どれだけでも）さいて貰うぜよ』

ここまで突っ込んで来られると、桂とて愚痴ってられない。と言って諸隊の幹部とも話し合わねばなんともならない。

『坂本君、君のように身軽な者は羨ましいよ。僕らには薩摩を理解出来る者がどれだけ居るか、今はいないと言った方がよいくらいの情勢です。君の話はよく解りました。西郷さんが来てから会って話を聞こう』

竜馬は「やった」と思った。後は酒席となった。

薩長同盟は竜馬や西郷、桂といった花形の功に帰しているが、小松や中岡の功も大きく働いたことはあまり知られていない。中岡は勿論だが薩摩藩の家老、小松帯刀も傑物である。

薩摩の喜入の領主肝属氏に生まれ、後に小松氏の養子となり、大久保がその余りある才に目をつけ、久光に推挽《すいばん》してから薩摩藩の重役となって、軽輩の西郷、大久保のよき理解者となり、明治維新を推し進める上で貴重な存在となった。

質実剛健、重厚といわれる気風の薩摩藩屋敷に、一風変わった藩風を持つ土佐の侍たちが、長く逗留《とうりゅう》してはいずれ面倒なことになるのを見越して、遠く長崎に移住させ、当時としては貴重な海事技術者を、幕府の追求から保護の名目で預かって、手当てとして一人月三両二分をあてがい、船を貸し与えて商売させるなど、これまた一石二鳥の妙手ではなかろうか。

誰でも思いついても容易に処理出来ることではない。たとえ勝の頼みであり、竜馬の提案であったとしても、あの一筋縄では行かぬ久光や頭の固い国老の許可をとって、事ここに運んだ才覚は見上げたものである。

長州との同盟問題について意見を纏めた薩摩藩首脳は、国元の頭の固い保守派の島津一門の国老を説き付け、国父・久光の許可を取らねばならないが、まずは久光の承諾をとることから始めねばならない。ちょうど、三月二十六日、京での対幕府工作の進捗状況の報告のため、大久保は鹿児島に帰っていた。

『こん役目は一蔵どんにお願いすっより仕方なか。お願いしもす』

西郷、小松、岩下は大久保に頭を下げた。

『こん役目はおいが引き受けもすが久光公は大の長州嫌いじゃ。その上、公は討幕（討幕戦によって新政府樹立）ではなく倒幕で、ご自身が将軍になりたい魂胆《こんたん》を持っておられる。難しい』

久光の御前に出た大久保は、下座に座って深々と一礼した。

『恐れながら申し上げます。先の長州征討で幕府の実力の衰退はもはや歴然たるものでありますが、それにも気付かず、フランス公使の甘言に乗って再征を企てるとは、身のほど知らずにもほどがあります。国内であい戦うは、外国に侵略の隙を与え、国内の民百姓に多大の難儀を強いることとなり、軽々しく長州再征討はするべきでないとの国父様の御持論を朝廷にも申し上げ、朝廷より幕府へもきつくご命令されることになっていますが、なお、強行しようとするのは朝廷を軽んずる不逞な行為であります。

このたび、周旋する者があって、今度の長州再征討に際して、長州より我が藩と同盟したいとの申し入れがありますが、思うに、長州は我が薩摩の武力を頼みにしてのことであるのは明白であります。いかが計らいましょうや』

『その方は今度の再征討には薩摩は一切出兵しないと言ったが、まさか長州へ兵を送るのではなかろうな』

『滅相も御座いません。一兵たりとも出しません。せっかく、会津と縁を切ったのに、幕府へ加担すればこの先、幕府と心中せねばなりません。長州へ兵を出しても同じことでありましょう。我が藩が動かぬとあらば、天下の形勢を案じている諸侯は幕府につくか、我が藩に付こうかと思案するでありましょう。これこそ我が藩の望むところであります。

今度は長州からの頼みで御座います。長州が頭を下げるなら同盟してもよし、もしそうでないなら、ここはいったん突き放して、それでも付いてくればよし、ついてこないなら、長州の窮地《きゅうち》の土壇場《どたんば》で、薩摩が幕府に武力を示して牽制《けんせい》して恩義を売り、その後次第に主導権を握ってしまう方策こそ、今の長州の実力を謀《はか》る上からも、今後の我が藩のためにも上々と心得ます。さりながら同盟は今しばらくは絶対に極秘にしてこそ、その威力は大なるものがありますので、国父様にもそのおつもりでお願い上げまする』

大久保は言葉を選び、久光を持ち上げ、同盟の必要なこと、諸侯の思惑などを説明し、薩摩藩の優位を天下に示す重要な布石であると力説した。久光とて悪い気はしない。

『さすがは一蔵じゃ。よきに計らえ』

かくて久光の許可を取り、国老の口を封じてしまった。

皆の集まったところで、大久保は、

『ま、こんなところで話を付けたのだが、皆、ご不満じゃろうが、おいとしても精一杯じゃ』

『さすがは一蔵どんじゃ。余の者では大雷の落つるところじゃなぁ』

まずは一安心であった。

この後、大久保は京での情勢が切迫してきたので、四月二十一日に鹿児島を発ち、閏五月六日、大坂に着き十日には京へ入った。

一方、中岡は四月三十日、馬関で桂と会い、薩摩との同盟の話を切り出し同意を求めたが、慎重な桂は簡単に同意はしない。特に西郷が嫌いであり、彼には何度も煮え湯を飲まされていると愚痴りつつも、このたびはそんなことに拘泥《こだわ》っていられないから西郷が来たらとくと話をしようと約束した。桂もまた藩内の意見を纏めることの困難なことは、身に沁みて知っている。

さて、西郷を馬関に誘い出して、桂や高杉と会わせようと鹿児島へ急いだ中岡と岩下の二人は、閏五月六日、鹿児島に着いた。薩摩藩では、さっそく西郷を京へ出発させることとした。西郷嫌いの久光は、西郷を薩長同盟の締結に向けて出発させるに当たって、厳重に注文をつけたと思われる。

久光にすれば、先の第一次長州征討で、尾州侯は西郷を手足のように駆使して、大任を果したので、「褒美をやってくれ」と当て付けられたが、自分としては我が家来ながら思うに任せぬのが何とも口惜しい。ついつい文句も言いたくなる。

『長州が頭を下げて来るのが筋道じゃぞ。そこのところを間違うてはならんぞ』

もともと久光は長州をよく思っていない。いやそれ以上に敵視していた。西郷らは討幕でも久光は倒幕で幕府を倒し、その組織を改革して、自分が政権を握るのが最終の目的であれば、長州との同盟など以てのほかである。大久保はあのように言うが、もう一つすっきりしていない。維新改革について、久光と西郷や大久保らの意識には大きなズレがある。

『現場で実際に苦労している者と、後方にいて指揮を執っている者との、意見意識の相違はいつものことではあっが、ここはどげんすればよかか。久光公にとっておいなど物の数ではなか。困った』

西郷の胸は上下二重の黒い暗幕で覆われて重く晴れなかった。

西郷は閏五月十五日、中岡、岩下と共に鹿児島を発ち、十八日には豊後（大分県）の佐賀の関に着いた。この佐賀の関の薩摩の定宿に大久保からの書面が来ていて、京の切迫した情勢を

報じ、至急上京するようにとあった。これを読んだ西郷は、中岡が馬関へ立ち寄って桂と会ってくれと切願したけれど、

『こんどはしかたがなか。またの機会を待とう』

どうしても聞かなかった。約束を重んずる西郷の言葉の裏を読んだ中岡は、

『止むを得まい。西郷があまで言うとは、薩摩も何かと難しいのじゃな』

これで薩長連合は瓦解し、西郷の信用はガタ落ちするに違いないと肩を落とした。

信義に厚い西郷が、なぜ桂との約束を破ったのであろうかとの理由は、もちろん、久光からの厳重な注意にあるが、初めから桂とは会わない算段をしていた節がある。

まず第一に考えられるのは、普通、鹿児島から船で京・大坂へ向かう場合、東シナ海側を通って門司へ、そこから瀬戸内海を通って兵庫か大坂に着くのが一般の安全なコースであろう。今は長州とは不仲なので馬関海峡を通れないにしても、今回は太平洋側を通って佐賀の関に入港し、その後は佐賀の関からいったん南下して、足摺岬の沖を通り、紀淡海峡を北上して大坂に入ったと土方の伝記で明らかであるから、普通のコースよりも危険であり、遠回りで日数もかかる。これでは初めから馬関に寄らず、長州側とも会談を持つ配慮がなされていなかったのではと勘繰れる。

西郷は中岡や土方が熱心に同盟の必要なこと、会談に至る苦心、桂や高杉が首を長くして待っている話などを聞いているはずであるから、西郷の気性からすれば、自身は真っすぐ馬関へ出向きたい気持ちで一杯であったろう。

もう一つは、総てに抜かりのない大久保は、お人好しの西郷を一人で長州に行かせることに、何やら不安を感じたとしても不思議ではない。京の情勢が逼迫《ひっぱく》しているのは自明の事実であり、

西郷一人が今すぐ来なければどうにもならぬわけでもないが、これを理由にすれば長州も納得せざるを得ないと、京へ呼び寄せたとも考えられる。

将軍家茂が、いよいよ長州征討の勅許を朝廷から得るために上洛してくるニュースが入ったのを機に、大久保は、これによってふらつく公卿たちの動揺を押さえるためにと京へ先発してしまったのだが、当然、久光の不機嫌の当たりは残った西郷にくる。

薩長同盟の話については西郷の意見など久光には聞く耳さえ持っていない。久光の前では西郷も聞くばかりでしかない。後の維新の英雄と称せられる、西郷、大久保も当時は薩摩の国父・久光に従わねば、一兵といえども動かせない状況であったのだ。

無傷の薩摩としてはなるべくならば長州から求めてくる状況がもっとも好ましいが、薩摩は長州から薩賊と叫んで不実をなじられる弱みも確かにある。今までの経緯からすれば、薩摩はこの際、長州に誠意を以て応えねばならない立場にあるから、薩摩から歩み寄らねばならないが、それでは長州の事情にうとい久光は承知しない。久光を前にしての西郷の切羽詰まった苦しい応答は、仮面の裏で涙を流す道化師であった。

これが先ほどの西郷の泣き言であり、中岡への演技であった。西郷の下手な演技など直ぐに察した中岡は、これからの桂との対面を考えてその心中は複雑であった。

『誰にも言えることではないが、西郷も辛かろうが、ここはわしとしても辛いなあ』

何とも信義にもとる卑劣なやり方だとは思うが、振り返って薩摩の歴史、生き方にはこんなことが、しばしば散見される。

かつて、豊臣秀吉の島津征伐にも薩摩外交が効を奏して本領は安堵されたし、関が原では長州は防長二国に押しこめられたのに反して、島津はこの時も本領は安堵されている。今度の将軍継嗣問題にしても、将軍の御台所として島津一門の娘を送り込んでいる。とにかく外交手腕が格段に優れている。その上、九州の南の端に盤踞《ばんきょ》して侮りがたい武威を誇っていて、秀吉にしても家康にしても攻めても労多くして得るものは少ない。うっかりすると大怪我をする。薩摩は長年月の間にしたたかな外交戦術を自然に身に着けていたのだ。西郷としてもここは辛いところであったろう。

成らぬ堪忍をしてでも、ここは故事に言う「韓信《かんしん》の股潜《またくぐ》り」（中国前漢の高祖の功臣、武勇の人でありながら無頼の青年に辱められ、股をくぐったが後に大をなしたという故事。転じて大志のある者は目前の小事には耐えて争わないとのたとえ）にならって、久光の股を潜ってでも維新への大道を踏み誤ることは出来ないのだ。

『あえて信義に悖《もと》ることになるが、おいは一切口外出来ぬ、中岡よ分かってくれ』

口を真一文字に結んで理由も告げず、中岡にただ行けぬ、申し訳ないを繰り返すばかりであった。武士として男としてこのくらい辛いことはない。血を吐く思いであったろう。以前の西郷ならばなりふり構わず中岡と共に桂の許へ駈け付けていようが、今の西郷には維新の大業を頓挫させることが出来ない大任を負っているし、それに耐えるだけの人格も遙かに大きく育っている。幕府の命運もこの先の情勢もほぼ知り抜いている。己れを捨てねば成らぬ。大久保と交わした約束が身に沁みて苦しめてくる。

『おいも辛いが、一蔵どんもおいと久光公との間で苦しんだであろう』

西郷と言う人は常に人の身の上を慮《おもんぱか》って耐えて行く。

この時の死ぬほど辛い辛抱をする西郷の苦衷《くちゅう》を察すれば、身の置き所のないほどに悩んだ姿が彷彿《ほうふつ》と眼前に浮かんでくる。薩長同盟はかくして瓦解《がかい》したのであった。

其の三　薩長同盟締結へ巻き返し

佐賀の関で下船して馬関に駈け付けた中岡は、竜馬と共に桂を尋ねて、必死になって詫び、宥《なだ》め、説きに説いたが、桂の怒りは溶けずついに決裂となった。「覆水盆に帰らず」という諺がある。まさにその通りの結果となったが、竜馬と中岡はもとよりこれで諦《あきら》めてしまうほど単純ではない。むらむらと土佐の郷士の反骨の精神が頭をもたげてきた。

『物事はここからが正念場ぜよ。やるか』

『やらいでか。竜馬、まっこと大仕事になりゆうのう』

二人は目と目で堅く誓いあった。

桂を訪ねた竜馬は、もう一つ性根の決まらない桂に向かって一か八かの大勝負に出た。

『なあ、桂さん、西郷が約束を破るちゅうことは、武士の風上にも置けん奴じゃ。わしがおまんの（あなたの）立場じゃったら、剣を抜いたかも分からん。じゃが、わしもそこまでのぼせちょらん。土佐と薩摩の戦争になるからの。そのくらい、薩摩では、いや今の世の中をなんとかしようと奔走している者にとって、西郷は大事な奴なんじゃから斬れん。あいつの話は今は横へ置いて、立ち所に今必要な話をしようやないか。

長州はこれから幕府と戦争するんやろ、戦争には武器、弾薬が要るやろが、それをどうするんじゃ。ここは一丁わしに任してくれんかのう。わしは薩摩に掛け合って、薩摩が武器、弾薬を外国から買ったことにして、わしが船でこの馬関に運んでやろう。そうすればどこからも文句の付けようがない。新式銃で旧式銃しか持ってない幕府と戦えば、どっちが勝つか分からんおまんではなかろ。

そうするちゅうことは、薩摩の方から先んじて協力するちゅう誠意も分かってくるじゃろが。現に薩摩はわしに船は貸す、鉄砲も弾も長州へ運べと言うちょる』

竜馬は一気に桂に向かって捲くしたてた。さすがの桂も言葉はぞんざいだが、理屈は通っており、この同盟に賭ける竜馬の意気込みには圧倒された。桂は、

『坂本君、君の言うことは尤《もっと》もで、僕もその意見には従うが、薩摩の西郷の誠意が見えない時はこの話は打ち切りじゃと思ってくれ』

竜馬は飛び立つ思いであった。桂や高杉は西郷を知らない。知ればたちまち疑いは晴れることは間違いない。中岡も同じ思いであった。

『後は西郷じゃ』

二人は勇み立ち、互いに手を取り合い、何かに憑《つ》かれたように無言の見つめ合いが続いていた。

桂はまだ見ぬ西郷とはそれほどの者かとの思いで、二人をじっと見詰めていた。

それにしても竜馬の発想の転換には驚くよりほかはない。当時、武士たちには政治の世界に商売の話を割り込ませる発想など誰一人として思いつく者はいなかった。桂にしても目前に迫った幕府との戦いに勝てる自信などカケラもない。第一、武器がない、弾薬がない、軍艦がない。竜馬の言うように、これさえ揃えば何とか互角の戦いが出来るかも知れない。しかし、それを揃える手段がまるでない。今では長州の人間や船が安全に長崎へ行けないのが現状である。そこを見越した竜馬の発想はただの夢物語ではない。町人で商家に生まれた竜馬でしか思いつかない発想であった。

竜馬と中岡との最初の目論みは外れたが、西郷と大久保の企ても難航していた。

西郷は閏五月十九日、大坂に着いた。これは当時とすれば超スピードである。佐賀の関から土佐沖を通るコースで二日足らずしか掛かっていない。二十三日には京都藩邸に入った。将軍はその前日、同じく京に到着していた。何分、将軍のきらびやかな上洛の様子を見る者たちにすれば、如何にも美々しく勇壮で、京の公家たちは早くも動揺し出していた。

このために大久保は一足早く京に入って公卿たちに、以前に下しおかれた勅命を、今になって変更するようなことがあると、朝廷の権威も地に落ち、再び幕府の言いなりになると説き続けていたのだが、それさえ危ないような形勢になってきていた。

朝廷ではすでに閏五月二十二日には先着の一橋卿、会津侯、桑名侯の三大名を呼びつけて、

『長州の処分については、よく審議《しんぎ》をつくせ。また第二次長州征伐は国内での大きな争いになるので、軽々しくするべきではない』

と、厳重に申し渡していたので、これではならぬと三人は老中を交えて巻き返しの対策を練り、ついに大久保が苦心して纏め、幕府へ渡した勅書は朝廷に返還させることにした。大久保の努力も空しく消え去った。薩長同盟の話も一頓挫して、薩摩藩はツキに見離された感があった。

西郷も大久保もそのうちに吹く風も変わってくるだろうと、静観していると案の定、六月十一日、一通の手紙が西郷の許に来た。差出し人の名前はないが一橋からと解る。内容は見なくとも分かっているが、大久保に手紙を渡した西郷は笑っている。

『またぞろ、おいに今度の戦さの指揮をとれと言うことでごわそ』

『まさにおはんの言うとおりでごわすが、如何しもす』

『これは一蔵どんも人がわるるか。断わりじゃろうが』

二人は大笑いになった。

六月二十四日、竜馬と中岡は京の薩摩藩邸に西郷を訪ねて、桂と会って話をした経緯《いきさつ》を伝えて、長州との同盟を説いて確約をとった。同盟への足固めは着々と進んで行く。この後、竜馬は薩摩の小松が長崎へ行くので同行した。これが六月の末であった。

薩摩藩が出兵拒否とハッキリさせてくると、慌てるのは幕府である。只でさえ腰の引けている諸藩の統率に支障を来す。次々と出来もしない命令を発するようになる。威令が行なわれないと、ますます居丈高になるのは世の常であろう。

まず幕府は長州藩分家の吉川監物と徳山の毛利淡路守を大坂に召喚する命令を芸州浅野藩に命じた。二人は幕府に対して礼を失しないように表面を繕《つくろ》い、芸州藩にも迷惑の及ばないように工作して、ついには二人は病気を理由に出て行かないこととした。

業を煮やした幕府は、今度は長府藩主と清末藩主と毛利本家の家老に大坂まで出てこいと召喚状を発した。これに対して、まことに慇懃《いんぎん》な不参の断わり状が届いた。これにはさすがの頭の固い血の巡りの遅い幕府も頭にきた。のぼせ上がってきた。これがこの年の七月、八月頃の出来事であった。

七月初め、大久保は小松と共に久光に報告のため、いったん国元に帰って行き、西郷一人が京で頑張っていた。西郷の許には連日来客がある。態度をはっきりさせずにいるから、引く手数多の美人の辛さである。とうとう会津藩から誘いが来た。西郷は、

『会津はまだ薩摩の本心が分かっていないのか。それともいよいよ内外共に苦しくて、万策尽きたと言うところか。それならこっちも本心を見せてやろうかい』

九月初めに大久保は京に戻って来た。この頃、京には朝廷があり、大坂城には将軍がいて各

藩との折衝の場となっているので、幕府の政治は京と大坂に別れていた。かくて京は大久保に任せ、西郷は大坂へ詰めていたが、大久保からの飛報で愕然《がくぜん》となった。

『イギリス、フランスの公使らが艦隊を組んで大坂湾に来航する』

西郷にとって外国艦隊の来航には神経をすり減らす。思えば安政五年、井伊直弼が条約締結した時もペリーが艦隊を率いて来航したし、先の長州征討の時にも四ヵ国艦隊の長州藩への賠償交渉のため、艦隊が大阪湾に来航するかも知れないと、実際は来なかったが大騒ぎになっている。とにかく外国艦隊の来航は碌なことはない。

慶応元年九月十六日、今度は本当に九隻の艦隊が大阪湾に入ってきた。目的は言わずと知れた兵庫開港条約の締結で、翌日には条約の勅許を要請する文書を提出してきた。

この条約については、文久元年末、幕府はイギリス公使・オールコックと交渉し、五年後の西暦一八六八年一月一日（日本では慶応三年十二月七日）に開港すると決定していたが、その後、長州藩が幕府に朝廷に約束した攘夷の決行を迫って、その期日を文久三年五月十日と約束させ、約束の期日当日、馬関海峡で四ヵ国艦隊に砲撃したり、幕府は元治元年（去年）には横浜港の鎖港の談判を始めたりして、外国公使のメンツをつぶすようなことをしていたので、ついに今回の来航になったのである。

幕府は長州征討と重なり、まさに泣き面に蜂で対策の立てようがない狼狽《ろうばい》に陥った。

幕府の頼みはフランスであり公使のレオン・ロッシュである。フランスが幕府に肩入れするなら、イギリスは薩摩に加担するようになる。当時、日本に触手《しょくしゅ》を延ばしたイギリスとフランスは、日本争奪を巡っての外交戦が熾烈に交わされていた。いよいよ欧米の侵略が日本に延びてきて、外からは日本はまさに侵略の崖っ淵に立たされていると見えたであろう。

其の四　亀山社中の活躍

長州では一日も早い軍備の充実に取り組まねばならなくなってきた。桂は部下の青木某に鉄砲の買い付けを命じたが、幕府の監視が厳しくて出来ないとの報告に悩んでいた。

次には腹心の井上聞太と伊藤俊輔を長崎にやって、武器の調達に当たらせたいが、長州の武士には幕府の監視が厳しくて、とても長崎へは行けない状況であった。

二人は知恵を絞って相談した。

『戦さが迫ってきたし、兵器がない、軍艦がないでは戦さにならぬ。こうなりゃ、背に腹は代えられん。我らは変名、変装してでも先ずは太宰府に行き、そこで土佐の土方さんに頼んで、五人の公卿を護衛している薩摩藩士に薩摩人であるとの手形を都合して貰い、長崎に入ろう。それしかない』

七月十四日、馬関を発って、太宰府には何とか十七日に到着した。まずは三条公に拝謁《はいえつ》して長州の状況を説明した後、土方に用件を話すと、二つ返事で引き受けてくれ、薩摩藩士の幹部の篠崎某に引き合わしてくれた。

篠崎は土方から話を聞くと、すぐに手形を書いてくれた。その上、念の為にと長崎詰めの藩士に添え状まで書いてくれる親切さであった。井上は重ねて誰か一名ご同行の方をとねだってみたが、護衛の薩摩藩士の数が少なくそれは無理だが、代わりに土方に頼んで土佐浪士楠本文平がついて行くことになった。

井上と伊藤の喜びは例えようがなかった。このことはさっそく桂に報告し、薩摩の信義の厚さを知らせ、薩摩の好意を裏切らないよう武器の代金はかならず調《ととの》えてくれと書き添えた。

七月十九日には長崎に向かって出発し、二十一日に無事、長崎に着いた。ここからいよいよ竜馬を盟主とする海上運送・貿易を営む亀山社中の活躍となるのである。

今年の五月、西郷に連れられて薩摩に来た竜馬は、薩摩藩家老小松帯刀に薩摩の船で長州の欲しがる武器弾薬を運ぶ話を持ち掛け、快諾した小松は竜馬一行を長崎へ移し、中古の風帆船を買い入れ、これを竜馬に傭船として貸し付け、竜馬の配下を船員として宿舎や生活費の面倒をみていたが、竜馬は薩長同盟の大仕事に没頭せねばならないので、竜馬の代役として竜馬とは幼いときからの友達で、土佐の饅頭屋の倅《せがれ》の近藤長次郎、今は変名して上杉宋次郎に社中を任せていた。

この上杉に井上と伊藤の二人が来意を告げて協力を要請した。上杉は、

『わしは坂本さんの代理で亀山社中を任せて貰っている上杉ちゅうもんですけんど、あなた方にとってはこんな私では心配でしょう。お顔にそう書いてある。ですから、直ぐにちょうど長崎に居合わせている薩摩藩家老の小松さんに紹介しますきに安心して下さい』

長い顔をさらに長くして二人を小松屋敷に案内した。二人を迎えた小松は、

『これは遠いところをわざわざようお出でなされた。出来得る限りの協力を致しましょう。出来れば宿舎は薩摩藩邸にされたら如何ですか』

如才なく手配した。薩摩藩の家老からこんな待遇を受けて二人の喜びはこの上ない。

饅頭屋こと上杉長次郎は土佐では大層な秀才で通っていた。生家はまさしく饅頭屋で、子供の頃は饅頭を箱に入れて売り歩いていたが、学問を志し近所の絵師の河田小竜に絵を習いながら、成長するに従い外国事情を学び、学問が出来ることから上士の若党になって江戸に出る機

会を得て、漢学、洋学、砲術を学んで土佐に帰ると、余りの秀才を愛した藩は武士待遇として処遇した。竜馬が勝の弟子になるとさっそく饅頭屋も弟子になり、航海術を学んで竜馬の片腕になっていた。これが上杉長次郎の履歴である。

上杉の活躍が始まった。彼にとっては一世一代の大仕事である。上杉の張り切りようは見ていて可笑《おか》しいくらいで、譬《たと》えに水を得た魚と言うが、それに飽き足らず、自分を雲を呼び風雨を望んで天に駈け昇る竜になぞらえていたのではなかろうか。社中からも浮き上がりつつあった。

上杉は夜にも関わらず井上や伊藤の軍艦や武器弾薬の買い付けのため、さっそく武器商人グラバーを訪ねた。グラバーは長崎では名の売れた商人で、在庫も豊富に持っていたが、足らずは近日中に上海から運んでくると約束した。軍艦三隻の購入は日数もかかり、金額も張るのでなかなか難しい交渉であったが、上杉は持ち前のよく回る知恵を働かせ、今は上海に繋留《けいりゅう》している汽船一隻を薩摩藩の名義で買うことに決定し、長州藩の海軍局の検査を受けるため、馬関に寄港して検査を受けた後、横浜に行って軍艦として改装し、再び馬関に回航して長州藩に納めることに決まった。

全部の商品が揃うまで少しの時間がある。井上と伊藤は上杉の手腕に敬服すると共に、何事にも親身に協力する薩摩藩家老の小松を通して、薩摩藩の誠実さが次第にハッキリしてきた。

上杉はたたみかけて井上にこれから薩摩へ帰る小松と共に、薩摩に行き薩摩の国情をとくと見て、両藩が互いに同盟して行けるか否かを、実地にその目で確かめることが、今後の交渉に大きく寄与するであろうと説き付けて薩摩へ行かせることにした。抜かりのない心配りである。さすがは竜馬が任せるだけの人物であった。

『饅頭屋はなかなかやるではないか』

京にいて長崎からの手紙を読んでいる竜馬は感心した。これは竜馬を通じて西郷の耳に逐一入っている。西郷は自分の失態を埋めて余りある見事な手配と感激した。

一方、井上と伊藤からは桂に宛てて上杉の働きの見事さ、薩摩藩の応接、待遇の良さ、薩摩藩の長州藩への期待の大きさ等を細大洩らさず書き送ってくる。さしもの桂も、

『上杉君には今度は大変なお骨折りであった』

と、言ってその労に感謝していた。

八月下旬、薩摩の胡蝶丸と開門丸は長崎で長州藩の小銃を積み込んで、井上、伊藤、それに上杉も乗り込んで馬関に着いて荷揚げを完了した。井上と伊藤が藩政府に報告すると、政府は二人に軍艦や武器の購入の他に、薩摩藩との親睦和親にも努力したと褒《ほ》め称《たた》えた。

二人は桂に、上杉に藩主からも一言お言葉を賜われまいかと相談すると、よかろうとなって饅頭屋長次郎は、生まれて初めて大藩の殿様の前に出ることになった。

藩主毛利敬親は上杉を引見し厚くねぎらい、自ら汽船購入のことを頼み、後藤祐乗作の三所ものの刀を下賜した。大変な栄誉である。

三所ものとは目ぬき、笄《こうがい》、小柄が同じ作者によってつくられた刀のことである。

慶応元年九月二十一日、幕府は粘りに粘って、ついに朝廷から長州征討の勅許を受けた。いよいよ戦争であるが、西郷はまだ戦争回避のための希望を捨てていなかったが、戦争の用意だけはしておくために、大兵力を京都に駐屯させるため、米の供給を長州藩に頼みたい旨を竜馬に相談すると、竜馬は二つ返事で引き受けた。竜馬は山口に行き長州藩に掛け合うと、藩庁は桂に命令したので、竜馬は馬関で桂と会ってこの話の決着はついた。両藩の提携《ていけい》は下の方から

次第に上層部へとせり上がってきた。

竜馬は折から来ていた井上と伊藤にも会って、長崎での経緯など話し合っている時、たまたま上杉が長州藩が買い入れた汽船に乗って来ると報せてきたので待つことにした。

上杉は馬関に来て久しぶりに竜馬と会って、長崎でのことを報告した。幼い頃からの友達が大功を立てたのである。竜馬は我が事のように喜んだ。

『饅頭屋、おんしゃも偉くなったもんじゃのう。長州の殿さんからえらい誉められたちゅうやないか。これからも頼むぜよ』

『竜馬、おんしゃのお陰じゃ。竜馬に引っ付いて勝先生の弟子になっていなかったら、今でも上士の若党じゃろよ。殿様どころかご家老さまにも会えまいよ』

『これで長州では、誰とでも対等に話が出来る人間になったちゅうことじゃな』

竜馬に言われると、顔面が笑顔で崩れて馬面長次郎と言われた長い顔が、さらに長くなったかのようになって照れていた。

この後、桂は二人に山口へ行ってくれと言い置いて馬に乗って走り去った。山口へ行ってみると、またしても藩主敬親は上杉を引見して厚くねぎらい、莫大な恩賞金を下された。これが後に上杉の命取りになった。

長州藩は武器も弾薬も揃い、軍艦は今は一隻しかないが、追っ付け後の二隻が来ることになっており、軍備はまずまず完備に近い状態にまで整備出来てきた。軍の士気は一段と旺盛で、「幕府軍なにするものぞ」とすでに敵を呑んでいた。

薩摩藩もいつでも大兵力を京に集結させる準備が整った。中でも長州から米の供給を受けて兵糧の心配がなくなり、西郷の率いる剽悍《ひょうかん》無比の薩摩軍は満を持していた。

長州藩が薩摩藩と秘密の盟約を結びつつあるのも知らない幕府は、長州再征と兵庫開港の条約の勅許を得ようと朝廷にしきりに運動していたが、ついに慶応元年十月五日、兵庫開港の勅許を得ることに成功した。この成功は不安がる朝廷や老中の反対を押し切った、慶喜の強気の説得が功を奏したのである。これに気をよくした幕府は続いて、征討の勅許の下賜も難しくはないと、この方面の運動にも大きくはずみがついていた。この有様を見た大久保は、

『せごどん、この幕府の張り切りようは何と見る』

『一蔵どん、幕府は第一次の征討で勝ったとのぼせ上がっているのでごわしょう。次も簡単に勝てると踏んでいるのでごわす』

二人はこのように判断した。西郷は、

『我らも力を合わせて、堂上公卿の間を周旋し、朝廷にこの上の征討は徒《いたずら》に外国の侵入を容易にすっようなものと、とくと説明すっことでごわす』

『そん通りじゃ。幕府の中には気付いていっ者も居ってでごわしょうが、跳ね上がりの調子の良いヤツらに押さえ込まれて、反対も出来んのでごわす。しかし、せごどん、これこそ天の助けで、こん間に長州の戦備の整うまでの時間稼ぎになりもす』

西郷も「その通りじゃ」と大久保と顔を見合わせて笑っていた。

それにしても幕府の征討が遅々として進まないのはどうしたことか。征討を決定し将軍が上洛したのが五月二十二日、すでに半年近く経過しているのに、まだ軍を進める段階に来ていない。長州藩父子への罪状、長州藩の領地削減のことなどの勅許も下賜されていない。一橋慶喜ほどの人がいながら、諸大名の意見の調整が出来なかった。

慶応元年十一月七日になって、ようやく紀州藩主・徳川茂承が征討先鋒総督になって、彦根

藩以下三十一藩が出兵することになったが、まだ出発出来ずにいるのであった。因《ちな》みに実際に戦闘に入ったのはこれより七ヵ月も後の慶応二年六月七日であった。長州藩にとっては願ったり叶ったりであったが、幕府軍にとっては、開戦命令の延期が続いて士気が落ちるばかり、敵の戦意は高まるばかりとなって、この戦いは初めから勝敗は決まったようなものであった。

其の五　薩長同盟成立

十二月初め、西郷は部下の黒田了介（後の首相黒田清隆）を呼んで、

『おはん、ご苦労じゃが長州へ行って桂さんに会ってきてほしか』

『どぎゃんご用でごわすか』

『おはんもせっかちでごわすな。この用はなかなか難しかもんで、急いては事をし損じるぞよ。長州の人は皆議論が好きじゃから、いちいちおはんが理屈を言い立てては出来る話も出来んことになりもす。とにかく桂さんか高杉さんに、いっぺん京へ来てもらう約束をお願いする使いの役じゃ。絶対しくじることは出来んことでごわすぞ。おいはおはんならかならずやれると信じて頼むのじゃ。よう心得て行ってくいやい』

黒田は大役を任されて勇み立った。もともと黒田は弁舌の巧みな男ではない。どちらかと言えば訥弁《とつべん》であり無骨者である。議論を好まぬ典型的な薩摩武士であるが、根気は強く才もある。そこを見込んでの起用であった。出発に先立って西郷は、

『あちらには坂本竜馬さんも行って貰《もろ》うています。こんお方はずいぶんと働いてくれっはずでごわすから、何事も坂本さんとうまく相談してやってくいやい』

『かしこまりました』

黒田は十二月初めに馬関に到着した。竜馬と二人で桂に会って丁重に上京を求めたが、桂はなかなか「うん」と言わない。桂には言えない理由が幾つもある。

その一つは八・一八の政変（文久三年の長州藩有志と尊皇志士らによる大和挙兵計画未遂事件）によって薩摩に裏切られた恨みは忘れられない。これ以後、長州人の薩摩を憎むことの激しさは尋常一様ではない。薩賊会姦と叫んで薩摩人と見れば斬りかかる者もいる。薩摩の船は長州の港へ入れないばかりか、うかうかすれば砲撃される。現に砲撃された船もある。桂としてはこれらの者の意見を纏めるのは容易でない。

もう一つは長州軍の主力を成しているのは、奇兵隊を始めとする諸隊で、彼らの意見は極端な反薩摩感情で占められ、薩賊と叫ぶ血気の大集団と言ってよく、これを説得するのはさらに容易でない。ここの説得に成功しない限り同盟など画に書いた餅である。

もう一つ悪いことは、桂自身が薩摩を嫌っている。桂は今は薩摩との同盟は、絶対不可欠であるくらいは解らないバカではないが、桂の性格は竜馬や西郷のように虚心坦懐《きょしんたんかい》にはほど遠く、頭の回転が早すぎるだけに猜疑《さいぎ》心が働き、加えて名誉を重んずる。たとえ丁重な迎えであっても、恩義や一遍の口舌で、脳細胞が複雑に組みあがった男のもつれた感情を、解きほぐすことは出来ない。第一こちらから出向いて行くのは、哀れみを乞うようで桂の自尊心が邪魔をして、おいそれと腰は上げられない。

『桂という人は、せごどんの言う通り、海千山千の強者じゃ。とてもおいの頭ではどうにもならんが、せごどんの命令じゃ、おいはあんお人のためなら死ぬ気で良い返事を貰うまでねばるぞ。こうなれば根比べじゃ』

親分西郷の命令には絶対服従しかないと思っている男の執念は凄まじい。連日、桂の許へ足を運んで嘆願の毎日を繰り返していた。

竜馬は竜馬一流の外交戦術で、回りから口説いて行くほうが早いと、高杉や井上聞多、伊藤俊輔らと接触を重ね、彼らを通じて諸隊の隊長の説得を依頼した。井上や伊藤は武器や軍艦の買い入れで薩摩の恩義は感じているし、長崎や鹿児島で受けた薩摩の誠意ある応対を経験していて、先ずは奇兵隊の総督山県狂介の説得に成功し、桂の説得には事実と根気で迫ってついに承諾の確約を得た。

この報せを聞いて黒田は躍り上がって喜んだ。

『おいはとうとう桂さんの引き出しに成功した。巨眼さぁのお役に立つことが出来た。これで大手を振って京へ帰れる』

慶応元年も押し詰まった十二月二十七日、桂（この時は改名して木戸貫治）は藩主毛利敬親から「京摂の形勢視察」の名目で上京を命ぜられて、三好軍次郎、品川弥二郎、早川渡、それに土佐の田中顕介、薩摩の黒田了介と共に船で三田尻を出発し、大坂には翌年の一月四日に着いた。

『おお、桂さん、遠路の所すまんことでごわす。新八、お荷物を持ってあげなされ』

京の伏見に出迎えた西郷は、桂と肩を並べて歩き村田新八を従えて、京の薩摩藩邸に入った。ちなみにこの時、竜馬は馬関にいて同行していない。

京都藩邸には西郷、大久保、小松帯刀、桂久武、島津伊勢、吉井幸輔、奈良原繁らがいた。

彼らは木戸の上京を歓迎して連日、饗応にこれ勤めた。この間、国事も話し合い、征討軍の実力の分析や薩摩の隠密から得た情報なども披瀝して、来る戦さについても意見の交換をしあったけれど、同盟の話は薩摩からも長州からもいっこうに出てこない。

薩摩藩の家老が四人も同席しているのがこの場の空気を重たくしていた。西郷ともっとも気心の会う家老の桂久武は、自分が西郷に代わって言い出そうかと思ったが、同じく家老の島津伊勢、そしてこの件についてもっとも奔走した小松帯刀、岩下方平の二人も言葉を控えているのは、久光の命令が容易でないことを物語っていて言い出せない。その他の者も同じで話の糸口もほぐれず、氷のように張り詰めた沈鬱《ちんうつ》な雰囲気《ふんいき》が支配していた。

木戸とすれば薩摩の方から話を切り出してほしい、いや切り出すべきでそれが誠意というものだと思っている。薩摩は薩摩でこちらから切り出したいが、それでは風下《かざしも》になる。本来、もっとも必要としている長州から切り出してくるのが正当だと蟠《わだかま》っている。じっと目を閉じている西郷は、佐賀の関での違約が胸を噛んで、

『この場に居っのは、桂さんには判るまいが、おいにとってどげん辛かこつか。針の筵《むしろ》じゃ。久光公のご命令がなくば、何でもないことじゃが』

居ても立ってもおられなかった。さしもの巨眼も閉じたままであった。

これではいつまで経っても同盟の話は前進しない。木戸は次第に薩摩の真意に疑問を感じ始めてきた。桂は喜怒哀楽を顔に出すことはまずないが、この時はぐっときた。

『僕はこれ以上お話することもありません。帰ります』

慌てたのは薩摩側で、必死になって宥《なだ》め引き止めようとするが、それでも薩摩から言い出せない態度に変わりはない。

西郷や大久保がいてさえこの状態であることに誰しも疑問を持つが、同時に久光の命令が如何に強く働いていたかと考えると、あの当時の主従関係に寒気さえ覚えるが、それればかりでは

ないと思える。

　両藩の首脳が集まって、何日も宴会付きの会議に日を費やしていることは無駄なことだし、木戸としてはこのようなのらりくらりとした薩摩の態度に、誠意が認められなくなってきた。幕府との戦さを前にして両藩の同盟を必要としている態度ではない。そんな思いで薩摩側の態度を見ると、とてもこの同盟に対する熱意も必要性も感じられない。木戸の持ち前の複雑に錯《さく》綜《そう》した脳細胞が働きだした。

『誠意を売り物の西郷得意の自藩を有利に引き込む、もっとも腹黒いやりかたに違いない』

　西郷とすれば久光からの厳命が屹《きつ》立《りつ》する巖の如く立ちはだかってどうしようもない。

『木戸さん、おいが口火を切れない事情をなぜ分かってくれないのか』

　双方切羽詰まった態度が、このような雰囲気にしてしまっていたのであった。

　双方に目指す案件が整っていても、意識の行き違いのある時は案外こうした状況になりやすい。切羽詰まった長州藩を代表する木戸は、何としても条文にした盟約を結ばねば帰れないのに、薩摩側がいっこうに正式な手順を言い出さない苛《いら》立《だ》たしさが、誠意がない、不実だとなり、木戸に「帰る」と言わしめたのであろう。

　もはやこの同盟も潰え去るのが時間の問題となって、木戸はもちろん、西郷も大久保、小松も落胆は覆い隠しようがない有様であった。

　以前の西郷なら、

『全ての責めはおいが受ける』

　と乗り出すところであるが、今の西郷の立場は、この改革の真っ只中の胸突き八丁ともいうべき難所に差し掛かって、来る討幕戦には薩摩の大軍を出兵させねばならない重大な責任を背負っている。兵の動員には久光の許可が絶対必要なのだ。

譬え弱みの長州とはいえ、長州の代表として薩摩から招いた信義を重んずれば、薩摩から切り出すべきだと、誠意の塊の上にお人好しが乗っかった大きな体を持て余しつつ、木戸の前でしきりと額の汗を拭っていた。

『ここは辛抱が肝心じゃ』

喉元まで出掛かった言葉を飲み込むのに苦心しながら、辛抱に辛抱を重ねていた。

この時、奇蹟が起こった。今流に言えば、「その時、歴史が動いた」のである。

竜馬がひょっこりと姿を現わした。竜馬は馬関で木戸や長州の首脳に、あれだけ抜かりなく同盟への手順を説いてやったのだから、今頃は両藩の者が同盟成立を祝って、どんちゃん騒ぎの最中であろうと思ってやってきたのだ。

予想に反して、沈痛な面持ちで沈み返っている木戸に会った竜馬は、

『どないした。鬱陶《うっとう》しい顔をして、西郷と話をしたかいの』

笑いながら問い掛けると、木戸は、

『この話は駄目です。ここ十日ばかりは薩摩は僕らを下へも置かぬ歓待をしてくれましたが、同盟の話はいっこうに出て来ないんです。僕も諦《あきら》めましたから明日帰ります』

竜馬は驚き、じっと木戸の目を見ていたが、

『木戸さん、なんちゅうこっちゃ。それが日本を背負って立つ、長州の木戸の言う台詞《せりふ》か。わしらは両藩とは縁もゆかりもない一介の浪士にすぎんけんど、この日本の改革のために、両藩が手を携えることの大切さを認識したればこそ、命を投げ出して奔走しているのではないか。薩摩がどうとか言ってる場合ではないぜよ。今からでも遅くはない、もう一度、腹打ち割って

話し合うことにしようやないか』

木戸は両手を膝の上に置き、両肩を落とし、じっと下を向いて聞いていたが、さっと顔を上げ、竜馬を見つめて口を開いた。

『坂本君の言うことはよく解る。しかし僕の立場も考えてみて下さい。わが長州は早くより勤王の旗を挙げ、為に一身を顧《かえり》みず尊皇攘夷を遵奉し、朝廷を助けて粉骨砕身の努力をしたのですが、幕府の方針が変わり、わが藩は孤立させられ今日の大難に陥った。今となってはとやかく申しません。ただ薩摩の誠意を見せてほしいだけです』

桂の理路整然として一点の隙もない弁明を、男でも惚れると言うほどの白皙《はくせき》の顔が、青みを増して竜馬を見る漆黒の眼は、思い詰めているのかみじろぎもしない。竜馬は、

『成程ええ顔してるな』

感心しながら聞くともなく桂の愚痴として聞いていた。愚痴は聞くだけ聞いてやらねば本音を吐かない。

『振り返って薩摩は時に幕府と組み、時に朝廷に媚びる。日の当たるところばかりを選んで歩いて、その本心が解らない。坂本君の言われるほど、西郷が人物ならば西郷から腹打ち割って歩み寄ってくるのが至当でしょう。もはや薩摩の助けを借らずとも、全滅覚悟で戦うしかありません』

聞いていると、木戸の言うことにあちこち辻褄の合わぬところがあることが解ってきた。

『薩摩が好い目ばかりをしている。全滅覚悟で戦さをする。この頭の冴えた男の言う台詞かよ。この男でも心にもないことを言うとは、よほど落胆しているんじゃろ』

木戸は激していると悟った竜馬であったが、この大事な時に臨んで、木戸の優柔不断な性格

に対して、竜馬の癇癪玉を破裂させてはと懸念しつつも、怒りを含んだ大声で
『解った。木戸さん、もう言うな。わしに任せ。西郷と会ってくる。帰るのはそれからでも遅くはないはずじゃきに』

竜馬の相手の機微を見る眼力は、米や材木の相場で鍛えた者たちなどよりも深くて鋭い。これ以上の深追いはしくじりの素《もと》と察して、すぐさま薩摩藩邸にいる西郷に会って、

『西郷さん。どうしたんじゃ。木戸さんはいっこうに話が進まんちゅうて、いぬ（帰る）ちゅうてる。それでもええんか（よいのか）』

竜馬は木戸であっても西郷に会いさえすれば、薩摩に対する悪感情も氷解すると確信していただけに、今度は西郷に食って掛かった。

『坂本さぁ、よかところへ来てくれもした。首を長くして待ってたのでごわす。仲裁は時の氏神と言うではごわはんか。おはんが来てくれんかのうと思っていた矢先でごわした』

呆れるほどにさらりと言ってのけた。

『木戸さんの言われることは尤《もっと》もでごわす。おいどもの至らなさで、この体たらくでごわす。おいが悪か。はじめに、おはんに立ち合うて欲しかったのでごわす。こちらはおいが何とか纏《まと》めもす』

ついに竜馬と二人きりになった西郷は、頼る柱と竜馬に最後の一言を口にした。そして西郷から小さい子供がべそをかくようにして、大きい体を小さくして謝られると、竜馬は振り上げた拳の行方がなくなった思いで、

『木戸さんとて同盟も出来ずに帰ることも出来んのは十分承知しちゅう。竜馬に一任すると約束したからここへ駈け付けたんじゃ。今すぐ話し合いをしよう』

やはり西郷、大久保、木戸といった英雄たちでさえ、こんな時には産婆役というか仲介に立つ人間が必要なのであった。

慶応二年一月二十日の夜遅く（海音寺さんは二十日夜とし、司馬さんは二十一日の午前十時頃という。私は海音寺さん説に従った）、薩摩藩家老小松帯刀の別邸で正式な会見が行なわれた。

同席したのは薩摩からは西郷、大久保一蔵、小松帯刀、島津伊勢、桂右衛門、岩下方平、伊地知正治、村田新八、中村半次郎、西郷慎吾、大山弥助、野津道貫らであった。

長州藩からは木戸貫治（桂小五郎）、品川弥二郎、三好軍太郎の三人であった。

土佐からは木戸と一緒に来た田中顕助と池内蔵太、上杉宋次郎、坂本竜馬であった。

それぞれ家格に応じて席についた。薩摩側はこの家の主人で家老の小松が最右翼に、長州側は木戸が最左翼に向かい合って座を占めた。この時、小松は、

『今夜の薩摩の代表は西郷どんじゃから、ここへ』

手招きして小松の右の席に来るよう誘ったが、西郷は大きい体をすくめるようにして辞退するので、小松は重ねて、

『今夜の会議は重大でごわすぞ』

この一言で西郷も止むなく最右翼に座った。当然、木戸とは向かい合うことになる。

さすがに今夜のこの席は緊迫した空気に包まれていた。部屋には火鉢が幾つも運ばれ暖かくしてはいたが、緊張のあまりか、肩を震わせて居ずまいを正す者もいる。しきりと両手を擦《こす》ってはいるものの左右と声を交わす者もいない。腕を組んで下を向く者がいる。もちろんキセルを取り出して煙草を吸えるような空気でない。沈鬱な空気になってきた。竜馬は、

『これはいかんぜよ。このままでは流れる』

木戸の方を見ると顔に生気がない。このように大勢が顔を揃えると、あちこちに遠慮して言いたいことも言えなくなる。ついに竜馬が口火を切った。

『両藩のお歴々に集まってもろうて、まっことかたじけない。西郷さんも木戸さんもお黙りじゃけんどどないした。わしゃ思うんじゃが、幕府にも阿呆ばかりが揃っているんではないぜよ。ちっとは賢いのもいるはずじゃ。わしの親分の勝先生はまともなお人じゃから変なことは考えんが、本気でフランスと組んで戦さをしようと考えている奴もいる。

薩摩と長州がいつまでもこんなことでうろうろしちょったら、幕府から先に仕掛けられるぜよ。それが解らぬおまんら（あなたら）ではあるまい。今までどれだけ気（気概）のある奴を死ないたか。おまんら知ってんのかよ。じゃが過去は過去、現在を支えているんはその尊い過去の犠牲の上に立って、必死になって頑張っているおまんらではないんか。そのおまんらが過去を何時までも引きずってては先へは進めんぜよ』

竜馬の話を聞く者は、等しく死んでいった者たちの上に思いを重ねているのか、座はしんと静まり返っていた。竜馬は大きく息を吸って話を続けた。

『今は昔と違って時代の進むのも早い。わしゃ船で薩摩へ連れて貰うたけんど、十日もすれば大坂へ着く。これは世の中の変わり具合も早くなってるちゅうこっちゃ。おまんらのしていることは、激流の中を棹差して船を操るようなもんぜよ。それがそれぞれ国元の意見を纏めることや、先を見て誤りのないように苦労してると言うこっちゃ。これは大変なことはよう解る。精一杯じゃろ。胸突き八丁とはこのことを言うんぜよ。そこに天辺《てっぺん》（頂上）を見ながら、いかん（駄目）ちゅうて下る者は卑怯やないか』

この時、西郷も木戸も皆も一様に目付きが鋭くなって竜馬を睨んだ。竜馬は今だと思った。

つと席を立ち、西郷と木戸の間に割って入った。木戸の方を向くなり、

『薩摩は成程、人は余り亡くなってはいない。じゃが斉彬公が亡くなっている。ご病気で亡くなられたと聞いたが、これはハッキリ言うてこの改革の礎になられたのぜよ』

今度は西郷の方を向いて
『長州はようけ（たくさん）の人を死ない（死なせて）ている。わしぁ久坂を知ってるが、彼奴《あいつ》は大物ぜよ。その先生の吉田松陰先生が幕府によって殺されている。斉彬公といい、吉田松陰先生といい、改革の先達ぜよ、それに連なって今日まで改革を推し進めて来たのがおまんらではないのか』

斉彬公、吉田松陰の名前が出た時には皆、居ずまいを正し、西郷は頭を垂れ、久坂、吉田松陰の名前が出た時は木戸は下を向いて肩を落とした。竜馬は、西郷の小山のように微動だにしない盛り上がった膝に置かれた太い大きな手の一瞬の動きを、見逃さずにしっかり握ると、西郷の両手が竜馬の手を包み込んできた。

と同時に木戸の手先に一瞬の変化を見た竜馬は、むずと木戸の手を握った。それはまさに剣気が至って必殺の一刀が相手の頭上に迸《ほとばし》る時に見せる指の動きと見た。桂と同じ剣客の竜馬がこれを見逃すはずはない。竜馬はうめいた。

『西郷さん、木戸さん、何にも言わんと手を握ろやないか』

竜馬の左手を握った木戸の手に力が籠もった。右手の西郷の手は熱い。

しばらくして竜馬の全身に、言い知れぬ瘧《おこり》に似た震えが起こってきた。

それは大地震の後に起こる津波の前の引き潮が、遙か沖合で一条の盛り上がった白い筋となって、みるみる陸地に向かって押し寄せてくる。あらわになった黒い海底を、この世のものと

も思えぬ地鳴りと共に、逆巻く怒濤が押し寄せて、全てのものを呑み込んで、迫ってくる時に起こる恐怖に似た感動が、竜馬の胸を突き抜けて、「ぞくっ」とする寒気を伴った感触が体全体を包んで、竜馬の背中一面にあると言う剛毛が逆立った。

この初めて経験する巨大な感動に、さすがの竜馬も耐えることは出来なかった。僅かに瞑目でもってこの感動を押さえた竜馬は、両の手に力が漲《みなぎ》って、次第次第に二人の手を引き寄せてゆく。二つの手はがっちりと組み合った。竜馬は西郷の潤《うる》んだ巨眼をしっかと見詰めた。木戸の目はこの感動を確かめるかのように、中天の一点に注いで瞑目していた。そしてゆっくりと見開いて竜馬を見た。三人の固い握手はいつまでも続いた。ここに薩摩と長州が長い間の利害や怨念を乗り越えて、秘密同盟は成った。

薩長同盟条約

一、長・幕の間に戦端が開かれた場合は、薩摩はすぐ二千余の兵を急速に上方に取りよせ、現在在京の兵と合しておき、うち千人は大坂におき、京都と大坂をかためること。

二、長州に勝ち色が見えたら、薩摩はかならず朝廷に対して、長州のことをいろいろとりなす運動をすること。

三、負け色になっても、半年や一年では決して長州は潰滅しはしないから、その間に薩摩においてずいぶん尽力して、長州の立場を保ってくれること。

四、長・幕の間が開戦に至らずして、幕府軍が東帰したら、薩摩は長州の冤罪《えんざい》を強く朝廷に申し上げ、勅勘のゆるされるように、かならず運動尽力すること。

五、薩摩が国元から兵を京坂に取り寄せて兵力を示しても、一橋、会津、桑名などがなお今日のような態度を改めず、もったいなくも朝廷を擁し奉って正議をはばみ、運動尽力の途を邪魔するようなら、薩摩も覚悟をきめて、兵力をもってこれらを一掃し、幕府とも決戦すること。
六、長州の冤罪であることが朝廷に認められ、勅勘が許されたら、両藩は誠心をもって相合し、砕身尽力することは言うまでもなく、すでに今日より皇国のため、皇威輝く王政復古を目的として、誠心を尽くして、きっと尽力すること。
以上の六ヵ条である。（海音寺潮五郎著「西郷隆盛」より）

この条約が締結されて一番喜んだのは木戸であろう。木戸は一度は「帰る」と憤慨《ふんがい》したが、土産もなく帰れるわけがなく、再度この話を起こす時は、全面的に薩摩の下風につかねばならず、竜馬の周旋で長州側の要求通りに纏まって、竜馬には手を合わせたい気持ちであったろう。

六ヵ条の原文は章末に書くこととする。

翌日、木戸は帰国し、途中、大坂の薩摩藩邸に数日滞在している間に、竜馬に宛てて、この六ヵ条の条約を書いて、竜馬の裏書きを求めている。慎重なことであった。竜馬は朱色で裏書きし送り返している。

ここに竜馬の裏書きが現存しているので、書いておくこととする。

表に御記被成候
六条は小、西、両氏及老兄（小は小松、西は西郷のこと。老兄は桂のこと）、龍等も御同席にて談論せし所にて、毛も相違無之候。後来といえども決して変り候事無之は、神明の知る所に御座候
丙寅

二月五日　　　　　　　　　坂本龍

一介の土佐の脱藩浪士でしかない竜馬の打ち立てた輝く金字塔である。薩摩、長州の二大藩といえども、亀山社中を率いる竜馬がいなくてはこの同盟は成立しなかった。

長州の木戸、薩摩の西郷の竜馬に寄せる信頼のどんなに深いものであったか。竜馬一人の活躍ではないにしても、竜馬なくしては成立しなかったことは明白であろう。

其の六　寺田屋のおりゅう

竜馬は薩長同盟の大仕事を終えて、宿舎の伏見の寺田屋へ帰ってきた。ここには長州藩が竜馬の護衛のためにつけてくれた、短槍の名手三吉慎蔵が待っている。竜馬は、

『三吉さん、薩長同盟はとうとう出来たぞ』

慎蔵の顔を見るなりそう言って喜び合った。慎蔵も、

『坂本さん、これで天下のことはなったも同然じゃ。祝杯を挙げよう』

二人はこの宿の女将のお登勢と養女のおりゅうを交えてひとしきり飲み、話に花が咲いた。竜馬もあの感激がよほど嬉しかったのか、二人の女のお酌で酒量を上げていた。女将のお登勢も竜馬に惚れていれば、おりゅうは首ったけであった。

『坂本さん、どうやら我々は幕吏に狙われているらしいぜ』

慎蔵はどこかで聞き込んできた話をすると、竜馬は、

『わしぁ、お尋ね者じゃきに、狙われても仕方がなかろう』

と他人事のように言っていたが、それでもまさか今夜襲っては来ないだろうと、陽気に飲み続けていた。もう夜中の三時前である。竜馬は何を思ったのか、高杉から贈られたピストルを取り出して、なぜか五発の弾を詰め込み、天井目掛けて発射した。二人の女は慌てて両の耳を手で押さえた。「かちっ」と音がしただけであった。

『弾の入っていないところを撃ったんじゃ。試しじゃ。捕り方さん、いつでもおいでよ』

竜馬はおどけた調子でピストルを帯の間に差し込んだ。竜馬の悪ふざけに、おりゅうは本気で怒っている。

『何よ、竜馬さん、びっくりするやおへんか。目明かしがうろうろしてるのよ』

お登勢は「ちょっと階下へ」と降りて行く。慎蔵も槍の鞘を払ってしごいてみてから、壁に立て掛けた後も、なお二人は談笑しつつ飲んでいた。

今まで二人の相手をしていた、おりゅうも「ちょっと失礼します」と降りていった。

座は白けたが、竜馬の興奮は収まらず寝る気にならない。目は冴えるばかりで、無言で冷め切った酒を流し込んでいた。

その頃、湯殿にいたおりゅうは、引き戸の隙間から群がるような御用提灯の灯を見て、幕府の捕り方だと直感し、寝巻を引っ掛け、裸同然の姿で駈け上がってきた。一説には前ははだけ、梳《す》いた髪を振り乱して、竜馬のいる部屋へ飛び込んで来たらしい。

『旦那さま、幕府の捕吏《ほり》が』

言いつつ自分のあられもない姿に気付き、その場へへたへたと座り込んだ。この急報で二人は捕吏を相手に、竜馬はピストルを撃ちっ放し、慎蔵は手練の短槍で何人もの捕吏を相手に闘い突き伏せていたが、多勢に無勢でこちらの不利は目に見えている。ようやく血路を開いた二人は、戸を破って隣の家の屋根伝いに路上に出て、何とか捕吏の目を掠めて隠れ潜んだ。竜馬の傷は思ったよりひどく出血が止まらない。竜馬はままよとそのままじっと隠れていた。見つかればそれまでだと覚悟をきめていた。三好慎蔵はともかく運を天に任せて薩摩藩邸へ逃れ、竜馬の急を知らせようと走った。

天は慎蔵に味方したのか、無事に薩摩藩邸に匿《かくま》われた。急を聞いた西郷は、すぐさま一隊をもって薩摩藩邸を固めさせた。

竜馬は右手の親指を切られて血を流しながら、木津の材木置場で倒れていたが、伏見の薩摩藩留守居役の大山彦八が小舟を出して、運よく倒れていた竜馬を見つけ助けだし、ようやく一命を拾った。

二人はおりゅうの機転で助かった。

これが同盟の成った一月二十一日から二十二日になった夜中のことであった。

竜馬はこの後、幕府の追求を避けるため、西郷の勧めで薩摩の傷によく利くと言われる塩浸温泉へ行くことになった。もちろん、おりゅうを連れて行った。

日時は今でも正確で、慶応二年二月二十九日であった。

薩長同盟条約

第一条　戦と相成り候時は、すぐ様（薩摩藩は）二千余の兵を急速差し登し、ただ今在京の兵と合し浪華へも千程は差し置き、京、坂両処を相固め候事。

第二条　戦自然も我（長州藩）が勝利と相成る気鋒これ有り候とき、その節（薩摩藩）朝廷へ申し上げ、きっと尽力の次第これ有り候との事。

第三条　万一戦（長州藩側が）負け色にこれ有り候とも、一年や半年に決して壊滅致し候と申す事はこれなき事に付、其の間には（薩摩藩は）必ず尽力の次第、きっとこれ有り候との事。

第四条　これなりにて幕兵東帰せしときは、（薩摩藩は）きっと朝廷へ申し上げ、すぐ様（長州藩の）冤罪は朝廷より御免に相成り候都合に、きっと尽力との事。

第五条　（薩摩藩が）兵士をも上国（上京）のうえ、橋・会・桑（一橋・会津・桑名）等もただ今の如き次第にて、もったいなくも朝廷を擁したてまつり、正義を抗み（薩摩藩の）周旋尽力の道を相さえぎり候ときは、（薩摩藩は）終に決戦に及ぶ外これなくとの事。

第六条　冤罪も御免の上は（薩長）双方誠心をもって相合し、皇国の御為に砕心尽力仕り候事は申すに及ばず、いずれの道にしても今日より双方皇国の御為、皇威相暉き御回復に立ち至り候を目途に誠心を尽くし、きっと尽力仕るべくとの事。

以上

括弧は文章理解を助けるために付け加えたものである。

第三章――幕府の悪あがき

其の一　第二次長州征討

竜馬が木戸に薩長同盟の裏書きを書いて渡したのが、慶応二年二月五日であった。そんなこととも知らずに二日後の七日に、長州藩に対する第二次征討を後ろ盾に、長州服罪条件の一切を委任された幕府の老中・小笠原長行が、芸州広島に乗り込んできた。

『毛利大膳めに朝廷よりの御沙汰を申し付け、孫の「興丸」に跡目を継がせてやる温情を見せれば、一も二もなく喜んで服罪するであろう』

意気揚々と、長州藩の使者、宍戸備後介を引見し重々しく申し付けた。宍戸は、

『我が主人毛利大膳大夫父子は何ら朝廷に対し奉り不忠の義、いささかもありません。何を以てこの罪に服さねばならないのでしょうか。しかとお聞かせ願い上げます』

言葉は慇懃《いんぎん》であり、いささかも礼を失していないが、てんで恐れ入るところはない。

老中の権威を傷つけられた小笠原は癇癪《かんしゃく》玉を破裂させ、宍戸と副使の小田村を捕らえて芸州藩に預ける暴挙に出た。小笠原もよほど頭に来たのであろうが、常識のある人間のすること

ではない。

果たして長州藩はいきり立った。温厚な岩国城主の吉川監物でさえ小笠原の愚行《ぐこう》に対して怒りをあらわにした。

『幕府にはこんな人間しかいないのか。だらしがないにも程がある。これではますます幕府の立場を悪くするばかりじゃ』

幕府は諸藩に対して、第二次の出兵を命じたのは四月に入ってからであったが、薩摩藩では大坂藩邸の留守居役の木場伝内がこれを受理し、京都藩邸にいる大久保に急報した。大久保はすぐに、大略つぎのような出兵拒否の意見書を提出した。

『先のご征討において決定した講和条件についてご満足なされず、再度のご征討をお命じになることは、世論は戦争には賛意を示さず、むしろ異論があり穏当ではありません。朝廷では征討は国の大事であるゆえよく審議せよと、お命じになっておられることを併せて具申致します』

意見書を提出しただけでは、その真意も理解せずに老中たちが愚にもつかぬ文句を言うに決まっていると、自身、老中に会ってやりこめてやろうと、意見書を持って大坂へ乗り込み目通りを願い出た。

老中板倉伊賀守勝静は、薩摩の大久保は久光公自慢の家来であることはよく知っていたので、大久保の煮えたぎるような反撃を予想だにしておらず、「よかろう」と承諾して、慶応二年四月十四日、大坂城に来るように通達した。

大久保としては、ここで思い切り幕府の老中の固い頭を叩いておきたい意趣《いしゅ》があった。と、言うのは、第一次長州征討の講和について、江戸の老中から「なまぬるい」との意見が出た時、大久保は先手を打って京の堂上公卿の間を説いて廻り、幕府の再征討を阻止させようと根回しを万全にしていたのを、一橋卿や老中によって覆されたことがある。幕府にとっては墓穴を掘るような愚行に対する忠告であるのも解《わか》らぬ馬鹿者に、今度こそ手痛い一撃を加えてやりたい思いで、いつもは氷のように冷静な大久保であったが、大坂城の謁見の間に座った時は闘志満満の気迫に充ち満ちていた。

大久保はまずは下座に手をついてうやうやしく一礼をした後、謁見を申し出た理由について申し上げた。

『長州再征討についての御沙汰事についてはよく承知しております。すでに朝廷に対し奉り、この件については我が薩摩藩主ははっきりと不服であると申し上げてあります。従いまして我が藩からは一兵も出すことは出来ません』

『ならば、その方どもは幕府の命を聞けぬと申すのじゃな』

板倉は老中の威光を何と心得ているのかと、内心ぐっと来て少し声を荒げた。これで大抵は恐れ入るであろうと思ったが、大久保は少しも動じない。

『わが藩主は朝廷の何事も寛大に、かつよく審議を尽くせという趣旨を守って、不服と申すのであり、このたびの幕府のご命令には、朝廷の御叡慮《ごえいりょ》に対し奉り、いささか欠けるところがあると思われます』

大久保も負けじとやり返した。時世の動きにも気付かずに、未だに前例じゃ幕府じゃ老中じゃと威張っている馬鹿者がと腹の底では笑っていたが、ここで持参の意見書をうやうやしく差し出した。一読した板倉老中は、

『成程、これにはそちの申すこと、すべて詳しく書かれてあるが、幕府も朝廷の御叡慮に対し

ては、一橋卿などから朝廷へそのつど奏聞《そうもん》を致し、お許しを頂いての上の決定であるぞ。決して疎《おろそ》かにはしていない。よってこの意見書は受け取るわけには参らぬ』

板倉老中はこれでもかと胸を張った。

『お言葉を返すようでは御座いますが、このたびの薩摩藩の決定は朝廷からの寛大にとのお計らいとの御叡慮に沿ったものであり、これこそ我が藩の言行一致の誠意と申すものであります』

老中は幕府の命令を盾にとって圧してくれば、大久保は朝廷の御叡慮を持ち出して幕府の違勅をついてくる。

『いやいや、大久保、そちも知ってであろうが、最初は毛利大膳を呼ぶつもりであったが、それではと末家を呼ぶように改めたのもそのためじゃ。そちの誤解であるぞ』

もうこの辺りになると幕府の弱腰を衝かれる思いで、板倉も老中の威厳は少しずつなくなり、なんとかして薩摩の強い兵力を味方につけたい一心になって来る。ここを見逃す大久保ではない。手切れの引導を渡し、昔日の意趣返しはここだと判断した。

『いったんは朝廷から下しおかれた勅語の写しをお受けになりながら、断わりもなく返上されたこと、よく審議を尽くせ、寛大にせよ、戦さは国の大変であるとの御叡慮に何一つ誠意を示されずに、出兵を要請されることには、薩摩藩は全然不承知であります』

もうこうなっては誰であっても、剃刀《かみそり》のような冷徹な頭脳を持つ大久保の論鋒に、立ち向かえる者は居ない。板倉老中も叶わぬとの思いを隠して、

『ひとまず休むと致そう。老中とも評議の末、何分の御沙汰もあろう。ま、それはとにかく、この書面は薩摩殿の家来の名義になっておるゆえ、受け取るわけには参らぬ。改めて薩摩殿の

書面で出されるがよかろう』

大久保はとっさに判断した。

『今日の会談を板倉老中は薩摩の意見具申ととっているだろうが、こちらはハッキリとした縁切り状を叩きつけたのである。このまま書面を渡さずにおけば、証拠は残らずになって、今日の一件は無かったことにされても仕方がない。この意見書は強引にでも今直ちに、板倉老中に渡しておかねばならない。後にはきっと面倒なことが起こるに違いない』

すぐさま、心利いた部下にこの書面を持たせて板倉老中の役宅へ届けさせた。これがこの後の駆け引きに功を奏したのである。すなわち、この書面を巡って受け取れ、受け取れぬとの論争が続いたが、大久保は引き下がらず、ついにそのままにしてしまったのであった。

大要、以上のような板倉との論戦であったが、すでに薩摩と長州の攻守同盟が出来ており、幕府の実力も知り抜いている大久保とすれば、ああ言えばこう言うといった論戦を楽しんでいたのではと思われる。大久保もこれが大名でさえ頭も上げられぬほどの権力を持つ老中の論法かと、内心幕威の衰退に感慨を深くして退席してきた。

幕府の体面は丸つぶれであった。西郷はじめ薩摩の首脳は言うに及ばず、書面でこれを知った久光の喜びようは、「大久保よくやった」と尋常ではなかったと言う。

大久保の活躍の冴えは見事なものであった。

五月一日には幕府は正式に長州藩と毛利父子に処罰を伝達してきた。続いて六月七日、第二次長州征討の軍が発せられてここに戦争が始まった。

戦端は先ずは海戦から始まった。幕府軍が長州を攻める場合、海陸の物産の要衝である馬関と長州海軍の根拠地である三田尻（今の防府市）を攻撃目標とした。長州の経済の中心と長州にとって虎の子の軍艦を攻撃する作戦は、兵法に適《かな》った常道作戦である。

幕府海軍はまず三田尻を攻撃目標とした。三田尻へ入るには大島と本土との間の狭い大畠瀬戸を通過せねばならないので、四月八日、この一帯を艦砲射撃して大島へ歩兵を上陸させた。初戦快勝に気をよくして野営しているところへ、高杉晋作率いる小さな汽船が夜陰に乗じて忍び寄り、幕府軍艦四隻に大被害を与えて引き上げた。恐怖心に駆られた艦隊が、一旦、立ち去った隙に長州の第二奇兵隊が上陸して、たちまち敵兵を追っ払ってしまった。

どだい武器が違う。長州軍は最新式の鉄砲なのに、幕府軍は旧式銃で対戦しては戦争にならない。その上、士気も違えば戦勢が違う。殿様も家老も武士も百姓も町人も女、子供も一致団結して死に物狂いになっている。「窮鼠《きゆうそ》かえって猫を噛む」とはこのことで、こんな敵は避けるのが兵法の常道である。

長州の強さはこれまでにも幾度か戦さを経験していて、戦さの駆け引きに慣れている。それに士気が上がって敵を恐れない。死ぬことを恐れぬ兵くらい強いものはない。

初めて戦争を体験する者は、最初の敵弾の轟音に肝は縮み上がる。その時の恐怖は譬《たと》えようもなく恐ろしい。足が震え目は血走り、臆病な者は逃げ隠れするものだ。それが戦場での真実の姿である。初めて戦さに出た幕府軍との差は歴然たるものがあったろう。

長州へ攻め込む諸道は幾つかあるが、それぞれ幕府の大軍が、数に物を言わせて押して行くのだが、上下一致して戦う長州軍の勢いづいた戦勢の前には敗戦を繰り返すばかりである。戦争を知らない幕府の指揮官は、昔通りの戦法を守って進歩のない指揮しか出来ないのでは初めから戦さにならない。

長州陸軍を指揮する大村益次郎、海軍を指揮する高杉晋作の用兵の妙は、敵の裏をかく神技に近いほどの戦法で各地で連戦連勝を続けていた。坂本竜馬も長州軍艦を指揮して、晋作率いる艦隊と共に馬関海峡で幕府海軍に大勝した。この時は竜馬もよほど嬉しかったらしく国元の乙女姉に手紙で報せている。

其の二　征長戦争の終結

長州軍が連戦戦勝を続けている頃、慶応二年七月七日、将軍家茂が大阪城で死去した。死因は脚気衝心であると言う。悪いことは重なるものだ。

こんな大事件が起これば征討も何もあったものではない。停戦せざるを得ない。

さて、どのようにして戦争を終結させるか。

まずは後継の将軍を決めなければならない。負け戦さの後だけに誰も引き受ける者がいない。順序から言えば最適任者は、禁裡守衛総督としてここ数年、京に常駐している一橋慶喜であろうが、水戸藩出身であり、大奥の女どもの反対は根強い。また、故将軍と将軍職を争った過去があり、加えて朝廷や堂上公卿とも親しいのを嫌う大名がいる。第一、本人が先見の明がありすぎて、この役回りはもっとも悪い役だと知っていて受ける気がない。ところが知ってはいてもどうにもならぬ時というものがあって、それが今の慶喜の立場であった。

『余は絶対将軍職は引き受けぬが、徳川本家は継ぐであろう』

この一言で今度の征討の後始末にかかった。

負け戦さから一転して、敵にそれと悟られずに引き上げるくらい難しいものはない。

退却戦の場合、まずは全力を挙げて攻勢に出て、敵が怯《ひる》んで防備に廻ったその隙に、少しずつ引き上げて行く。それでもやがて敵もそれと気付いて、一斉に総攻撃をしかけてくる。この時、敵の大軍を迎え撃つ殿戦《しんがりせん》を余儀なくされるが、殿戦はほとんど全員が戦死すると相場は決まっている。今の幕府軍には最期の一合戦をして死花を咲かせよう、殿戦を務めようと言うほどの大名も武士も居ない。止むなく一橋は朝廷に対して二条関白を通じて、

『私は徳川本家を相続し、将軍さま御危篤のため、しばらく征討の儀を見合わせたく、その御沙汰書を御下付して下さい』

何とも虫の良い話で、慶喜もよほど苦しかったであろうが、窮余《きゅうよ》の一策である。当然、朝廷にとっても、あれほど薩摩藩から強い再征討反対の働き掛けがあったにも関わらず、今さら、停戦したいとはと征討反対の公卿は怒り、賛成した公卿も征討軍の敗戦続きに、あてが違ったと、厚かましくも知らぬ顔で反省を隠して息巻いていたが、それも一時の空元気で、事ここに至っては止むを得ないと停戦になった。

さて、残るは勝ち誇った長州との講和となるが、その使者を引き受ける者などどこにも居ない。この難役をこなせる者は、誰の目から見ても幕府老中たちの嫌われ者の勝海舟しか居ない。平素、威勢の良いことを言っている者ほど、大切な時には逃げ隠れするものだ。勝は運命と思って引き受けた。もともと一橋とは犬猿の仲だが、今は将軍でなくとも将軍職についている一橋から、「勅命」として朝廷からの命令なれば受けざるを得ない。

勝は一橋に念を押した。

『この役目は難しく、長州は難題を持ち出すでしょうが、ここは私にお任せ願えましょうか。でなくてはお引き受けすることは出来ません』

『致し方はなかろう。出来るだけのことは頼むぞ』

勝は供も連れずにただ一人、広島の浅野家に来て、旧知の家老、辻将曹に会い用向きを伝えて、長州側に伝えてくれるよう頼み込んだ。辻も勝に劣らぬ大物であり、勝はそこを見込んで頼んだのであった。

辻は勝のために二人の心利いた武士をつけて、あらかじめ辻から長州側に報せておいた会見場所の宮島へ案内した。勝は長州側の使者が来るまで、毎日、白羽二重の下着を取り替えて待っていた。いつ殺されても見苦しくない用意であった。

勝はもし将軍の喪が洩れて敗戦の使者となれば、第一次の征討の講和の時には、長州藩の三人の家老の首を差し出させ、首謀者を斬罪にしている。長州藩とすれば、幕府の老中の二人や三人の首を求めても不思議ではあるまい。首謀者の会津や桑名、それに新撰組の者を斬罪にせよと息巻いてくると思っていたし、自身の命はないものと覚悟していた。

九月一日、長州の使者として、広沢兵助、井上聞多ら八人と辻将曹の使いとして長州に行っていた二人が、威儀を正してやってきた。

長州側とすれば、勝は仮にも将軍の名代の資格で来ている。我々は勝利者とはいえ陪臣であり、それなりの礼儀を弁《わきま》えねばならない。またそれをよく弁えた人物ばかりであったから、型にはまった対座をもって勝を迎え下座に居並んで着席した。

勝は使者の面構えを見て、「これは手強い」と直感した。本来なら堅苦しい挨拶やら格式を重んじた応対をするのが当然なのだが、勝はここは双方打ち解けて話をすれば、出来ぬ話も出来るに違いないと覚悟を決めて、初めからザックバランに江戸前のべらんめえ言葉で会議を始めた。

『やあ、長州のお歴々よう来なすった。戦さはここらで止めようてえ話じゃから、もっと近くへ来て、お顔でもハッキリ見せておくれな」

さしもの長州の知恵袋と言われた広沢も、これには苦笑してしまった。同時に座は一度に和やかになった。勝はうんうんと首肯《うなず》いて聞くばかりであった。

長州の主戦派は、今は戦勝で進撃あるのみとの意見が大勢を占めているが、勝ったといっても全面勝利ではない。内実は長期戦は避けて今後に備えるべきであり、停戦は絶好のチャンスでここらで兵を収めるのが得策と、広沢始め頭のよい先の見えた者同志の話はすぐに決着がついたと、後年、勝は回顧録「氷川清話」に載せている。

幕府には賢そうで実は阿呆な奴がいて、こんな時になると威張り散らす。勝を人でなしの腰抜けのとこき下ろす。

フランス公使のロッシュの「金も武器も貸してやる」という悪魔の囁《ささや》きを真に受けて、断固戦えとはしゃぎ廻る者がいた。勘定奉行の小栗上野介、後の外国奉行になった栗本鋤雲《じょうん》はじめ彼らにそそのかされた二、三の老中たちであった。小栗や栗本は共に幕府にあっては俊秀を謳われた傑物であったが、良く言えば、滅び行く幕府に忠節を捧げた、悪くけなせば、良い頭脳の使い所を知らない時世を見通せない者たちである。

長州にもバカが居た。休戦の勅語の字句に不穏当な文字があると騒ぎだし、受け取れないと突き返して来た者もいた。目立ちたがり屋である。いつの講和の時にでも起こる一時的な騒動であった。「小人は同じて和せず」の見本であろう。

勝の決死の談判も江戸へ帰れば、馬鹿者どもの意見にかき消されてうやむやになった。幕府の権威も地に落ちた、世に言う「貧すりゃ鈍する悪あがき」であった。

朝廷は幕府を完全に見限った。長州を毛嫌いされていた孝明天皇も、薩摩との同盟で少しはみ心を安んじられていた。西郷始め薩摩藩の作戦成功であった。

その三　討幕への準備

幕府の無力はこれで天下にさらけ出された。幕府に代わって、次の天下は恐らく薩摩の島津であろうとは、衆目の一致するところとなった。それを一番望んだのは、薩摩の国父久光であろうことは想像に難くない。

このような状況が長く続けば、今まで苦労して朝廷を中心にして雄藩が連合して新政府の実現を目指している西郷や大久保の立場は苦しくなる。

改めて朝廷工作に全力を傾注せねばならなくなってきた。

いよいよ最後の仕上げともなるべき、幕府を倒して新しい政権を創るためには、強力な薩摩の軍事力を動かさなければならないが、その実権は久光が握っている。

軍事力とは単に兵力だけではない。兵站を賄《まかな》う莫大な戦費が要《い》る。如何に西郷の人気が高くともこれだけはどうにもならない。久光を抱き込んでいる大久保の手腕に委ねるより仕方がない。その大久保は今は京で奔走の真っ最中なのだ。

西郷にすれば久光は厄介な殿様であり、久光にすれば西郷とは触れ合うだけで火が出るほどの仲の悪さなのだ。（西郷は日当山温泉にこもって）面白くない日が続いていた。

そんな時、ひょっこり海江田武次（有村俊斎）が帰ってきて、大久保の手紙を見せて、西郷に京へ来て助勢してほしいと要請してきた。家老の小松帯刀からは上京せよと急いて来た。

これはきっと久光と西郷との仲を心配した大久保の差し金であろう。大久保は久光の魂胆は見抜き見通しである。久光にはもちろん、一門家や家老座の重役にも、この度は久光公のお出ましは、病気不参にされた方がよいと、念入りに手回しをしていた。

西郷と小松は藩船三邦丸で鹿児島を発ち京へ向かった。

京では一橋公が将軍職を継承することが本決まりとなって、幕府の勢威は元にも増して盛んになり、朝廷でも幕府寄りの公卿の勢力が増してきていた。それに引き替え薩摩藩寄りの公卿の旗色は悪くなる一方であった。その勢力挽回のための西郷の上京であった。

朝廷での西郷の人気、信用は共に抜群であった。西郷の名を聞いただけで安心する公卿は何人もいる。心強い後ろ盾である。

天皇は薩摩藩の動きには警戒されているが、西郷個人には斉彬以来の忠勤でお嫌いでなかったようだ。

西郷の人間的魅力は敵味方の区別なく愛されていた。アーネスト・サトーと言えば、幕末期、日本に駐在して活躍したイギリスの著名な外交官であるが、彼が西郷と会見した後で、西郷を評して

『挨拶が済んだあと、自分は手持ち無沙汰をおぼえた。相手が沈黙しているからだ。しかし、彼の目は金剛石のように輝き、その笑う時にはいかにもやさしさに満ちていた』

と、書いている。（海音寺氏の「西郷隆盛」より）

ともあれ、大久保も慶喜の出現で、朝廷工作に一頓挫を来たして悩んでいた。千年の歴史を誇る京都朝廷には、永年の間に鍛えられた独特の遊泳術に長けた、一筋縄でゆかぬ公卿が大勢居る。面従腹背、朝廷に長く仕えた者でもその腹の底は読み切れない。大久保の苦悩は募《つの》るばかりであった。

『何とかせねばならぬ』

これが慶応二年末頃の政情であった。

幕府はフランスの援助をとりつけ軍事勢力を盛り返している。イギリスも黙視はしていない。当然、薩摩藩は次の政権を担うであろうとみて、接触を謀《はか》ってきている。イギリス、フランスの両外国勢が、幕府と薩摩を舞台として外交戦を繰り広げていた。しかし、幕府にも馬鹿者ばかりが揃っていたのではなく、もちろん、薩摩の西郷、大久保、小松といった有力者は外国の援助の危険性は十分に承知していた。

大久保は朝廷での勢力挽回に必死になっていた。そんな時、珍しく土佐の中岡が尋ねてきた。大久保の浮かぬ顔を見て、

『大久保さん、一橋公はなかなかやりますな』

『それでごわす、一橋公は手強い。打つ手一つにしてもそつがなか。元々水戸家の出身だけに朝廷とは縁が深か。その手蔓《てづる》をたぐって巻き返されれば、我々の今までの朝廷工作も水の泡じゃ』

『大久保さん、わしゃちょっと聞き込んだのじゃが、例の和宮さまが将軍家へ降嫁された折に、左遷されて今は洛北の岩倉村で蟄居《ちっきょ》している公卿さんは、なかなかのやり手じゃと言う。どうであろう、この仁《じん》ならば我々と共に語れるかも知れんと思うが』

中岡の言葉で少しは心が動いたが、そんなところは毛ほども見せる大久保ではない。黙って中岡の顔を見つめるばかりで、二人の無言は続いた。お互い腹の内の探り合い、心の読みあいであった。

『大久保さん、わしはこれにて』

中岡は座を立って帰っていったが、大久保の腹の内は「頼む」であると読み切って、夜になるとさっそく、岩倉村へと急いだ。

岩倉卿は今でこそ蟄居の身で貧乏暮しをしているが、少将の位階を持つ朝廷では有力な公卿であるため、幕府の警戒もあって中岡は夜を選び慎重を期して変装して出向いた。

岩倉の家は噂に違わぬぼろ家で、たった一つの行灯《あんどん》の灯がじぃぃと、か細い音をさせていた。案内を請うと行灯の影がゆらめいて、薄暗い奥から大入道と覚しき男が現われた。中岡は内心ぎくりとしながらも、

『これで元は歴とした公卿じゃと言うても誰も信用せんぜよ。顔つきも恐いし、ま、博徒の親分と言うところじゃのう』

この人物の瀬踏みをしながら、姓名を名乗り来意を告げた。

『中岡さんといわしゃるのか。むさ苦しいこのあばら家へよう来なはった。貧乏でのう酒も出せしまへんが、ゆっくりしなはったらよろしおす』

岩倉は全てを呑み込んでいるのか、態度に屈託がない。中岡は脈はあると見た。

帰って大久保に相談すると、あの慎重な大久保が意外にも、

『中岡さぁ、おはんよかところへ目をつけられた。岩倉様を抱き込むことにしもそ』

抜かりのない大久保は、自身で岩倉卿の身辺を調べ上げていた。以来、岩倉との折衝は中岡の役目となり、しげしげと洛北へ通いだした。

『中岡さぁ、公卿を動かすのは金と力でごわす。岩倉に要るだけの金を送りもそ。そいでん勤王派の公卿を抱き込み、一人ずつ落として行けば巻き返せるじゃろ』

知恵なら人の何倍にも働く三人は、ありったけの知恵を絞って活動しだした。特に朝廷内部

の事情に詳しい岩倉の打つ手にそつはない。岩倉は、

『お上はとにかく、幕府がお好きじゃ。一橋さんは受けがよろし。麿にとっては、お上は一番厄介どす。薩摩はんかてお嫌いどす』

朝廷内の事情を知り尽くしていて手蔓を伝ってどんどんと勢力を伸ばしつつ、まずは今なお九州の太宰府で蟄居している三条実美卿ら五人の公卿の罪を解いて京へ帰れるように運動することに熱中した。

大久保は三条らを警護している薩摩藩士から、公卿らの罪を許して京へ戻れる嘆願書を出させるために上京させ、その書類を家老の小松から朝廷へ奉った。ちょうどその頃、天皇は疱瘡《ほうそう》に罹《かか》られて御病気中であったが、慶応三年一月二十五日、ついに崩御遊ばされた。御年三十六歳であらせられた。

孝明天皇の崩御は幕府にとって大打撃となった。天皇は強硬な攘夷は国を危うくするものとして排除されているし、欧米そのものは最も毛嫌いされている。徳川幕府に全面的に好意を持っておられるのではないが、長期にわたって政権を担当してきた実績から、一番安全であるとの実に中庸に立ったお考えであらせられた。したがって、討幕を目指す大久保はもっとも嫌われていたし、最近、薩摩と暗躍しだした岩倉に至っては蛇蝎《だかつ》のように嫌われていた。そのため、幕府寄りの公卿を側近に配され、その言を多く採り上げられていたから、岩倉、大久保らの危機感は相当深刻であった。

また、天皇が崩御されたのは如何にも薩摩側にとって時期が良すぎる。幕府では毒殺ではないかと疑い、世間にもその噂が立ったのは無理のないことであった。その下手人は恐らく岩倉ではないかともっぱらの評判であった。

大久保、岩倉ならやりかねないと噂されるほど、二人の暗躍はすさまじかった。

この時代、突然の死には何かといらぬ噂が飛びかったのであるが、民衆の嗅覚に似た鋭い感覚は、馬鹿に出来ないものがあったのもまた事実であった。

其の四　四侯会議

慶応三年一月九日、皇太子睦仁親王が践祚《せんそ》された。御年十六歳であらせられる。

天皇が崩御されれば、薩摩の勢力が伸びてくることを恐れた幕府と幕府寄りの公卿たちは、先手を打ってそれぞれ適切な対応を施した。すなわち、謹慎させられていた前関白九条尚忠を許し、有栖川熾仁親王らの参朝も許可した。

さらに諸侯がみだりに朝廷に建白などしないようにせよ。

堂上公卿は諸藩の武士と面会したり会合したりしてはならぬ。

と、触れを出した。こうしておけば、薩摩や長州寄りの公卿も武士も手も足も出ない。こうなると反幕府派も策略を煉り、反幕府派の藩が纏《まと》まろうとの気運が出てくる。

斉彬公が在世中に画策されていた、有力大名が集まって政治を変えて行く手法を執るのがよかろうと、おそらく勝から示唆された共和政治策を暖めていた西郷あたりから、発議されたものであろうが、西郷の活躍でたちまちのうちに出来上がった。

越前藩主・松平春嶽、土佐藩主・山内容堂、宇和島藩主・伊達宗城と薩摩藩国主・島津久光の四人で今後の国政を担当して貰おうとするものであった。

このように話は纏まったので、西郷、小松、吉井らは京のことは大久保に任せて、藩船で鹿児島へ帰ってきた。久光の意向が心配であったのだ。案ずるより産むが易しで、藩内の有志が久光の許へ「上洛して頂きたい」との建白が連日届けられていたのであった。殿様というのはこのような煽《おだ》てにはまったく弱い。久光は、

『余は今度は上洛するぞ』

やる気満々である。久光の前に出て説明をする西郷、家老の桂久武、島津伊勢に、

『よかろう。吉之助、土佐と宇和島にも上洛するように取り計らえ』

西郷は慶応三年二月十三日、藩の汽船で土佐に向かった。さっそく、藩主山内容堂に拝謁して、天下の四藩が連合してこの難局を切り開いて頂きたくと説明すると、

『西郷、そちは見違えるほど大物になったのう。斉彬公の使いで余の許へ参った時のことを憶《おぼ》えているが、遙か下座で小さくなっていたよのう。そちの申すこと尤《もっと》もである。さっそく、参ると大隅守殿に伝えてくれ』

人を見る目の出来ている容堂は、西郷をこう言って引き立て、同時に自らも高い所に位置しようとすることも忘れない。西郷は一時は威勢の良いことを言っていても、形勢が悪くなると、さっさと帰国して仕舞う殿様族の気性もよく知っているから、

『殿様、今度は大切な目的を果たされるまで御帰国などなされませぬように』

念のため釘をさした。容堂は「心配するな」と確約した。

ついで宇和島に入って、藩主伊達宗城に拝謁して上洛を求めた。この顔の長い殿様の頭脳は特別誂《あつら》えの上出来ときている。質問することにも隙がない。

『その方の申すことはよく解ったが、その四侯会議の目的はどこにあるのじゃ。よりより集まって会議するだけなら余は行かぬぞ』

『さればで御座います。我が大隅守は今日の難局に立ち至って、朝廷を助け天下万民を安心させるのは臣下たる者の務めである。これこそが大義名分と申すもので、区々たる考えで上洛を決意したのでは御座いません』

あの巨眼でぐっと正面に向き直った。

伊達侯はなるほど「西郷、西郷と言われるだけの値打ちはあるわい」と感心したが、

『西郷、その方の申すこと尤もなれど、行く、行かぬは家老の意見も聞いてやらねばならぬ。どうじゃ、図書の意見は』

側に控えている家老の松根図書に声をかけた。松根は、

『恐れながら申し上げます。当家もただ今のところは、財政逼迫《ひっぱく》で西郷殿のお志はよく解りますが、御上洛の儀はご遠慮されるがよかろうと存じます』

西郷はここで「はい、左様ですか」では務めは果たされない。

『そんな気弱なことでは、天下の大事を論ずることは出来ませぬぞ。伊達様と主人も見込んでのお頼みでごわす。まげてご承知お願いしもす』

大目玉を剥いて反論したが、ハッキリした返事は聞けなかった。この後、殿様との酒宴になって、伊達侯は西郷を招き寄せ、小声で、

『西郷、余は今度は上洛するぞ』

と、言って西郷の顔を立ててくれた。

やはり賢侯と言われるほどの殿様のなされ方は違うと西郷は感激した。

京から土佐、宇和島へといえば、今日でも汽車でも数時間、飛行機でも同じほどかかる。当時は地の果てであり、最新鋭の船で行くと言っても船は風待ち潮待ちは当然であるし、港から

は陸路を急がねばならない。殿様の久光は命令だけしていればよいが、命令される西郷の忙しさは見ていて気の毒なくらいであった。土佐から宇和島へ出て鹿児島へ帰ってくると、もう次の仕事が待っている。

鹿児島を出たのが二月十三日、帰ったのが二十七日、いくら優秀な薩摩の船を使っていても席の暖まる暇がない。すぐ太宰府へ行って公卿の三条に会い、その足で勤王派の大村藩へ出向いて協力を取り付けねばならない。これではとても体が保《も》たない。

ちょうど、三月二日、土佐の中岡が太宰府で三条に会って来ていたので、都合はよしと大村藩への仕事は頼み、村田新八と寺田平之進の二人を供につけた。

三月二十五日、島津久光は七百人の兵を率い、西郷を従えて堂々と上洛の途につき、四月二日、京都藩邸に着いた。

将軍となった徳川慶喜も、薩摩の動きには敏感に対処していた。フランス公使のレオン・ロッシュとは何度も会談し、今後の幕府のあり方について種々の助言を受けていた。また各国の公使を大坂城に招いて歓談し、頃合よしと判断して兵庫開港を宣言した。次には大赦を発表し、大勢の公卿の罪が許された。こうして朝廷での幕府寄りの勢力の拡大を謀《はか》っていた。

大久保、岩倉とてじっとしていられないほどの慶喜の冴えた手腕であった。

こうした状況の中に島津はじめ越前、宇和島の藩主が上洛し、すこし遅れて土佐の容堂も顔を揃えた。こうなれば将軍慶喜とて緊張して策をめぐらす。

西郷は久光に第二次長州征討の結末をつけることを第一義とし、第二に兵庫開港のこと、第三に今も九州に逼塞《ひっそく》している三条公らの帰京を赦《ゆる》すことを決済すべきであると建言した。同時に大久保、小松らも他の三藩に出向いて説得したので、四侯は揃って将軍にその必要性を具申したが、最後は慶喜が布陣した公卿たちの朝廷での活躍が功を奏して慶喜の一人勝ちとなり、四侯会議は失敗に終わった。西郷は四侯会議が失敗に終わったことについて、

『これには、おいは最初から成功させようとの欲目があり過ぎたために、足元が見えなかったのじゃ。おいのこの巨眼が曇っていたのだ』

深く反省すると共についつい出てくる欲を戒めた。

一代の英傑、高杉晋作は慶応二年八月二十二日、愛妾おうのを連れて屯所を離れ、肺病と闘っていた。捕らえられていた野村望東尼を助けだして、連れてきた時は手をとりあって喜んだと言う。おうのの必死の看病の甲斐もなく、四侯の上洛、四侯会議だと騒いでいるさなかの慶応三年四月十四日、遂にあの世へと旅立った。最期は、

『おもしろきこともなき世をおもしろく』

とまで詠《よ》んで息絶えた。後の句は

『すみな　ものはこころなりけり』（欠字は・す・であろうと思われる）

と望東尼が結んだ。晋作、往年二十九歳であった。

無二の親友であった竜馬は、晋作の命日にはかならず祈りを捧げたと言われる。

其の五　薩土盟約

西郷があれほど、走り回って作り上げた四侯会議であったが、まずは親藩である越前侯が浮き足立ち、土佐の山内容堂は西郷との約束を破って、早々と帰国して仕舞い、完全に挫折してしまった。

大藩の大名だ、殿様だとうそぶいていても、幕府の葵の紋所と対決するだけの勇気のある藩は、我が薩摩藩と破れかぶれの長州藩くらいのもので、その他には全国から集まって来ている脱藩浪士の方が、遙かに頼り甲斐があると、きっぱり方針を切り替えた。

『いよいよ討幕じゃ。それも相手は一橋公ぞ。うかうかしちょられん。滅多に下手な手は打ってこないだけに恐ろしか。もしもフランスを頼みとして、本格的に出てこられてはえらいことになる。はて、どげんすっぞ』

いざ幕府と戦争になった場合、戦場はどこになるのか、幕府の指揮官は誰なのか、幕府軍に参加する藩は、その兵力は、兵器、弾薬、輜重《しちょう》、金はと考えつく全てのことを綿密に調べてみるが、どれ一つとして勝ち目はない。腕をこまねいて静かに考えていると、

『西郷、戦さは時の運、時の勢いじゃ。時の勢いに逆らってはいかん』

澄んだ声が聞こえてくる。

『生きる死ぬも共に欲じゃ。欲を捨て、おいのしていること、考えていることが、天の道理に適《かな》っているか否かを問い正すことの方が大事じゃ』

西郷は沖永良部島でのことが蘇《よみがえ》ってきた。曇りかけていた西郷の巨眼が大きく見開いた。

西郷は戦さは数ではないこともよく知っていた。豊臣秀吉の朝鮮征討の折、秀吉の死によって日本軍の撤退が決まった時、薩摩軍を率いる島津義弘は、数十倍の敵を撃退して、撤退を容易ならしめた故事を深く信じている。

『戦いは数ではなか、時の勢いと天の運じゃ。じゃっどん、尽くせるだけの手を尽くすのもまた、天に逆らわぬ勢いというものじゃ』

生死を賭けて得た悟りで、断固として決めた決意は揺るぐものではない。

大久保は西郷の武力討幕こそは避けられぬ手段であると賛成しながらも、また違った手法を考えていた。幕府や徳川親藩の中枢と脈絡をとって軍事に頼らず、何とか活路を見いだそうと知恵を絞る。この二人の手法は一見異なったように見えるけれども、結果として大久保は西郷の武力討幕を内から助け、強力な薩摩軍を率いる西郷の圧力が、大久保の運動を援護する図式が出来上がっていた。

大久保は越前藩主・松平春嶽を説き、その家臣の中根雪江ほかと相談し、また、将軍徳川慶喜の謀臣、原市之進と話をする。大胆にも幕府の板倉老中に謁見を申し入れ、長州藩に対する寛大な処置を具申し、将軍に善処を迫ったがいずれも成功しなかった。

薩摩の西郷や大久保が困り果てている時、ひょっこりと土佐の脱藩浪士中岡慎太郎が、京都の薩摩藩邸に西郷を訪ねてきた。その時、中岡は三人の土佐の武士と一緒であった。西郷はさっそく、家老の小松帯刀の家に案内し、薩摩側からも大久保、伊地知を加えた四人が出席した。土佐側からは、中岡は旧知の間柄だが、他は新顔の乾退助（後の板垣退助）、谷守部、毛利恭介の四人であった。

乾は土佐を代表して、

『我が藩主の徳川の恩顧を大切にするのは、臣下として敬服するところでありますが、時によりけりで、今日の幕府の腐敗は座視することは出来ません。我が藩も尊藩と共に討幕の義軍に参加したいのでありますが、藩主があの通りですので、全藩一致結束してとは参りませんが、拙者はすぐに帰国して国論を動かして同盟したいと考えております。これなる三人は京にいて、その連絡や運動する者でありますからよろしくお願い致します』

西郷こそ頼む綱との思いと誠意を全身に表わして決意を述べた。

西郷はもとより歓迎である。討幕には一兵といえども喉から手が出るほど欲しいのだ。この後、公卿の岩倉も加わって、薩摩と土佐の軍事同盟の話し合いが秘密のうちに成立した。慶応三年五月二十一日のことであった。

土佐藩の有志は焦っていた。もはや、幕府の命脈も尽きている。早いところ、薩摩や長州の運動に参加して、討幕軍に加わらなければ、出遅れては戦勝の美酒にありつけない。乾らは今が最後のチャンスと馳せ参じて来たのであった。

第四章——大政奉還

其の一　船中八策

　時代は急速に動きだして誰の目にもハッキリして来た。幕府は慶喜が第十五代将軍となって体制強化に本腰を入れだした。西郷、大久保はじめ薩摩藩の首脳の動きも活発になって、まずは土佐との同盟を策し、さらに確実なものにするべく腐心《ふしん》していたし、この際、討幕に志ある者は抜かりなく自軍に引き入れるべく、先見の明のある尊皇の志ある大名やその重臣、または全国を股に駈け回る脱藩志士との連携にも神経を行き届かせていた。

　各藩大名家においても、今後の形勢をにらんで、幕府と薩長勢力とを天秤《てんびん》に賭けて、藩内抗争も烈しくなりつつあった。

　薩摩藩の援助で出来た、中岡を盟主として主に土佐の脱藩浪士から結成された陸援隊などは、一見見逃したくなる小勢力のように思えるが、今までの大事件の裏には、彼らの運動がかなりのウエートを占めていたことを、西郷らは若い時から地を這うような活動を続けてきたため、将来揺るがせに出来ない大きな味方であり戦力であると踏んで、この方面への働き掛けも怠らなかった。

『ここまでくれば、我が藩がどっしり腰を据えて頑張っていれば、天下の士は皆靡《なび》いてくる。現に土佐藩の有志が駈け付けて来たように、いずれ大きな勢いになるに違いない』

西郷はいよいよ切所《せっしょ》に差し掛かったと読んでいた。こんな時の西郷は、物に動じぬ泰然たる所作は同じでも、巨眼には精気がほとばしって、心安く「巨眼さぁ」と言っていた者たちでも、恐れを抱かせるほどの眼光に変わっていた。あたかも大草原にあって四方に睨みを利かす獅子のようであった。

久光の心の中は手に取るように知り抜いていている大久保は、頃合よしとここまで準備出来れば、久光を説き伏せて討幕への意志を決定させられると拝謁を申し出た。

『恐れながら申し上げます。一橋様のなされ方は現下の国情をよく弁《わきま》えたものとは申せません。我が日本の将来は大隅守様の御勇断一つに懸かっているかと存じ奉ります。すでに土佐藩有志とも秘密の盟約を結び、着々と討幕への準備が整いつつあります。折りもよく長州から心利いたる者が参って居りますれば、ご引見賜わりたくお願い申し上げます』

大久保は特に将軍と言わずに一橋と言って久光を持ち上げ、最高の賛辞を述べ立て、言葉を選んで言上した。このくらい、煽て挙げられれば久光でなくとも悪い気はしない。即座に許しが出た。

長州から京の薩摩藩邸に潜伏していた山県と品川は、久光の前に出ることをしきりと辞退をしていたが、大久保のたっての勧めで会うことになった。

『毛利大膳大夫殿の御家来か。よく参った。大儀である。近日中に吉之助をお国へ遣《つか》わすにつき、大膳大夫どのによろしく申し上げてくれ』

機嫌は上々で引出物として山県にピストルを与えた。二人は恐懼《きょうく》して退出した。

さて、西郷が長州へ出立しようとしていた時に、土佐の後藤象二郎から預かった書き付けを見せたいと、家老の小松から誘いがあってその寓居《ぐうきょ》へ出向くと、小松は一枚の書き付けを西郷に示した。何事にも動じない西郷だが、この時はじっと文章を読んでいるうち、あの巨眼が大きく見開かれ、それこそ紙背を貫くほどの眼光となって見詰めていたが、書き付けを返し、

『よく出来ていもすな』

一言つぶやいて、後は無言であった。小松は西郷の次の言葉を待っていた。

一、天下の政権を朝廷に返還せしめ、政令よろしく朝廷より出づべきこと。

二、上下議政局を設け、議員を置きて、万機を参賛せしめ、万機よろしく公議に決すべきこと。

三、有材《うざい》の公卿、諸侯、および天下の人材を顧問に備え、官爵を賜い、よろしく従来有名無実の官を除くべきこと。

四、外国の交際、広く公議を採り、新たに至当の規約（新条約）を立つべきこと。

五、古来の律令を折衷し、新たに無窮の大典を選定すべきこと。

六、海軍よろしく拡張すべきこと。

七、御親兵を置き、帝都を守衛せしむべきこと。

八、金銀物貨、よろしく外国と平均の法を設くべきこと。

西郷はじっと目を閉じて考え込んでいた。今これだけの思想の持ち主と言えば、勝を措《お》いて他には居ない。佐久間象山も橋本左内も吉田松陰もこの世にいない。その後藤とやらがどれほどの器量かは知らないが、土佐なら坂本竜馬が一枚噛んでいるのではと、

『小松どん、その後藤と言うのはどこへ参られたか』

『なんでも坂本と京の容堂侯に会うと言って出掛けたと言うことでごわす』

西郷は首肯《うなず》いて「やっぱり」とつぶやいて、

『小松どん、これは身震いするほどの内容でごわすな。恐ろしか』

小松は西郷が「恐ろしい」と言った言葉を聞いて息を呑んだ。西郷はすかさず、

『後藤殿にお会いしもそ』

言ったきり無言を続けた。

京へ出掛けた後藤らは、五月二十七日に主君が帰国したと知らされて、会えずに戻ってきていた。この日、薩摩藩邸に集まったのは、西郷、大久保、小松らであり、土佐からは後藤、中岡、竜馬も加わっていたかについては史実ではハッキリしないが、私はいなかったと想像する。なぜならば、この大政奉還案を書くほどの竜馬の頭脳の中には、土佐藩が薩摩の尻馬に乗って討幕軍に参加する相談など、ケチな火事場泥棒くらいにしか思っていない。

会議は中岡が岩倉の許へ頻繁《ひんぱん》に往来して、謀議を重ねて出来上がった意見を加えて、すでに板垣らとの間で出来ていた薩土盟約をさらに確実なものとして、慶応三年六月二十二日、正式に薩土盟約が成立した。

このため西郷の長州行きは出来なくなり、その理由を詳しく文書に書いて、さらに薩摩と土佐で交わした密約書の写しを添えて、村田新八に持たせて、山県と品川には西郷から十分に説明し、毛利侯に取り成してくれるよう頼み、長州の意見を求めた。

西郷、大久保らはこの頃、欧州の事情については日本語の達者なアーネスト・サトーに会って情報の交換をしていた。

それによると、どうもフランスはドイツと仲が悪く戦争になりそうだと言う。西郷はこれこそ天の助けだと思った。もし戦争にでもなれば、幕府の戦力に重大な影響がある。フランスが負けることはあるまいが、幕府への援助は当分出来なくなる。

今の日本の改革は、今まで幕府が行なってきた改革では済まされない。ここは迷わず日本人全部で痛みを分かち合う大改革でなくてはならない。

『家格だの世襲制など百害あって一利なしじゃ。そんためには討幕戦によって幕府を根源から消滅させねばないもはん。但し戦さは出来っだけ拡大させずに、早期に終結させねば外国の侵略を招くは必定でごわす』

西郷はでき得るなれば、短期決戦で決着をつけ、持久戦を避けて是が非でも勝利せねばならないと苦心していた。

岩倉の方針は、将軍に朝敵の汚名を着せて徹底的に幕府の罪を糾弾《きゅうだん》すべきだとの、強硬な意見を主張し、これに中岡が同意し、大久保もややそれに傾きつつあった。このように同じ薩摩藩首脳の意見もそれぞれに違っていた。

日本の改革について、確たる方向が決まらず混迷する政局に、竜馬の作った船中八策なる政策が投げ込まれた時、幕府も薩摩も、いや日本全体がどのように反応するであろうか。

この船中八策を読んですでに討幕と決して準備を進めてきた薩摩藩は当惑し、土佐の山内容堂は徳川への恩義を返せると躍り上がって喜ぶだろう。

永年徳川の禄を食《は》んできた幕臣たちは、「そんなことがあってたまるか」と激昂する筈だ。

さて、「よばれたれ」で泣き虫であった竜馬も、今やその実力は討幕派の首脳なら誰知らぬ者とてないほどの実力者にのしあがっているし、先ほどは天下の親藩、徳川御三家の紀州藩から、竜馬の率いる海援隊が操船する伊予大洲藩からの借用船・いろは丸が夜間、瀬戸内海を航行中、紀州藩の軍艦明光丸に衝突されて沈没させられ、その賠償金として八万両近い金を巻き上げて、幕府も諸藩の役人どもをも震え上がらせている。

竜馬は紀州藩の役人どもを、万国公法とか言う誰も知らない法律を持ち出して、煙にまいたのであるが、今日では竜馬の方に落ち度があったことがはっきりしていて、煙に巻かれて金をとられたのは、紀州藩であったと言われる。

何はともあれ大紀州藩を向こうに回して、脱藩の一浪士がこれだけの金をせしめただけでも、大した男と言わねばならないところだが、竜馬にしてみれば、ほんの小さな出来事ぐらいとしか思っていなかった。

先ほどの後藤に書いてやった船中八策も、容堂が四侯会議で上京するに際して、後藤に朝廷と幕府の両方に受け入れられる策を考えよと命じられて途方に暮れ、長崎にいる竜馬に泣き付いたが、竜馬とて即座に名案が浮かばなかった。ままよと長崎から大坂への船の中であれこれ考えたが、こんなことは簡単に思いつくものではない。

竜馬は船のブリッジに立って船頭の仕事を見ていると、波のしぶきがかかるので頬かぶりをして働いているのが目に付いた。竜馬ははたと膝を叩いて、

『ほい、後藤の悩みはこれじゃ。両方ええのは頬かぶりと言うが、こいつを応用すればなんちゃないこっちゃ（なんでもないこと）。容堂侯にも朝廷にも今後両方によかれとすれば、この八策で十分じゃ』

すらすらと一気に書き上げたのであった。文章は海援隊きっての文章家であり外国通の長岡謙吉がしたためた。

其の二　暗闘

西郷も大久保も竜馬が書き上げた船中八策は薩摩にとっては大問題であり、さすがの二人も額を集めて協議をした。

『一蔵どん、これをどう思う。よく出来ていもすが』

『せごどん、おいはこの第一条が気にかかる。竜馬がどげな考えでこの第一条を書いたのか。文字通りにとってよかか。本気で将軍が大政を奉還すっと考えていっのか。第二条以下はなんとか判る。第一条はどちらにもよい玉虫色に出来上がっている。解釈の仕様でどのようにもとれる』

『そこじゃ、慶喜さんが将軍でなかったら、幕府の屋台骨が揺らいでいる今、もしもこの策でこの難局を一気に好転させようと考えるかも知れもはん。当然、誰であっても幕府に都合の良いように解釈しもそ。大政は奉還すっが、四百万石の所領と禄高をそのままじゃとうそぶく。ならば大政奉還した後の政権では、必然的に次の首班になる。さすれば多くの家臣も安泰じゃ。それでは今までと同じではごわはんか。我々にとっては迷惑もはなはだしい案じゃ。しかし、甘い考えかも知れぬが、一気に戦さを仕掛けて幕府と勝負に出るよりも、いったん、大政奉還を実現したなれば、もはや幕府も徳川家という一大名となりもす。我々にとっての勝機は、一徳川家との戦さに持ち込めば何とか勝利は見えてきもす。幕府としてはそれでは勝ち目はないと当然考えていることじゃと思いもす。主戦派は第一条には絶対反対するじゃろう。勝さんや大久保一翁さんらの世の中を真剣に考えてっ人なら、この際、潔《いさぎよ》く大政奉還して国内での戦さを避けようとするであろうが、そんな人は少ないはずでごわす。目先しか考えない多くの馬鹿者の意見をまとめて、大政奉還すっことは考えれば考えるほど簡単ではなか。将軍慶喜としてはと堅くなれば、徳川家をなきものにすることは出来まいと思うが。そこが問題でごわす』

『一橋様はかなり開明なお方じゃが、ご自分の代で幕府をなくして仕舞うことに抵抗があって当然でごわしょう。さらにご自分の才能に自信を持たれており、よほどの事態が起こって来っか、ご自分の先見に自信をなくされっ時が来っか、あるいは有力なお味方に背《そむ》かれっかでなくては、なかなか決心されもさん』

『一蔵どんもそう見っか。おいもそうは思うが、一橋様は賢明ではあっが、先の征討の時に見せたような優柔不断なところもあっお方じゃ。おいは粘りがなかごつ思いもす。あるいは身内の誰かの適当な進言か、あるいは、我らから幕府を絶体絶命の窮地に追い込めば、投げ出すかも知れん。ともあれ、ここは大事な別れ道じゃ』

『せごどん、ここは幕府の出方にも注意が肝要じゃが、土佐の容堂侯の出方にも注意がいりもす。おはんが今言うた注意じゃが、この船中八策を考えだしたのがあの坂本だとすれば、竜馬が後藤に入れ知恵して、容堂侯を動かせば何をしでかすか、また、容堂がどのように将軍に話を持ってゆくかで変わってくる。我らも油断は出来もさん』

『一蔵どん、おいは竜馬はなるほど油断も隙もないヤツじゃが、勝さんの弟子だけに外国の事情に詳しか。根本から変えるためには、討幕の考えだけは変わらぬと思うが』

二人は毎夜、薩摩の首脳と共に協議を重ねていたが、確たる判断が下せずに迷っていた。

大久保は中岡や岩倉とも密談に耽《ふけ》っていた。

『岩倉様、この竜馬が書いたという船中八策をどう思いますか』

『大久保はん、そらよう出来てはるわ。第一条だけ難しおすな。これは将軍はんもなかなかよう決めんやろ』

『ならばどげんして大政を奉還させっのがよかでごわす』

『わしは飽くまでも討幕戦に持ち込まねばならんと考えます。ここで我らが迷っていては、みすみす幕府の思惑にはまってしまうことになるきに』

中岡は、ここは迷わずに戦さに持ち込むべきだと主張する。

『大久保はん、呆《ぼ》けたこと言うたらあかん。中岡はんも言うように、迷うたらあかん。慶喜はんがすんなり大政を奉還してみなはれな、将軍さんが持ってる正味四百万石はそのままや。あんたはんところの殿さんかて七十七万石は変わりまへんで。それやったら今までと同じこっちゃ。何と言うても西郷はんに戦さを任して勝って貰《もら》うんや。幕府やと威張ったかていったん負け戦さになれば、もう実力はおまへん。早いとこ、朝廷さんから勅命を頂いて、「錦の御旗」を押し立ててみなはれ、どこさんかて手向かい出来ますかいな。あんまり麿《まろ》に何もかも言わしないな。分かってるくせに』

岩倉の朝廷での工作や駆け引きは大久保も驚くばかりであった。朝廷では他の公卿などほとんど問題にしていない。薩摩からの資金をつかって、相手につけ入る隙も与えないほどの凄腕には立ち向かえる公卿はいない。傍《そば》にいる中岡も、

『大久保さん、ここはやはり討幕戦しか仕方ないみたいですな。西郷さんに頑張って貰うしかないきに。錦旗を押し立てれば勝てると思うがよ』

中岡は大久保の使いで岩倉とは頻繁《ひんぱん》に往復していて、岩倉の考えにほとんど傾倒してしまっている。岩倉と中岡は討幕戦に持ち込み、徹底的に幕府を叩くつもりであった。

西郷は薩摩の軍事参謀を集めて作戦に熱中した。西郷は作戦の大要を話した。

『戦さは己の目で見るだけでなく、敵の心になって我が備えの不備を衝いてみっことでごわす。幕府の戦略としては、我が討幕軍を箱根を越えて関東に入れ、箱根に大軍を置いて東上する援軍を遮断し、江戸城に籠城して長期戦に持ち込み、海軍を江戸湾に遊弋《ゆうよく》させて補給を断てば、自然消滅の形で勝敗の帰趨《きすう》は幕府に傾くに違いなかとの作戦を立てていっであろうが、こうなっては我らも手も足も出なくなる。如何しもそ』

これには並みいる諸将にも、よい作戦も思案も浮かばない。

征討軍の主力は薩摩軍であるが、急場に間に合う勢力は高々二千か三千、長州が二千弱、土佐は少し遅れて来るに違いなく勘定に入れられない。脱藩浪士が約五、六百、併《あわ》せて五、六千が確実なところであろう。それも今すぐ間に合うと言うのではない。また、戦さでもないのに白昼堂々と大軍を動かせることも出来ない。

参謀たちの討議も真剣にならざるを得ない。薩摩の用兵では第一級の伊地知正治が、

『幕府軍を江戸城に立て籠《こ》もらせてはどうにもなりもはん。たとえ小城でも抜くのは大変じゃ。かといって、関が原のようなところでは相手が大軍だけに勝つのは難しか』

『孫子の兵法に「それ地形を利用するは兵勢を助ける」、また「疾《と》く戦えば存し疾《と》く戦わざれば亡ぶる者を死地となす」と言うではなかか。敵は大軍じゃ。死力を振り絞って速戦即決で、かつ大軍の動かしにくい場所で、いわゆる、兵を死地に投じて戦えば何とか勝ち目はあっとじゃが』

兵法について説明すると、皆も異口同音に声を揃えた。

『それよ、幕府軍と京と大坂との間の山崎あたりで決戦となれば何とか勝てる』

『そげん、うまく行かんのが戦さでごわすぞ』

勇ましいのや慎重な意見も出てきて、軍議はいつ果てるともなく続く。

軍議は堂々巡りになるばかりで決定の見込みは立たない。ただこれに参加する諸将が、西郷が一言も口を挟まず巨眼で皆を見回すかと思えば、目を細めてしきりと相槌《あいづち》を打つそのしぐさが、鷹揚《おうよう》で少しも気張ったところや緊張した様子が見えない。常と何ら変わらないところが頼もしく、それが自然と皆を安心させる雰囲気になっていると感じていた。

『せごどんが居るかぎり戦さは勝つに違いなか』

これこそが孫子の兵法にある地形の章、

『卒を視る、嬰児《えいじ》の如し。故に之れと深谷に赴くべし。卒を視《み》る、愛子の如し。故に之れと死を倶《とも》にすべし』

意味は主将は兵を嬰児のように、また可愛い子のように愛撫をする。故に兵は慈父のように主将になつく。だから主将のどんな命令にも絶対服従するというものだ。今の西郷にはこの主将の気風が備わっていた。

西郷は必勝の確信を持っていた。それは幕府軍には命を預ける主将がおらず、寄せ集めの兵力でしかないことを知っていた。

大軍を率いる大将の資質は誰もが持てるものではない。将に将たる真の将は部下をして安心せしめる気概と貫祿がなくてはつとまらない。西郷を頼りとし、この大将に任せば絶対安心だと、そんな気持ちが全員に浸透し、最後の決断は西郷に任せようとなっていた。

薩摩の軍事を任されている西郷は、軍議ばかりでじっとしていたのではない。

慶応三年八月十四日には、西郷は、長州の急進派の太田市之進と柏村数馬が、先に西郷の代理で長州へ行った村田新八に会って話を聞いていたが、やはり西郷の口から直接聞きたくて来ていた。西郷はいざとなれば薩摩一藩だけででも、討幕戦を行なう覚悟を披瀝《ひれき》すると、二人は感激して共に戦う決意を述べた。その席上、昨今の禁門の戦い、幕府征討軍との戦いの経験やら各藩の状況についての注意を述べ、討幕戦についての突っ込んだ意見の交換を求めてきた。

西郷は順を追って詳しく説明した。

『まずは我が兵力のことでごわすが、近く京に一千の兵が整いもす。その後、国許より約三千の兵が上洛して参りもす。江戸にも約一千の兵がおり、それぞれ戦さの準備が整って、攻撃目標も定めておりもす。京では敵の主力は会津藩であり、まずこれを叩くのが先決かと存じますが、戦さはやってみるまでどうなるか解りもさん。そん時の勢いで臨機に戦法を変えて行くのが常道で、勝敗は今ではハッキリ解りもはんが、我が兵の強さを信じて一兵になるとも退くことは致しもさん。

次に脱藩浪士も五、六百はおり、いつでも立てるように手配してありもす。

次に土佐との間で、先頃の板垣殿との約束では、たとえ藩公の反対があっても、討幕軍に馳せ参じる者だけでも集めて、参戦したいと申していもすが、実数は摑めもさん。しかしながら、我々には朝廷からの勅命による討幕軍としての大義名分がごわすによって、勅命に逆らう藩はないはずで、もしそれに逆らえば勝っても負けても、我が薩摩軍が一兵でもいる限り賊軍ということになりもす。賊軍として兵を起こして勝った試しはごわはん。日和見《ひよりみ》の大名も、今はどちらに付こうかと疑心暗鬼《ぎしんあんき》でごわすが、最初の一戦で我らが勝てば後は雪崩《なだれ》を打って靡《なび》くでごわしょう。ご安心下され』

二人は十分納得して引き上げていったが、翌日またやってきて、

『我々長州藩は幕府の監視が厳しく、白昼堂々と兵を進めることは出来ませんが、長州の末家の当主に幕府からの呼び出しがありますれば、その護衛と言う形で兵を送りたいと思いますので、よろしくご連絡なりして頂きたい』

誠意のあるところを見せた。西郷の喜びは一方でなかった。

慶応三年九月六日、久光の子息忠鑑《ただあき》が兵一千を率いて大坂に入港した。入れ代わりに久光は薩摩へ帰ることになった。

さて、土佐藩はどうしたのであろうか。

幕府の無力化も次第に判明して来て、反対に薩摩の丸に十の字の旗色がますます輝き出してくると、薩摩軍の轡《くつわ》の音が地響きをたてて聞こえてくるように思えて、諸藩の重役も気が気でなくなっていた。

土佐では以前には勤王の武市半兵太がいて、一時は長州と肩を並べて、朝廷側の有力な一翼を担っていたが、主君の容堂侯が幕府の恩義を重く見て、自身は尊皇の志があるにもかかわらず、武市一派を粛正《しゆくせい》して以来、政局から大きく後退し、薩摩や長州から取るに足らぬと見放されていた。

先見の明のある容堂とて薩摩や長州の下風につくことを、潔《いさぎよ》しとしていないばかりか、薩摩や長州と肩を並べて活躍したい。また今まで勤王の志を捨てずに、ここまで生死を賭けて改革に参画して進んできた下級武士や郷士たちにすればなおさらで、このままでは今までの苦労もそれこそ徒労となりかねない。利口に立ち回る者の中には、幕府の旗色が褪《あ》せてきて、薩摩や長州の改革派の勢いがハッキリしだしてくると、成功した暁の美味《おい》しい酒が飲めなくなると心配する者たちが増えてくる。それが後藤たちの上士階層に多かった。それらが、

『どうする。このままでは明日の我々の居場所はないきに』

俄《にわ》かに走り回り出した。

これを見る今まで上士たちから見下げられてきた郷士出身の志士たちは、

『あいつらにええ目をされてたまるか』

主導権争いになっていった。

心配した容堂の家来で上士ではあるが、尊皇の志のある利け者の乾退助は、早々と西郷、大久保に近づき、討幕軍の進発の時には譬え主君の反対があっても、一隊を率いて参戦すると約束をして、国許に帰って同志の説得に努めていた。こんな時に竜馬が例の船中八策を案出して後藤に示したので、頭の回転と身の振り方だけは人には負けない後藤は、土佐へととって帰り、容堂に竜馬の名前を出さずに、

『実は私がこれからの国政についてこのように考えました』

頭の回転の早い容堂は手を打って喜び、

『象二郎よくやった。四侯会議は流れたが、これで余は朝廷には喜んで貰え、幕府にも義理が果たせる。これで余も薩州殿や毛利大膳殿とも肩を並べられる。さっそく、京へ行くぞ』

と、なったのであった。

この第一条の解釈について、もっとも頭を悩ましていたのが薩摩であった。素直に大政を朝廷に奉還されては討幕戦に持ち込めない。最良の策としては、幕府を大政奉還せざるを得ない状況に追い込んで大政奉還を迫れば、奉還しない時は朝敵として、堂々と討って出られる。譬え素直に奉還したとしても、多少の寛大な恩典をちらつかせて、政治の外へ放り出せる。

江戸の閣老の中には、薩摩を倒せ、芋に負けるなと気勢を挙げるバカ者共が騒いでいては、

いくら将軍慶喜が先見の明があっても、早々に大政を奉還することはあるまいと、先ずはこの策略で臨もうと考えていた。あの腹黒い岩倉でさえそう思っていた。ところがここでまたしても厄介なヤツが吠え出した。それもとびきりの大物の竜馬であった。

其の三　虚々実々

薩摩や長州は、竜馬が企画した大政奉還がひょっとして、討幕戦の出鼻を挫《くじ》くことになるかも知れないと警戒しだし、あくまでも討幕戦に固執していた西郷や、薩摩の外交に鋭い目を光らせていた大久保も、さらに腹黒さでは大久保とて叶わぬ岩倉までが、ころりと同調してしまったのは不思議と言うほかはない。竜馬の考えが変わったのか。

まず第一に「戦さに持ち込み勝つことぜよ」と活動していた中岡が、かんかんになって怒った。

『竜馬、おんしゃ、なんちゅうことをするんじゃ。西郷さんや大久保さんは、必死になって討幕戦を練っているちゅう時に、容堂侯から将軍に大政奉還を進言さひて、もしもよ、よかろうとなってみよ、今までの苦労は水の泡じゃ』

『中岡、おまん（お前）もちと頭を使え、薩摩は今、京大坂にどれだけの兵がいるか。知れたもんよ。それでは戦さは出来んぜよ。兵を集めるにはこの策を朝廷に提出すれば、大名が京に集まって会議をせんならん。藩主に召集が掛かるわな。その時には堂々と兵を率いて京へ行けるやないか。どうじゃ名案じゃろが』

中岡は開いた口が塞がらなかった。

『中岡よ、まだあるぞ、戦さはのう、幕府が各藩に城に籠もって討幕軍の攻撃を防げちゅう戦法を命令したらどうなるか。長期戦になるのは確実じゃろが。外国の突け目はそこじゃろ。今度の戦さは速戦即決で勝負を決めにゃいかんぜよ。解るか。日本が生きるも死ぬも今この時にかかっちゅう、なるべく戦さをせずに決めたいが、そうは行くまい、それをこの策で戦さをせずにまずは新政府を創るんよ。戦さはそれから考えたらええきに』

『おんしゃ、まっことよう考えたの。参った。それで行こう』

中岡は竜馬から説明を受けるとさっそく、西郷、大久保らの薩摩藩の首脳に竜馬を交えて、会談した。西郷と大久保は大きく首肯《うなず》いた。

薩摩からは長州へ話し掛けると、長州藩の首脳から話を受けた芸州浅野藩の家老辻将曹までが、即座に承諾の返事を寄越してきた。辻はこれで浅野藩は生き残れると読んだ。

大政奉還すれば全国の大名は一律で、大大名の力はそれだけ存分に発揮できるのだ。

浅野藩の協力は絶大である。何しろ四十六万六千石の大藩であり、長州軍が京へ進軍する時に、是が非でも沿道を通過せねばならぬ大藩が、敵に回るのと味方になってくれるのとでは、天と地の差がある。討幕軍の幹部は勇み立った。

『さすがは竜馬じゃ。目の付けるところが違う』

細かい詮議《せんぎ》は出来ないが、大局を見誤らない竜馬の先見の明に、皆が酔ってしまったとしか言いようがない。

中岡は竜馬に岩倉の腹の内は解らないから、直接会って確認しようと連れ立って岩倉村へ出向いた。もちろん、変装する必要がある。近頃では幕府も岩倉卿は、何やら薩摩とつるんでの動きが怪しいと警戒が厳重になっている。中岡は用心をして変装しているが、竜馬はこんなこ

とは苦手で変装も下手であった。岩倉は、

『あんたが有名な坂本さんかね。お話はこの中岡からよう聞いてます。薩摩と長州の仲をうまいこと纏めはったそうやな。ご苦労はんどっせ。ところで話は何やて、幕府に大政を奉還させるんやて、そら大変なことですな。うまいこと行きますかいな』

中岡は竜馬から仕入れた話を始めると、じっと薄目を開けて聞いていた岩倉は、

『分かった。一つ手間が省けるちゅうこっちゃ。ええやないか』

訳の解らぬ返事をして了解した。

中岡はもちろん竜馬でさえ判らなかったが、岩倉は中岡の説明で「まずは新政府をつくる」との言葉を聞いた時、「これはいける」と閃《ひらめ》いた。後は聞くに足らない。

竜馬は岩倉に会った途端、「わしゃ、この男は好かん」と思った。年から年中誰かに付け狙われている、野良犬のような脱藩浪人の竜馬の嗅覚は鋭い。岩倉の返事を聞いて、岩倉こそは黒幕中の黒幕で、自分は手を汚さずに、そんな仕事は人に任せて、美味《おい》しいところは自分が取るヤツだと直感した。竜馬の反骨の精神に火がついた。

岩倉は岩倉で、政治の闇の世界を歩く鋭い不敵な勘を働かせて竜馬を観察した。

『この竜馬は、あの犬猿の仲であった薩摩と長州を同盟させた大物らしい。なら政治の世界での実力はなかなかのもんであろう。一度その程度を探ってみるか』

早くも現下の政治情勢で、この策の成否の見込み、その反響などを一瞬のうちに計算し尽くしていた。まずは竜馬の手並みを見てからと考えた。

どっちみちこの策を成功させるのは、西郷でも大久保でももちろんこのわしでも、かなり手間のいる仕事に違いない。何も言わずに任せよう。いずれ幕府は倒さねばならぬが、慶喜がす

んなり大政奉還すれば、それも倒幕と同じようなこと、何事もそれからのことだと即断した。難しい仕事はまず竜馬にさせてうまく行けばよし、うまく行かない時は、「こちらにも策略はあるぞ」と言外に匂わせている。これが解らぬ竜馬ではない。

『公卿か何かは知らんが、人の話を聞くなら聞くで真面目に聞かんかえ。岩倉がその気ならわしにも意地がある。一丁、吠え面を掻かひてやろかえ』

すでに次の画を描いている岩倉は、てんで話を真面目に聞く気はない。それが竜馬には判りすぎるほど判るのであった。後の話になるが、私は竜馬の悲劇はこの時に始まったと思う。それにしても、岩倉も片腕と頼む中岡まで失う羽目になろうとは、悲劇は余りにも大きかった。

竜馬は今でも土佐藩主・山内容堂に拝謁できる身分ではないし会いたくもない。そんなことは竜馬にとっては枝葉末節《しようまつせつ》のことで、とにかくこの案を土佐藩主から将軍に提出して、将軍慶喜の了解をとるのが第一だと結論した。またそれをしたいと容堂は張り切ってもいるし、気にも入っていると聞いた。

容堂も賢明だし、将軍慶喜も、才気は殿様業で過ごしてきた人とは思えぬほどの器量を持っているが、将軍、大名には重箱の隅をつつくようなことは、出来ても出来ないのが殿様であり身分と言うものだ。それは何事にも精通した下僚の仕事である。殿様というのは出番が来るまでの忍耐がいる。

将軍を補佐する秀才官僚の出番である。将軍の長所短所に通じて、粘り強い交渉が出来る人が支えねば出来る話も出来なくなる。竜馬は老中板倉がよかろうと目星をつけたがコネがない。思案をしていると永井主水正の名が浮かんだ。

『そうじゃ。永井なら少し知っているし、あいつはなかなかの秀才で、目端が利いて将軍の受けもええらしい。それに外国通で開明派でもある。決まった』

さっそく、幕府のお尋ね者の竜馬は、白昼堂々と幕府の大官永井に会いに行った。竜馬は目的のためなら身の危険とか、相手の身分立場などは関係ないのかも知れない。永井が一言、「この者を捕らえよ」と命令すれば、話し合いどころではなくなる。竜馬一流の気合いで永井に会った。

『永井さん、わしぁくどくどと回りくどい話は苦手じゃき、手短かに言うが、この際、将軍さんに大政を奉還してもろて、新しく作り直す方が、早いしええように思うがよ。そりぁまあ、ここで薩摩や長州相手に戦争して彼奴らをやっつけて、作り直すのもええが、それはちょっと具合が悪いのと違うか。彼奴らも強いし、第一外国が黙ってないぜ。どうしますかな、これは早い方がええきに』

この秀才の官僚に「左様しからば」という議論を吹っかければ、ついには水掛け論になつて終わってしまうが、このようにザックバランに話し掛けられると永井も返答に困る。秀才官僚というものは窮屈に出来ているもので、どんなに自分が旗色が悪くなっても、「はいその通りです」とは言えないし言わない。後は形式的にでも上司との許可をとって文書で回答する。

『よろしく頼みます。板倉老中にもね』

言葉を預けて帰ってきた。この後、竜馬と海援隊にとっては大事件であった長崎でのイギリス水兵殺傷事件に巻き込まれるのであるが、それも何とか凌《しの》いだ。

予期していたことではあるが、永井からはなかなか色よい返事は来なかった。慶喜はもちろんだが、老中はじめ主立った首脳は、大政奉還の意義は判るが、ではその後、幕府は、諸侯はどうなるのかとの議論になると収まりそうない。

岩倉と薩摩の首脳たちにとって、もしも大政奉還を土佐の山内容堂から幕府に出された場合、薩摩の立場がなくなると懸念して、ここは先手を打って、幕府を絶体絶命の窮地に追い込む策として王政復古の決議書を朝廷に提出せねばならぬと発案し、これで幕府を次第に追い込んでゆく方策を進めることとした。

慶応三年十月十三日、藩主・山内容堂の快諾を得て得意満面の後藤は、板倉老中に拝謁して大政奉還の建白書を将軍・慶喜に提出した。翌日には二条関白へも提出した。建白書は松平容堂の名前で出され、別紙として後藤ほか三人の土佐藩士の名前で提出した。

慶喜は大政奉還の建白の大略は知ってはいたが、いざ正式に出されてみると、あらためてその重大性に、頭上の巨岩が今にも崩れて圧してくるような圧迫感を伴って迫ってきた。十月八日には王政復古の決議書が薩摩、長州、芸州の三藩代表から中山、中御門両卿に提出された。その内容がハッキリするにつれ、この決議書こそは幕府の急所を衝いたものに他ならない。形勢は次第に慶喜自身にとって最悪の状況となってくる。早急に決断せざるを得なくなってきた。幕府の首脳相手にどれほど審議しても結論は得られない。ならば自身徳川家の長として、思慮を尽くして決断するより他ない所まで、追い詰められてきた。慶喜は内臓をかきむしられるような、立腹とも悔悟ともつかぬ焦燥感にさいなまれて、五尺の体の遣り場もなかった。

この時の慶喜の心境を思い遣ると、恃《たの》む土佐・山内容堂の大政奉還の建白はよしとしても、薩摩、長州、芸州三藩からの王政復古の建白こそは、牙を剥いた後門の虎に違いなく、現下の政情、この国の行く末、徳川家のことなどに思慮の限りを尽くして精根尽き果て、眩暈で膝から崩れてゆくような疲れが全身にひろがり、呼吸も出来ないほどの失望感に打ち拉《ひし》がれて、進退ここに極まったのではなかろうか。

最後の決断といっても、事は天下の政治を二百六十余年にわたって預かってきた徳川氏の存亡に関わることである。進むも退くも死あるのみと覚悟せざるを得ない。ここに至って、今までこの身を苦しめてきた区々たる思いや悩みをきっぱりと振り捨て、慶喜は遂に決断した。

『余は先祖以来、連綿と尊皇を守って今日に至った水戸家の血を引いた者である。今日よりは一意尊皇の誠を貫いて身を処してゆくべきである』

また徳川宗家の祖廟《そびょう》に対して、

『ご先祖様には誠に申し訳ない仕儀に立ち至りましたことは、死をもって償《つぐ》なっても償えるものではありませんが、事ここに至れば致し方も御座いません。ただ敵に一矢も報わずして屈するよりも、一撃を与えて死するあるのみです。お許し頂きたい』

と、詫びると共に、一挙に大政を朝廷に奉還して、討幕を企図している薩摩や長州に一大打撃を与えようと決心した。

これとは別に、大政奉還を案出した竜馬は、討幕戦はかならず起こると見て、土佐が討幕戦に後《おく》れをとらぬようにと、慶応三年九月二十五日、土佐藩にゲーベル銃一千梃を寄付している。どれだけ郷士たちからなる土佐勤王党の者たちに、温かい思いを抱いていたかが分かるというものだ。

もう十月になろうという時であったが、大政奉還や王政復古の建白書の提出とは別の運動が同時に進行していた。十月八日、薩摩の小松帯刀、西郷吉之助、大久保一蔵の三人が連名で、中山前大納言、正親町三条大納言、中御門中納言の三人に、討幕の宣旨降下を請う請願書を提出した。これはハッキリ言って、秘密の討幕の軍を起こす最後通牒ともいうべきものである。

彼らは慶喜が一大決心をしていることを知らない。また大政奉還はそう簡単に事が運ぶとは思っていなかったが、準備おさおさ怠らなかった。

岩倉と大久保は朝廷からの勅諚を頂いて、「錦の御旗」を押し立てて、討幕戦に突入する計画を着々と実行していたのであるが、勅諚は簡単に下りるものでないことは、公卿の岩倉は知り抜いていたのである。まさかの場合は密勅「偽の勅諚」でも仕方がないと考えていたのである。革命断行のためとはいえ、暴挙のそしりは免《まぬか》れまい。

十月九日になって、やっと永井主水正から土佐の後藤に、建白書は採用すると通知があり、十一日になって、諸藩に対して回覧が示された。

『国の大事について各藩の意向を聞きたいので、京にいる各藩の重役は明後日、十三日午前十時に二条城に出頭せよ』

幕臣はもちろん、薩摩や土佐の侍たち、朝廷の公卿たちにとって、ここしばらく前から感じていた不穏な空気、それはあたかも空一面を覆っていた黒い雲が風を伴い、ますます激しさを増し、夕暮と見紛うほどに暗くなり、今にも雷鳴と共に激しい風雨が来る前の一瞬の静けさの中を、吹き抜ける一陣の不気味な風に「どうやら嵐が来るぞ」と眉を曇らせる状況に似ていた。

事実このすぐ後には、天の底が抜けたような大雨となり、疾風が巻き起こって嵐となったのであるが、幕府、薩摩と岩倉、竜馬の三者入り乱れての策謀は、お互い肝心の秘策は見せないながら、お互いほとんど見当がついている関係の中で、お互い何も解っていなかったが、とにかく大変な事態が起こるであろうといった不可解な筋書きの舞台が回りつつあった。

其の四　お札降り

本来ならここでは一気に大政奉還へと話を進めたいのであるが、庶民から見れば雲の上にいるようなエライ人の話ばかりでは、何となく息切れする。少なくとも私は息切れしてきた。エライ人はエライ人で歴史に残るような活躍をしているが、庶民の活動は歴史には残らないが、同じくらいの値打ちがあると自負している。現にエライ人が活動する動機にしても、本を正せば、我々庶民の動きが根にあると言うことを知っていて欲しい。

『天網恢々《てんもうかいかい》、疎《そ》にして洩《も》らさず』

この諺《ことわざ》の意味は、「天の網は広大で、網目が粗いように見えるけれども、決して悪いことを、見逃すというようなことはない」であるが、エライ人のやっていることは、庶民は知っていないようだが、よく知っていて、口に出せば罰せられるが、もう辛抱出来ない、もう堪《たま》らないとなると、罰を受けない方法を編み出して、世間を味方にして訴えたのが、この「お札降り」であり、「えいじゃないか」の叫び声であったと思われる。庶民はエライ人のしていることは全部知っていた。

さて「おかげまいり」とこの慶応三年に起こった「お札降り」「えいじゃないか」とは同じようであって同じではない。八代将軍・吉宗の享保八年頃から始まった「おかげまいり」は、打ち続く不況、不作で米価があがり、その後も続く「インフレの不景気」で生きる望みを失った民衆は、伊勢皇大神宮の神威を頼みとし、役人の取り締まりをかわすため徒党を組んで町中を練り歩き、鄙猥《ひわい》な言葉で唄い、派手な衣裳《いしょう》をしてのぼりや吹貫《ふきぬけ》を立て、笛や鐘、太鼓を叩き踊り狂いながら、所々方々で接待や施行を受けながら伊勢へと向かったと言われる。

「えいじゃないか」はさらに手が込んでいて、大神宮のお札が空から降ってくると言うのである。今でさえも大神宮の威光は畏れ憚《はばか》るものがあるが、当時は日本人にとって絶対的な権威があった。恐らく薩摩や勤王の志士たちが後ろで操作していたのであろうが、これには役人といえども手出しはできない。鄙猥な言葉や派手な服装、鐘や太鼓を打ち鳴らし、群を頼んで踊る行為も大っぴらともなれば、取りも直さず役人の制止や監視から逃れる庶民の知恵であろう。伊勢参りは民衆にとっては格好の大義名分であろうか。

慶応二年に始まり慶応三年夏頃になると、様相も違って政治性を帯びてくる。例えば鄙猥な囃《はや》し言葉にしても、「岩倉公実記」には、

『よいじゃないか、えいじゃないか、くさいものに紙をはれ、やぶれたらまたはれ、えいじゃないか、えいじゃーないか』

とあり、「丁卯雑拾録」には、

『えいじゃないか、えいじゃないか、おそそに紙はれ、破れりゃ又はれ、えいじゃないか』

中山忠能履歴資料には、

『よいじゃないか、くさいものにふたして、くさいものにふたして』

鄙猥な言葉もここまでくると書くのも辛い。その意味を詳述したいが、本題から外れるのでご遠慮する。

現在では国会などでかなり肺腑《はいふ》に届くような真実に迫った質問もあるが、新聞での釈明やテレビに映る当事者の態度は共に神妙にして、その場限りの誠実の伴わぬ釈明や態度は如何にもよそよそしい。それより幕末の民衆の鄙猥な表現には力感がある。すなわち、「くさいもの」とは公卿のことで、「紙」とは金銭のことであり、張る者とは幕府であって、幕府はそれまで公家に金銭を握らせてきたが効果がなかったことを茶化していると、歴史学者田村栄太郎さんは著書「世直し」に書いている。

関西では女性の性器をこのように言うが、関東ではこのように言わないから、幕府のお膝元での江戸では「お札降り」も「えいじゃないか」も京・大坂よりも激しくなかったのか、どの程度であったのか詳しくは知らないが、「御用盗」が暴れ廻って人心を恐怖に陥れたり、焼き討ちをしたりと、騒がしかったことについては後述する。

民衆は皆近い将来、幕府が倒れ新しい政権に代わることを知っていたのだ。

京・大坂でのこの騒ぎは、薩摩や長州の討幕派が火付けしたことは間違いはないが、これほどまでに拡大するとは思っていなかったであろう。この騒ぎに紛れて、岩倉公が自然と人目に触れることを免れ、秘密の活動や会合が出来たと「岩倉公実記」にも記されており、薩摩や長州、土佐の動きが隠蔽《いんぺい》されたことは十分窺《うかが》える。

実際、空からお札やお金が降って来ること自体あることではないが、当時は迷信や予言や山間にいて仙術を感得した者の託言を、信じる者はかなり多かったから一概に無視することは出来ないが、これを有利に利用出来なかった幕府は、すでに完全に民衆からも見放されていたと言えよう。力のない民衆の何でもない力が、奔流のように急変する時流に味方すると察知して利用した討幕派と、察知できても民衆の活力を味方につけられなかった幕府の運命は、戦さを待たなくとも決まっていたと言えるだろう。民衆は新政府の出現よりも先に自己解放をしていたのであろう。

其の五　大政奉還

慶応三年十月十三日、在京の各藩重役は二条城に出頭した。

先ず、幕府側ではあらかじめ諮問すべき件についての書き付けを回覧させた。これにはハッキリと大政を朝廷に奉還すると書かれてあった。

ほとんどの重役は大政奉還の意味を、幕府が朝廷に大政を奉還しても、将軍はじめ諸侯の地位はそのままで、今までのように政治を動かして行くのは、譜代の大名ばかりでなく、各藩からも立派な人物を採用してやって行くことであろうと解釈した者もいたであろうが、うっかり意見など述べて老中に睨まれたり、恥を掻くのも叶わぬと思っていた者もいたり、中にはさっぱり意味も解らず、皆に意見が無いようだからと、老中が、

『ご意見のある方は残って頂きたい』

と、言うのを待っていたかのように、席を立って帰っていった。

残ったのは薩摩藩の家老小松帯刀、浅野藩の家老辻将曹、土佐藩の後藤象二郎、福岡藤次、備前藩の牧野権六郎、宇和島藩の都築荘蔵の六人であった。

普通、大名の家臣が将軍の謁見を受けることは出来ない。まして意見を述べることなど、考えられもしないが、この時は慶喜は「意見をのべよ」といって聞いたと言う。場所柄といい、身分を弁《わきま》えれば、ここで長々と意見を述べるような者はいないはずで、薩摩藩はもちろん、土佐藩、芸州藩にしてもその必要はあるまい。

『大樹様の御英断を承り、恐悦《きょうえつ》至極に存じ奉ります』

形どおりの言葉を述べて退出した。薩摩藩の家老小松帯刀だけは老中筆頭板倉閣老に、

『ただ今よりすぐに参内なされて、奏聞をお願い致します』

と、急がせた。板倉は何も感づかなかったが、小松には一刻も早く奏聞させねばならない理由があった。

一つはここでの決定を朝廷に奏聞することは天下に布告することであり、後になって会津藩やその他の過激な連中からの横車で、変更などのないことを確実にしたのであった。

板倉老中の「朝廷の御裁可を仰ぐために周旋せよ」との命令に基づき、慶応三年十月十四日、ここに薩摩、土佐、芸州三藩が将軍に大政奉還を願い出ることになり、翌十五日、将軍が参内することとなった。

今一つは例の討幕の密勅が薩摩、長州両藩に下されることを知っている小松は、板倉にこのことが洩れるのを一番恐れていた。薩摩藩の代表として幕府と大政奉還について討議してきた手前、知られれば幕府を裏切ることになり、それはまた密勅をひた隠しにしてきた薩摩藩への裏切りともなる。まことに際どい綱渡りであった。

この一日の差が幕府にとっては魔の一日となり、薩摩、長州にとっては願ってもない佳い一日となった。すなわち、十月十三日には薩摩中将殿（久光）と薩摩少将殿（忠義）に討幕の密勅が下された。翌日の十月十四日には長州藩主父子にも同様に下された。一日の違いは、長州藩主父子の剝奪《はくだつ》されていた官位を復旧する書類の整理が一日かかったためだ。

薩摩、長州の在京の首脳が連名で請書を奉《たてまつ》った。

薩摩藩の西郷、大久保、小松、長州藩の広沢、福田、品川の六名であった。いよいよ、「錦の御旗」を押し立てて、いつでも討幕戦が行なえることになった。

この日、もう一人の大物も、大政奉還の決定を聞いた。竜馬である。この時、竜馬は、

『大樹公、今日この日の公の心の中をお察し奉る時、どれほど悩まれたか、そしてよくもご決心されたものよ。この竜馬、一身を投げ捨ててこの公のために働きましょう』

声をふるわせつつ言ったと伝えている。私はこの時に竜馬の考えに変化が起こったと思う。

それは将軍慶喜の英断をたたえる反面、岩倉に対する激しい闘志でなかったろうか。

『これで岩倉もぐうの音も出まい。ヤツらは戦さに持ち込もうとするだろうが、わしぁ絶対させんぞよ。討幕派で恐ろしいのは西郷じゃ。こいつと岩倉、大久保を切り離せばなんちゃない。西郷は幕府を倒して政府をやりかえることに異義はないはずじゃ。岩倉のように慶喜の首をとるなどとは言わぬ。とにかくこの策を練ることじゃ。それにはまずは岩倉と大久保との仲を裂かねばならん。こいつは一丁、慎の字（中岡）と相談じゃ。大体、殿様くらい邪魔なヤツは居ない。それより仕方のないのが公卿じゃ。大政奉還で公卿が威張りだしたが、これがこれからの癌じゃ。コイツらを始末せんならん』

竜馬は次の目標に向かって走りだしたのではなかろうか。

十四日には板倉老中が参内して奏聞したが、永らく政権から遠去かっていた公卿の間で政権を受け取ることについての議論が長引いた。無理もないことであろう。

翌日の十五日には天皇のお召によって、将軍徳川慶喜は参内した。この時、朝廷は後日このことについて諮問《しもん》を行なう時は、在京の十万石以上の大名を召集し、特に藩主を辞して隠居している、越前松平春嶽侯、佐賀鍋島侯、土佐山内侯、宇和島伊達侯、薩摩島津久光侯の五人も召集するようにお沙汰があった。

御沙汰書を賜わったのは夜になっていた。とにかく朝廷との間には面倒な手続きが必要で時間がかかる。

御沙汰書には大略、以下のように示されてあった。

『奏聞の趣について、大政奉還のことはよく承知したが、国家と外国の事については、双方に手違いや混乱が起こっては面倒だから、後に衆議を尽くしてから決定することとし、その他のことはしばらく従来通り幕府で取り扱うがよかろう』

これに対して十月十七日、慶喜は以下のような伺書を差し出した。

『大政のことについては、諸侯が参集した上で衆議を尽くして、定めるのがよいと思いますが、外国関係のことは我が国の都合ばかりを申し立てても不都合なことも起こりますので、差し当たり、在京の諸侯、諸藩士を朝廷に召して、ご決定になればよろしいかと存じます』

すでに密勅を得ている討幕派の公卿たちにとっては、密勅を憚《はばか》ってか外交権も手に入る願ってもないチャンスであったが、特別な動きも見せずに静観していた。

大政奉還されたことが一般幕臣に伝わってくると、続々と慶喜の許への陳情、苦情が相次いだ。中でも会津、桑名の両藩はもちろんだが、紀州藩、新撰組などはもっとも先鋭的な議論を吐いて巻き返しを計った。紀州藩と大垣藩は幕府兵と会津、桑名の兵とをもって、禁裡と薩摩藩邸を焼き払い、天皇を護って大坂城に立て籠もり、江戸から幕府軍を呼び寄せようと画策し出した。反大政奉還派としたら妥当な作戦であろう。

この大切な時に西郷、大久保、小松の三人は長州の広沢、福田と共に京を出て大坂に至り、芸州の船で帰国の途についたところであった。

この幕府側の計画をまず岩倉が聞き込んで、中岡に知らせ、その足で薩摩藩邸に行き、吉井と伊地知に伝えた。これを聞いて驚かない者はいないが、さりとてうろたえていても仕方がない。吉井は自分自身を落ち着かせてから、

『あるいはそういうこともあるかも知れません。しかし、我々は敵の挑発に乗らずに自戒しておりますが、もしも敵が禁裡に攻撃を仕掛けるような事態になりましたら、全滅覚悟で守護し通すつもりですから心配無用であります』

これではとても安心出来ないが、岩倉はそれとは別に、竜馬ならどのように思案するだろうかと居ても立ってもいられなかった。

会津、桑名両藩はじめいきり立った幕府側が、なぜこの機を逃したのだろうか。考えられないほどの逸機《いっき》であった。もしこれが行なわれていたら、薩摩、長州の永年の計画も水泡に帰して、日本は内戦となり、外国の侵入は避けられず、まさに累卵《るいらん》の危きに曝《さら》されるかも知れなかったと言ってよい。この暴発をさせなかったのは、幕府にも良識の人材がいたのと、一挙に大政を奉還して薩摩、長州の討幕を封じた慶喜がいたからではなかろうか。

十月二十一日には、討幕派の公卿の中山忠能は、薩摩の吉井幸輔を呼んで命じていた。

『慶喜はすでに政権を返上したのだから、討幕の戦さを起こさぬように、薩摩藩主にも伝え、薩摩から長州にも伝えよ』

こんな命令に今さら従うほど、吉井も馬鹿ではない。伊地知と二人で相談して握りつぶしと決めた。

帰国を急いだ西郷らは長州の三田尻港に着いた。ここにはすでに薩摩軍約千三百人ほどが滞在していたので、すぐさま便船で大坂へ送り、薩摩の汽船三隻を率いて鹿児島へ帰った。西郷らは久光父子に拝謁して、京での情勢を説明し、持参の討幕の密勅を奉って藩主の出京と出兵を要請した。薩摩藩内には討幕に慎重な者もいたが、久光も了解していることでもあり、何とか纏《まと》まって十一月十三日、藩主忠義（久光の子）が三千の兵を率いて出陣することになった。

西郷は藩主に随従して十一月十五日には長州の三田尻に入港した。大久保の乗った船は、高知へ立ち寄って出兵をうながしたために遅れて十七日に入港した。

長州も兵二千を船で京へ送ることになっている。討幕の諸準備は着々と整っていた。

第五章——私説竜馬暗殺

竜馬暗殺の原因を深く探れば、岩倉との出会いにあると思う。性格の違う者、俗に言うソリやウマの合わない者同士は打ち解けようがない。竜馬も岩倉も共に幕末に生きた大策士であるが、性格も違えば政治手法もまるっきり異なる。竜馬は底抜けに陽性であり、他人の欠点、弱点など意に介しないし、描く気宇の大きさは並はずれている。岩倉は陰性で相手の弱点を握って止めを刺す。この二人が利害や主張で向かい合えば、火花が散るのは止むを得ない。したがって竜馬暗殺の真犯人は、まずは大胆に岩倉とその周辺ではないかと仮設を立てても、不思議ではないと考えた。

竜馬が慶応三年十月十三日の夜、慶喜がついに大政奉還を受け入れたと聞いて、

『大樹公、よくぞ決心なされたものよ。公の心中をお察し申し上げる時、どれほど悩まれたか、この竜馬一身を投げ捨てて公のために尽くすであろう』

声を震わせて感激したが、竜馬自身、まさか後藤象二郎の頼みで、長崎から大坂へ向かう船中で思いつくままに書いた今後の政策についての八策が、混迷する政局にこれほどまでも波紋を拡げ、ついに将軍を動かし、徳川幕府十五代続いた政権を、瞬《まばた》きする間もあらばこそ、電光

石火の速さで朝廷に返上することになろうとは夢にも思っていなかった。

あの一片の紙に書いた八策が、混沌とした時代の流れを一気に激流とかえて、あっと言うまもなく数百丈の滝となって遙か下の滝壺へと落ちていったようなものだ。

『将軍様はめくるめくような断崖の縁に立って、日本人同志が相戦うことのないように、身も細るような決断の末に、一身を顧《かえり》みずその滝壺へ飛び込まれたがぜよ。数々の苦衷をお察しすれば、唯々《ただただ》敬服のほかはない。将軍様がそのお覚悟ならば、わしの命など軽いものよ。命懸けでお助けせにゃならんぜよ』

身を震わせて感激の言葉を反芻《はんすう》していると、いつの間にやら身についた土佐弁に変わってくる。何事も土佐弁に変換して考える竜馬独特の思考法は、いったんは深い思慮の底に沈めてから、徐々に現実の世界に浮き上がった時には、竜馬は竜となって天をめざして駈け昇ってゆく。

『岩倉の目論む討幕戦について、もう一度考え直さにゃならんぜよ』

竜馬はもともと幕府は倒さねばならぬ、討幕戦は避けられないと考えていたし、なるべく短期に決着をつけて新しい政権を誕生させねばと考えていた。

『西郷や大久保、岩倉は討幕、討幕と寝言のように言うちゅうが、金もないのにもしも長期の戦さになればどうするか。あの腹黒《はらぐろ》の岩倉がわしの八策をよしと言い、これなら一つ手間が省けるからと吐《ぬ》かしおったが、まっことその通りじゃろうが。已れの手間は省《はぶ》けるが、省く苦労をする将軍のことはなんちゃ考えてない。うまいことといけば己のものにし、失敗すればその者のせいにして敲《たた》くちゅうのは許せん』

竜馬が岩倉を敵視していれば、岩倉も竜馬こそ油断のならぬ奴と煙たく思っていた。

大政奉還によってまずは新政府を立ち上げ、それから戦さのことを考えるとの竜馬のくれたヒントは、岩倉にとって最上のものであった。確かに大政奉還した後、竜馬の八策によれば、全国の大名は一律になり、旧来のように禄高の大小や譜代、親藩の序列はなくなる。これからはそれぞれに優れた才能のある者がこの国を支えて行くことになるが、幕府を倒し徳川氏及び徳川氏寄りの者たちを断固排除する決意でいる岩倉とすれば、新たに創《つく》る新政府は岩倉の意のままに動く者たちで固めねばならない。

『竜馬はこの八策を書くくらいだから、これをどのように発展させるか知れたものではない。彼奴は麿《まろ》の言うようには動かぬことだけは確かじゃ。今では人気絶頂のスーパースターで、神出鬼没に全国を駈け回る。支援する者も多い。中でも長州藩は彼奴を高く買っている。それに彼奴の書くシナリオは神出鬼没で、何を考えているやら分からない。芝居じゃないがそれに監督もやれば主演もする。その作品を世に出す時機もよく知っていて抜かりがない。とにかく厄介な奴で麿にとっては邪魔者じゃ』

岩倉はいよいよ自分の出番到来に当たって、目の上のコブは竜馬と見た。竜馬こそは最大の邪魔物である。岩倉は早くも竜馬をはずそうと策略を練った。ここが陰険な黒幕の本性で、竜馬にはテロや暗殺といった卑怯な策略を用いない。そこに不用心さがあった。

卑怯なヤツほど、強い相手を消そうと暗躍する。

『京には暗殺を請け合う者はいるが、わしにはそのルートはない。西郷には強いのがごまんといるが、うっかり頼んで首を横に振られたら、彼奴の下にいる命知らずがすぐ刀を抜いてくる。西郷にこんなことで差しで話が出来るのは大久保しかいない』

岩倉は大久保を岩倉村の中御門経之の邸に呼んだ。

『大久保はん、慶喜はんがあっさり政権を返上しはったけど、あんたも麿もちと思案せんならんどすな。公卿の中山はんが薩摩の吉井はんに「討幕は控えるように」て言わはったそうやな。戦さの目論みはどないや。西郷さんも大久保さんも国から兵を仰山連れてくる言うけど、お国の頭の固いのを纏《まと》めるのは大変どすな。それより大変なのは慶喜はんを高う買うたあの坂本は用心どっせ』

岩倉は言葉を選び、大久保の顔色の変化に気を配りながら、畳の目を数えたり天井に太い息を吐いたりと、言いにくそうに話し掛けてきた。驚いたのは大久保である。

『岩倉様、将軍がすんなり大政奉還しては我らもこれから先、ちと仕事が難しくなりもすが、あの竜馬になんど怪しい気配でも、それとも何か証拠でもおありでごわすか』

『いまのところは、証拠になるようなものはなんもおへん。ただ、麿は薩長同盟を成功させ、あの大政奉還のシナリオを書いて実現させ、それがあのようにすんなり出来てしもうたら後の揺り返しが心配やと思う。揺り返しの震源地は同じところやと言うのは常識でっせ。そしてな、慶喜はんが大政奉還しはった晩に、坂本はあの人のためなら死んでもええ言うたと、中岡はんから聞きましたが、麿は坂本は慶喜はんを高う買うてはると観《み》ましたんや。坂本は義理や人情で動く者ではないけど、人の値打ちはなんぼやとよう知ってる男やと麿は観ている。麿があんたはんや西郷さんを高く買うてるように、坂本が慶喜はんの値打ちを高いと観たら、将棋やないが駒を動かすと思う』

『考えてもみなはれ、大抵の大きな仕事には彼奴が関わっている。今こそ我々も胸つき八丁で幕府もしんどいが我らもしんどい。こんな大事な時に土佐の容堂をおだてて、一波瀾起こせるのは坂本しかおへんえ』

眠ったような薄目で大久保の顔色を窺《うかが》いつつ、この意見には逆らうことは許さぬぞとの意思表示するように下唇を舌でねめまわした。

大久保はどろりとした悪意を感じて、腕をこまねいて考えこまざるを得なかった。

『竜馬が幕府側につかぬという保障は何もない。岩倉の言うように、今の政局に大政奉還に不満を持っている者は多い。揺り返しは簡単じゃ。土佐の後藤や福岡を通じて容堂公に知恵付ければ、何をやらかすか知れたものではない。今や竜馬は天下に顔が利く。それに彼奴には航海術に長《た》けた者をたくさん抱えている。例えば幕府の軍艦に乗って暴れられたら大変じゃ』

『それに竜馬は新政府の役にも就く気がない。彼奴は何を考えているのやら、岩倉は竜馬の仕事はこれまでと、後はいては邪魔であろうな』

疑えば疑うほど竜馬は恐ろしい。かと思えば仮借《かしゃく》のない岩倉も不敵である。大久保の胸の内は、怪しい黒い雲が沸き上がってくる不気味さが充満してきた。

『それではこうですか』

大久保は手刀を首に当てる真似をした。岩倉は横を向いて黙った。「殺せ」という意志がありありであった。二人の沈黙は続いた。

『これは一度よく考えてみなければなるまい』

岩倉に挨拶をすますと、真っすぐ藩邸に帰ってきた。

この頃、薩摩藩の首脳は多忙を極めていた。こんなことは多忙な西郷にじっくり話すことは出来ない。かといって西郷の了解なくして、薩摩にとって大切な竜馬を暗殺することなど出来ることではない。特に西郷は竜馬とウマが合う。西郷が首を縦に振らないかぎり、竜馬を殺《や》ることなど出来ることではない。西郷の下にいる若い血気の者が黙っていない。場合によっては、岩倉の生首をぶらさげて来ないともかぎらない。現に人斬り半次郎といわれた中村半次郎などは、会津藩はもちろん、新撰組の猛者《もさ》どもも屁とも思っていない。

大久保は西郷に話すべきか否かでずいぶんと迷った。岩倉や西郷の言うように、これからの新政府の門出にあたっての苦労は計り知れない。西郷に話せば分かってもくれようが、「いや」と一言言えば翻《ひるがえ》すような男ではない。知らそうか否かと迷った挙句、相談しようと決心した。

岩倉は孝明天皇を毒殺したと噂されるだけに、目的のためには手段をえらばない。大久保もいったん決意すると、鉄の意志の持ち主である。

『せごどん』

一声低く声をかけて、静かに襖《ふすま》を開けて入ってきた大久保は、ぴたりと西郷と向き合って座った。能面のように無表情でいて、不退転の決意を秘めた細い目の色は、いつもよりさらに厳しいものであった。しばらく沈黙の時が過ぎる。

西郷は大久保の面上にただならぬ決意を感じとっていたが、無言で見つめていた。やがて大久保は胸の辺りのつかえを、呑み込むかのようにぐっと奥歯を噛み締めて、それこそ他人ごとのような口調で西郷の耳元で囁いた。

『竜馬を外《はず》しもそ』

西郷の巨眼が次第に大きくなる。じっと大久保の顔を見つめるその目は、瞬《また》きもしないで異様な光を帯びてきた。大抵の者はこの眼光に耐え切れずに目を伏せる。西郷は無口だが目でものを言うと言われる眼光である。竹馬の友として幕末の激動の中を生きてきた大久保であったが、この時ばかりは耐えるのが精一杯で、体が次第に固くなるのを覚えた。

西郷は無言のまま腕を組んで静かに目を閉じた。大久保は審判を待つ身の辛さを五体に感じて西郷の一言を待った。

西郷のまぶたには、竜馬との数々の思い出がよぎってくる。

初めて大坂の宿で勝さんの紹介で会った時、陽気で明るい青年ながらその気宇の大きさに度胆を抜かれたことが思い出された。

薩摩と仲の悪い長州との同盟を成し遂げてくれた時には、神か仏かと手を合わす思いであった。あの時には大いにお世話になっている。その後、薩摩へ妻のおりゅうさんと一緒に来たことなどが昨日のことのように身近に懐かしく想い出されてくる。

西郷の胸の内では、恩義と非情と現実が音を立てて格闘しあっていた。

『大政奉還は討幕を目指す我らにとっては確かに邪魔になる。じゃっどん、竜馬もそこのところはよう心得ていもそ。慶喜の方へ走ったとしても、日本のことを考えてのことなら、話し合えばどこかで一致するところもあるはずじゃ。この度はずれて大きい英雄をどうして亡き者に出来ようか。この国には是非ともいてほしかお人じゃ。どのみちこれは岩倉どんのたっての意向じゃろうし、坂本さんと慶喜さんが組めば、ここまで進んだ討幕が一頓挫するのも確実じゃ。おいとしても今、竜馬に変な動きはして貰《もら》いたくはない。今の情勢では岩倉どんを斬るか、坂本どんを斬るかとなれば、一辺の義理では片づくものではない』

西郷の瞼の裏にもう一つの巨眼が見えた。じっと見据えていると、岩倉の顔が映ってきたが、汚いものを見た時のように目を反らした。次に大久保の顔がハッキリと写った。一蔵どんも変わったと思って瞬きもせず見入ったが、少し疲れてきて目を閉じた。再び見開いた目に竜馬が見えたが、眼前が曇ってぼやけて見えた。

『おお夢を見ていたのか』

長い時間を経過したように思った。なにか示唆を受けたようで頭の整理がついていた。思慮が尽きたと思い静かに目をあけた。その目にはもう先ほどの光も鋭さもない代わり、珍しくきりっとした冷ややかな眼光に変わっていた。

『是非もなか』

そう言うなり、小山が揺れ動くかのように座を払った。

『御免、失礼しもす』

挨拶を残して廊下の向こうへ消えていった。

大久保は体の芯から力の抜けて行くのがはっきり分かった。西郷の袴の衣擦《きぬず》れの音が淋しく聞こえて、それがいつまでも耳朶《じだ》に残っていた。

この時を境に西郷と岩倉、大久保との葛藤《かっとう》が始まったと思う。

人の恩義を重くみる西郷にとって如何なる理由があるとはいえ、薩摩にとって大恩ある竜馬をどうして亡き者に出来ようか。といって竜馬を生かせば、岩倉とて荷が重かろう。岩倉を通じて朝廷と組み合った強固な関係に慶喜の手が朝廷へと延びてくれば、これから仕掛ける戦さの構想が崩れてくる。只でさえ久光公との調整で苦しむ大久保は、薩摩藩の梶を握るおいも含めて右往左往せねばなるまい。

維新、改革とは、なんと非情で血なまぐさいものだと思うのは私だけではあるまい。

薩摩藩の暗殺実行には常に中村半次郎が関わったが、この時はまったく関わらなかった。大久保は人を介して見廻組に接触した。当時、薩摩の武士が幕府に接触するのは至難のことで、暗殺団の中に土佐の武士がいたと噂されるのはこのためではなかろうか。

この後、西郷も大久保も薩摩へ帰り、竜馬暗殺の時には京にはいなかった。

見廻組は新撰組と同一視されることを極度に嫌う。見廻組は歴とした旗本、御家人のうちから、特に剣の達人でその多くは幕府講武所に在席した者であったから、無意味な殺人を繰り返す新撰組とははっきりと一線を画していた。委任された相手が、もし大政奉還を進めた坂本竜馬でなかったら、請け負っていなかったであろう。

襲撃の指揮を執るのは、講武所教授・佐々木唯三郎である。以前に出羽の浪人清川八郎を暗殺している。清川も剣豪だが坂本はさらに強い。安政の大試合《おおよせ》で江戸の剣客を総なめにしたと噂される大物である。そのうえ竜馬はピストルを持っている。竜馬が刀を抜いて応戦してくれば三人で掛からねば倒せないだろう。ピストルを構えられれば成功の確率はぐんと下がる。

佐々木は日夜、作戦を練った。

屋内での戦闘では大刀《だいとう》は不利だ。小太刀《こだち》の使い手が欲しい。それに狭い屋内では何人もの人数で掛かるのはかえって危ない。せいぜい二人だ。短槍も有効ではなかろうか。このように思案して、講武所の門人たちを見回してみると、小太刀のうまい今井信郎がいる。

さっそく、今井を呼んで聞いてみると、小太刀も短槍も出来ると言う。道場に出て立ち合ってみるとかなりの使い手である。

『今井、よく聞いてくれ。竜馬を殺《や》るのじゃが、知っての通り達人じゃ。ピストルも持っている。わしと二人で掛かろうと思うが、一人はきっと死ぬ。それくらいヤツは強い。やってくれるか』

今井は静かに聞いていたが、すぐ「やります」と返事をした。そして、

『先生のためなら私は命を預けます』

きっぱりとした口調で言い切った。佐々木は息を呑んで絶句した。

『死ぬ覚悟が出来ているのか。お前は幾つだ。妻はいるのか』

『はい、妻はおります。わたしは二十七歳です』

『よし決まった。俺が殺《や》られれば、俺の骨を拾ってくれ。お前が殺《や》られれば俺がお前の骨を拾ってやる』

二人は作戦に没頭した。昼間を避けて夜しかチャンスはないと判断した。ならば竜馬の隠れ家を見付けて襲うことになる。屋内の戦闘は難しい。

『先生、私が先に斬り込みます。先生は続けて斬り込んで下さい。もし竜馬がピストルを撃ったら、私はピストルの盾になります。その隙に先生が斬り込んで下さい』

佐々木は目頭が熱くなった。

『こいつを死なせるわけにはゆかん。わしもその時には同じことをするだろう』

竜馬の隠れ家はなかなか分からなかったが、薩摩の大久保の手の者からの通報で分かってきた。京の河原町近くの醤油屋の近江屋の二階にいるという。さっそく近江屋を調べてみた。醤油屋というから醤油の小売屋かと思ったが、さにあらず醸造倉を幾つも持つ醤油の醸造元であった。

『これだけ大きな構えの家となると、どこにいるのやら見当もつかん』

さらに調べてみると、竜馬は母屋の二階にいることが分かった。毎晩、見張りを立てて竜馬の動きを探っているが、なかなかはっきりしない。十一月になっても竜馬の動静がはっきりしない。七、八日になって近江屋に武士の出入りが激しいと報《しら》せてきた。

竜馬は十月二十四日に京を発って、福井の松平春嶽に上京をうながすためと、新政府の財政を担当する人物として由利公正に会うために留守にしていた。由利はその時、謹慎中であったので会見には少し手間が掛かったであろうと思われるが、これも済ませて京へ帰り着いたのだが、疲労と寒さのために風邪をひいて休んでいた。

十一月十五日、この日は多くの客が竜馬を訪ねてきた。その忙しさが一段落したところへ、中岡慎太郎が訪ねてきた。この場には土佐の岡本謙三郎がいた。

竜馬は寒気がすると言って綿入れの着物を二枚重ね、股火鉢にして体を暖めていた。三人は時局について論じ合ったことは想像に固くない。中岡は火鉢の傍《そば》にすりよって、

『大政奉還も一段落して、西郷も大久保も兵を連れてくるちゅうて国へ帰ってしもたし、会津と紀州が騒いじゅうが、あれも大したこともない』

『将軍は大政を奉還されて、薩長も一休みじゃ。そのうちええ知恵を絞ってうまいことやろうやないか』

『竜馬、おんしゃ、なんどええ考えがあるのか』

『ここまでくれば目標ははっきりして来たんじゃから、後は流れに沿って行くだけよ。わしぁもうええ加減で船に乗ろうかい』

『話はこれだけにして、軍鶏《しゃも》鍋でもつついて暖まろうよ』

『峰吉、軍鶏の肉を買うてきてくれ』

この時、岡本も席を立って帰った。

慶応三年十一月十五日は、底冷えのする京の町にみぞれが降って一段と寒さが身に染みる夜であった。月が上がって途も明るくなってきた。ちょうど夜の九時を廻った頃、三人の武士が近江屋に入っていった。

『才谷さんがいちゅうかね』

土佐弁であった。竜馬は才谷梅太郎と変名を使っていた。

応対に出たのは小使いの藤吉である。藤吉は先生と同じ訛《なま》りの言葉に少し安心したが、その中で一番背の高い目付きの鋭い武士を見て、寒気がするような恐さを感じた。その武士がおもむろに口を開いて、

『拙者は十津川郷士、才谷先生にお目に掛かりたい』

名札を差し出した。藤吉はなおもこの武士の風体を探りながらも、

『ほな、先生に言うてきまひょ』

小首を傾《かし》げながら名札を持って二階へ上がり、

『先生、十津川のお侍さんが、こんなもん持ってきて下で待ってます』

竜馬は思案した。十津川郷士には二、三知った者はいるがと、中岡と顔を見合わせたが、思い出せないまま、ふと中岡の方を見ると、中岡が小さく首肯《うなず》いたように見えた。

『入《い》れちゃれよ（入《はい》ってもらえ）』

藤吉は階段を降りてきて、

『わてが案内します』

言うなり、くるりと背を向けて階段を昇ろうとする。この時、今井が入ってきた。今井の右手には鞘《さや》を払った短槍が握られていた。

階段を昇ろうとする藤吉は、元相撲取りだけに、狭い階段が一杯になるほどの肩幅がある。これを見た佐々木はとっさに、

『竜馬は確かに二階にいるが、こいつがいては邪魔だ』

さっと刀を抜き放って藤吉の背中を斬り裂いた。藤吉は「わっ」と声をあげて転がり落ちた。佐々木は藤吉に大声を出されては面倒と、六太刀を浴びせたので即死であった。階下でのこの

騒ぎを聞いた竜馬は、

『ほたえな』

と、大喝した。竜馬の声を聞いた今井は、「猶予はならぬ」と佐々木を押し退《の》けて真っすぐ階段を飛び上がった。佐々木も続いた。階段を上がったところに半畳ほどの踊り場がある。今井は気合いと共に踊り場の障子を引き開けたが、竜馬は居ない。胸の鼓動は早鐘を打つようだ。「しまった」と思ったが、隣の部屋に人の気配がする。

竜馬は、この六畳部屋の隣の八畳の奥の間にいたのだ。

捕吏の追求をかわし、生死の境を潜り抜けてきた竜馬は、殺気には特に敏感である。竜馬は階下の騒ぎで襲撃を察知し、すぐさまピストルを探したがない。いつもは膝の下に隠しているのだが、股火鉢をしていてピストルをどこかへ飛ばしていたのだろうか。止むなく、背後の床の間の刀掛けにかけてある太刀を取ろうと、左手を後に回し左手と左の脛《すね》をついて右手を伸ばした姿勢の時に、今井が襖を開けて飛び込んできた。

今井の目には竜馬の大きな背中が映った。

「今だ」今井は無心になって、槍に自身の体重のすべてを乗せ、両腕に満身の力をこめて竜馬の背中を突き刺した。

「むぅっ」竜馬は背中に激しい痛みを感じたけれど左の腕で体を支え、右手に太刀の柄《つか》を摑んで、「こなくそ」と烈しい闘志をこめて奥歯を嚙み締めて振り向いた途端、竜馬の脳天に、岩も砕けよとばかりの気迫の込めた、今井の抜き打ちの一刀が振り下ろされた。この一撃は竜馬の額を深く割って脳にとどく致命傷であった。

竜馬は一瞬、頭を鈍器のようなもので叩かれたと思った。稲妻のような光が走り、体が硬直し、手足の痺《しび》れるのを感じた。血の臭いがする。目の前が暗くなってきた。

『やられた』

と、思った。それでも竜馬は無意識のうちに、二撃三撃と打ち込んでくる今井の刀を、鞘のままの大刀を両手で持って受け止めていた。

竜馬の額から噴き出した血潮が顔面を流れて目に入って痛いと感じた。口に入って塩辛いと思った。流血は筋になって顔を隈取《くまど》り、行灯《あんどん》の光に浮かび上がった苦悶の形相は、この世のものとも思えぬ物凄さであった。最初の槍の一撃と、額に深く打ち込まれたた裂傷は、共に致命傷であったのか、だんだん意識も体の自由も利かなくなってきた。

『もう、いかんぜよ』

声にならぬ声をつぶやいて、間もなく竜馬はぐらりとのけぞった。流れる血潮が畳の目に沿って、血を吸った赤い蛭《ひる》が湧き出てくるように次第次第に拡がってゆく。

中岡を叩き斬った佐々木の、「信郎、とどめを刺せ」の声を遠くで聞いたように感じた今井は、「はっ」と我に返り作法通りのとどめを刺した。かくして一人の英傑は倒れた。享年三十三歳。余りにも短い一生であった。

私がこのように推理した理由の一つは、妻のおりゅうの述懐として、

『竜馬ほどの剣の達人が簡単に斬られるわけがない。その直前に後ろから刺されたんです』

こう言っていたと、歴史家の西尾さんが新聞に発表したのを読んでいたからだ。

当時おりゅうは馬関にいて、夢で竜馬が朱に染まった姿を見てうなされたと言う。女のカンは鋭く聞き捨てに出来ないものがある。ましてあの気性の烈しいおりゅうなら、竜馬と離れて暮らしても、片時として竜馬のことを考えない日はなかったろう。それが女のカンをより鋭く

するのだ。相手の動作も竜馬の応戦もはっきりと目に浮かんだに違いない。

『おのれ、かならず仇はとってやる』

毎夜、竜馬の最期を夢見て過ごした怨念は終生離れることはなかったろう。

今井信郎は明治維新の最後の戦いとなった、箱館の五稜郭《ごりょうかく》で降伏の後、政府軍に捕らえられ、竜馬を殺した犯人として土佐藩出身の新政府の刑部省長官・佐々木高行が取り調べた。当然、取り調べは厳しいが、今井は頑として口を割らない。

『見張りしていただけだ』

の一点張りであった。佐々木唯三郎は鳥羽伏見の戦いで戦死していて、有力な証人はいない。あれだけの剣の達人が見張りだけとは誰も信用しない。その峻烈な取り調べがある日、ぴたりと終わって言い渡された判決は禁固刑であり、それも徳川家に与えられた静岡県に引き渡された。この寛刑を巡って竜馬暗殺の黒幕の噂が、当時、新政府の最高の権力者・西郷の名が取り沙汰されたとしても不思議ではないが、これにはそれなりの理由がある。

事実、西郷は五稜郭での戦いが終わると、「戦さが終われば敵も味方もない。すべて日本人である」との持論を主張し、新政府はこれまでに政府軍に反抗した者の罪は、すべて赦すると発表させた。この赦免の恩恵に浴したのが坂本竜馬暗殺の犯人として取り調べ中の今井信郎であった。後世これが西郷がこの事件の黒幕であったとする論拠になったのであろう。真の犯人は常に影で陰惨な笑いをしているものだ。いまだに知れない謎には裏の又裏があるもので、その裏を突き止めれば、腹黒で権謀術数の好きな岩倉や大久保に突き当たるのではないかと推理した。

第六章――小御所会議

其の一　王政復古前夜

慶応三年十月三日、松平容堂の名前で大政奉還の建白書が、そして別紙として土佐の後藤象二郎ほか三人の名前で朝廷に奉った。これについて後藤象二郎は、薩摩藩の西郷、大久保、小松と、両藩提携して提出しようと相談を持ち掛け、自分はいったん国元に帰って兵を募《つの》り、薩摩藩と同一行動に出ると約束したが、京で再会した時には、後藤は兵も率いてなく、交わした約束を果たす意志も見られなかった。

『男同士の約を違えるようなヤツは倶《とも》に天下を語れん。じゃっどん、おいも土佐藩が建白書の提出には反対しもさんとの約はまもりもそ』

西郷はきっぱりと手を切った。

『後藤どんは容堂侯の意見を押し切ってまで、討幕に加わる意志はなか。板垣どんとはえらい違いじゃ。おいはもう信用出来もはん。見限りしもした』

西郷はいったん見限ると、もはやとりつくしまはない。

物語の整理上、さらに詳しくこれまでの経過を列記してみる。

十月八日には薩摩、長州、芸州の三藩の代表が同盟して王政復古断行の決議書を、中山、中御門両卿に、また同日秘かに中山、正親町《おおぎまち》、中御門《なかみかど》の三人の公卿に、西郷、小松、大久保三名が連名して討幕の宣旨降下を請う請願書を提出した。

十月九日、幕府の若年寄・永井尚志（もと主水正）から、土佐藩の後藤に建白書を採用すると通知があり、十一日、諸藩に対して命令を下した。

『国の大事について相談があるので、京にいる各藩の重役は十三日、午前十時に二条城に出頭せよ』

十月十三日、幕府は大政奉還の諮問書を各藩重役に回覧させて署名をとり、なお、意見のある者は将軍が直接聞くと伝えた。将軍が大名の家臣すなわち陪臣の意見を聞くことはまったくの異例であったが、薩摩、芸州、土佐、備前、宇和島の各藩の重役が残り、それぞれ有り難くお受けする旨を申し上げた。

一方、十月十三日の夜、岩倉から十月八日に提出した討幕の密勅が翌日の十月十四日に下賜されることが薩摩藩に伝えられた。下賜されたのは十四日であるが、密勅にはハッキリと十月十三日となっている。つまり大政奉還を将軍が諸侯に宣言した日と同時であった。十月十四日、将軍は朝廷に大政を奉還するとの表文を奉った。

十月十五日、将軍は参内した。夜になってご沙汰書を賜わった。

十月十七日、将軍は先のご沙汰書に伺書を奉った。

同日、紀州藩、会津藩、桑名藩、大垣藩、新撰組らは禁裏と薩摩藩邸に火を放って天皇を護ってクーデターの計画をする。討幕派にとっては実に危うい時期であったのだが、クーデター派には中心になって指導する人物がいなかったのか、計画倒れに終わったが、この時には西郷や大久保は鹿児島へ帰って留守であり、土佐の坂本はまだ京に潜伏していて健在であった。坂本がそこらにいるような小物なら、このチャンスを逃すはずはない。

竜馬はこんな空き巣ねらいのような計画に本気になるほどバカでない。本当の大物の竜馬は、知ったところでこんな姑息《こそく》な手段を嘲笑《あざわら》ったであろう。恐らく新政府について竜馬なりのスケールの大きな斬新《ざんしん》な構想を練っていたに違いない。竜馬の遭難は幕府にとって大いなる損失であると言わねばならない。

十月十七日、西郷、小松、大久保の三人は長州の広沢、福田と共に京を出て、翌日、船で帰国するに当たって、留守を狙っての変事も予想したであろうが、何事も天命とする西郷は、幕府の小物ごときの動きなど意にも介していない。つまるところツキがついていたのである。

十月二十一日、公卿の中山から薩摩藩の吉井に、「将軍は政権を返上したから、討幕はしばらく見合わせよ」と伝えてきた。

十月二十一日から十一月十五日まで空白になっているのは、京、大阪には討幕派の首脳たちは居らず、居ても来る日に備えて静観していたためで、この間には西郷らは国元から兵を率いて上洛の準備に追われていた。

慶応三年十一月十五日、坂本竜馬、中岡慎太郎遭難。

国元へ帰った西郷と大久保は保守派の説得に手間取り、出兵が延び延びになって気を揉《も》んでいたが、なんとか保守派を押さえて三千の兵を京へ集めることに成功し、先に京に着いていた大久保は、討幕の大義名分を求めてその対策に腐心していた。

この間、幕府は何をしていたのか。薩摩を始めとする各藩の重役が出席する朝廷の会議で、煮え切らない公卿を相手に決まりもしない議論をして、無駄な日を費やしていたとしか言えない。そして幕府側にとってはもっとも頼りであり理解者になるはずであった坂本竜馬を、幕府の見廻組の手で暗殺させてしまっていた。竜馬の死を境として政治局面は大きく変化してくる。

大体以上のような経過で将軍から朝廷へ大政奉還が実行された。大政を獲得した朝廷にしても、直ぐにでも天皇を頂く新政府の誕生に取り掛からねばならないのだが、永らく政権から遠ざかっている公卿たちにとっては、何から手を付けていいのかまったく判らない。まさにドサクサまぎれの混乱の中でうろうろしていたとしか言いようがない。

例えば十二月二日にも朝廷では会議が開かれたが、幕府側は長州の兵が兵庫に上陸したことを取り上げ、帰国させせよ、させないといった愚にもつかぬ会議に時間を費やして、結局、何も決まらないで終わっていた体たらくであった。

この間に、討幕派の西郷、大久保は兵を率いて上京し、準備おさおさ怠りなく着々と討幕戦に向かって動きだしていた。

この日、西郷と大久保は大政奉還を建白した土佐藩の後藤を訪ねて、十二月八日をもって王政復古の日としたいと申し入れた。

『主君容堂は七日に京に着かれるが、すぐその翌日にとは、いくらわしでも申し上げられない。せめて九日にしてくれまいか』

後藤はこう返事をせざるを得なかった。

八日には、西郷、大久保、岩下は連名を以て意見書を纏めた。それには、

『王政復古の大号令を下されることはまことに結構なことでありますが、今までの朝議を顧みましても、いろいろと不都合を申し立てる方々がいるに違いなく、波瀾が続きますれば国の基

礎が定まりません。この際、大号令に異を唱える者共に、これ以上の議論は無用とし、干戈《かんか》をもって誅罰《ちゅうばつ》を加えるべきかと存じます。戦さは好むところでありませんが、今のままでは今後の御政道が成り立たなくなる恐れがあります。要は徳川家の処置の如何にかかっていることは、諸子のよく了解するところであります。朝廷においては、尾州徳川侯と越前松平侯を徳川家に差し向け、領地をいったん朝廷に返還させ、反省謝罪の誠を立てるよう説得されるご命令のあることを漏れ聞きましたが、至極寛大なるご処置かと存じます。これに不服を申し立てるのは、公論に反することは明確であります』

大要以上のような趣旨を岩倉卿に提出した。ここでハッキリ徳川慶喜を朝敵ときめつけ、罪人として反省謝罪せよと命じたのであったが、これでは強引のそしりは免れまい。

この八日には岩倉、千種、富小路の三人の公卿の出仕が許された。九州に蟄居《ちっきょ》させられていた三条実美ら五公卿も官位を復され、帰京出来ることとなった。

この八日には復帰したばかりの岩倉卿が、尾州藩、越前藩、薩摩藩、土佐藩、芸州藩の各重臣を召集して、

『十二月九日には是非参朝せよ、それぞれの主人も参内させよ』

今までとはまるで違った態度で申し渡した。その上、守衛すべき禁裡の場所を書いた書類も添えて渡した。この書類の内容については、海音寺さんの著書に詳しいので拝借することとする。

岩倉卿は各重役には、

『召しに応じて早々上京して来てご満足である。ついては容易ならざる大事なご評決がある。すぐ参朝これあるべき旨、ご沙汰であるぞ』

私は今までの岩倉ではない、前中将岩倉具視であるぞと言わんばかりの威厳であった。五藩と警備の兵隊らにあたえられた注意書には、

当日覚悟の条条

一、午前六時に藩主必ず参朝のこと。
一、同時刻に兵士もくりこみのこと。
一、すべて大門は閉じ、脇の穴門から通行のこと。
一、公家門、お台所門以外は准后《じゆごう》御門も一切しめきりのこと。但し守衛の兵士の通行は別である。
一、参朝を差しとめられている公卿を見あやまらないこと。
一、宮、公卿、参朝の人々は、主人だけで、家来御門外までで、門内に入るのは許さないこと。但し随身の物、あるいは文書の類は、使番・使丁等をもって非蔵人口へ伝送すること。
一、三職（総裁、議定、参与）の家来は、鑑札をもって通行すること。
一、御門御門の出入りの人の人体を見定めるために、非蔵人二人出張のこと。
一、会津、桑名、藤堂、大垣、見廻組、新撰組、その他へ斥候のこと。
一、非常のことがあって注進すべきことが出来した節は、四方とも非蔵人口へ申し出ずべきこと。但し非蔵人口南談の間に堂上・非蔵人の詰めのあるべきこと。
一、各藩の屯所、並びに従者休息等のこと。日華門外廻廊、月華門外廻廊、承明門外廻廊をその場所とする。

これはハッキリした臨戦態勢である。（海音寺さんの「西郷隆盛」より）

其の二　小御所会議

王政復古の大号令を渙発《かんぱつ》するに当たって、薩摩藩を中心にした禁裏の護衛は厳重を極めた。これは会津藩、彦根藩を始めとし、慶喜を守護して徳川の恩義に報いようとする勢力が、攻め寄せて来るであろうと懸念しての布陣であった。

十二月八日に行なわれた禁裡での幕府側の会議は、二条摂政を議長として尹《いん》の宮《みや》らを中心とする公武合体派の公卿たちの朝議が長々と続いて終わりそうもない。もちろん、禁裡護衛の兵が布陣する段階に至っていない。これでは九日の会議は流れるかと思われたし、そのような空気になってきて、この会議を取り仕切る大久保は今日のこの日を逃しては、今までの苦労も消え失せると、必死になって出席予定の公卿衆や大名家へ使いを走らせた。

午前六時の定刻には、尾州藩主、越前藩主、芸州藩主の三人が参朝してきた。大久保は三藩主がこの空気を察して帰られては一大事と、

『諸侯様には早朝からの参朝まことに大儀であります。昨日からの二条さまの会議がまだ続いておりますので、今しばらくの御辛抱を』

『皆々、大事な会議ゆえ遅くなっているのであろう。身どもは待つと致す』

尾州侯のこの発言で待つことになり、大久保は胸を撫ぜ下ろした。

八時ごろになって、二条摂政が退朝し、続いてほとんどの公卿は退朝していった。これと入れ代わりに岩倉具視が参朝し、続いて中山、正親町、中御門も揃って、四人は天皇の前に進み出て、王政復古の大号令の渙発をすることを奏上した。

朝議が遅れたこともあって五藩の兵も揃わずやきもきしていた頃、西郷、大久保、岩下が兵を引き連れて入ってきた。そのうちに土佐、芸州の兵も入り、禁裡は厳重に警護されることになった。薩摩藩主は午後三時頃、土佐藩主は午後四時頃になって参朝した。

『御所では討幕派の公卿や藩主が集まっているし、大勢の兵が護っているぞ』

との噂を聞きつけた会津、桑名、彦根他の藩兵も、「それっ」と二条城に入って、城内は兵で満ち溢れる有様となった。当然、御所と二条城とが睨み合う形になる。

このことを聞きつけた岩倉は、尾州と越前の重役を宮中に召して、

『聞けば、二条城では大勢の兵が集まって気勢を挙げていると言うが、大変なる心得違いである。その方らも知っての通り、我が方は天子をお護りするがための用心であって、彼らには何ら関係のないことである。その方らは二条城に行って、徳川内府にこのことをよく説明して諸隊を沈静させるようあい計れ』

命令された二人は、重大な役目を仰せつかって困惑した。二人では心許ないと、人数を増して二条城に行き、老中筆頭板倉勝静に会い、岩倉の言葉を恐る恐る伝えた。板倉は、

『岩倉卿のお言葉は、内府公に申し上げて善処仕《つかまつ》ろう。しかしながら朝廷からこの上、このようなご無体なご命令が下される場合は保証の限りではないぞよ。この点よくよく考えて、その方らは帰って岩倉卿に伝えよ』

老中筆頭として精一杯の威厳を保って返答した。

宮中ではここで改めて天皇は御学問所に出御になり、親王以下諸臣を引見して、ここに王政復古の大号令が渙発されたのであった。慶応三年十二月九日であった。

新政府の組織も発表された。

総裁　有栖川宮熾仁親王
議定　仁和寺宮嘉彰親王　山階宮晃親王　中山前大納言　正親町三条大納言　中御門中納言
　　　尾張大納言　越前宰相　安芸少将　土佐少将（容堂）　薩摩少将
参与　大原宰相　万里小路右大弁宰相　長谷三位　岩倉前中将　橋本少将　尾州藩三人　越
　　　前藩三人　薩摩藩三人　土佐藩三人　芸州藩三人
各藩からの参与の決定にはしばらく時間がかかったが、次のように決まった。
尾州藩　丹羽淳太郎、田中邦之輔、荒川甚作
越前藩　中根雪江、酒井十之丞、毛受鹿之介
土佐藩　後藤象二郎、神山左多衛、福岡藤次
芸州藩　桜井与四郎、辻将曹、久保田平司
薩摩藩　岩下佐次右衛門（方平）、西郷吉之助、大久保一蔵
この書き付けを見た西郷は、土佐藩に竜馬の名前のないのを淋しく思った。
これによって今までの五摂家を始めとする公卿の家柄は廃止され、幕府もなくなって、守護職、所司代などすべて廃止された。同時に二条摂政以下、五摂家と幕府寄りの人々の参朝は停止され、謹慎を命じられた。会津、桑名の両藩の任務も自然消滅となった。

其の三　会議紛糾

各藩から選抜された参与も決定し、九日の夜から有名な小御所会議が行なわれた。

天皇の出御を仰いでの御前会議である。

議長役は天皇の外祖父にあたる中山忠能がなって、まず開会の勅旨を宣《の》べる。かくして御前会議が始まった。最初に発言したのは土佐の山内容堂であった。

『ここに徳川内府がおられないのはいかなるわけか。理由をお聞きしたい』

これに答弁したのは大原卿であった。

『内府の忠誠心がいかがなものか、解しかねる故で朝議に参与させぬ方がよいと思う』

ここで容堂は声を励ましてまくしたてた。不謹慎なことに酒が入っていたと言われる。

『あの物々しい禁裡の護衛はなんたることか。また大原卿の申される忠誠心の如何とは何をもって言われるのか。そもそもこのたび、大政を朝廷に異義なく奉還しただけでも、余人には出来ぬ忠誠心の表われではなかろうか。今からでも遅くはない。内府をこの場に召して意見を聞くのが至当というもので御座ろう。これでは公平を欠き、陰険《いんけん》の謗《そし》りは免れまいぞ。二、三の公卿にこのこと、とくとお聞きしたい』

容堂にとってこんな場合、酒は酔わせるものではなく、頭が一段と冴え渡る薬なのであった。容堂ばかりではない。議論が高潮してくれば、酒の入った頭脳は一段と冴え渡ることさえあるのだ。この時、容堂の冴え切った頭脳は御前会議を檜舞台とし、鍛え上げた学識と議論を展開し、まさにこの場の主役たらんと爽やかに酔っていたのであろう。

論旨は言うまでもなく、嘉永以来、朝廷尊崇の誠を貫き、私事ながら遠く先祖の徳川に対する恩義を、天子の在《おわ》す御前会議で堂々の論陣を張って披瀝《ひれき》し、男・山内容堂の最後の勤めとしゃべり立てた。時には大きく呼吸して気息を整えて情に訴え、時には公卿の顔を見回しながら正論を一気に論じ立てる。

今や御前会議は、容堂の一人舞台になった感があった。情理に一点のよどみもなくそれは最高潮に達した。おそらく自分の才能に酔い、弁舌に酔い、文学的言辞に酔ってしまっていた。悪いことに、ついには自分に酔ってしまったのである。

最後になって取り返しのつかない言葉を吐いた。

『おそらくは幼冲《ようちゅう》の天子を擁《よう》して、権柄《けんぺい》を窃取《せっしゅ》せんとする意があるのではないか。まことに天下の乱階《らんかい》を作《な》すものでござるぞ』（括弧内は海音寺さんの著書より借用、容堂はこの漢文調の名文句を好んだと言う）

満座を見回して声を張り上げた。酒気を帯びているだけでも不謹慎の謗《そし》りは免れないが、怒気を含んで強い言葉で声高に辺りを圧して見回せば、目の会った公卿はつい下を向いてしまう。容堂は調子に乗って最後に言った言葉が終わるか終わらないうちに、すかさず岩倉はその言葉尻を捉《とら》まえて厳しく叱責し、

『土佐殿、ここは天子の在《おわ》す御前でござるぞ。言葉が過ぎまするぞ。慎まれよ』

容堂は「はっ」となって我に返った。恐縮して失言を詫びねばならなかった。

続いて越前藩主松平春嶽が発言し、穏やかな調子で諄々と説いた。

『土佐殿のご意見は尤《もっと》もなご意見と承る。ご採用になっては如何かな』

激論の後で、解りやすく穏やかに言われれば、会議はその方に傾きやすい。岩倉はここで性根を据えねばこの会議は、内府の出席を認め根本から崩壊すると悟った。

『されば何故、今日の事態に立ち至ったかを皆々よくお考えあれ。徳川二百有余年の太平を保ったのは、確かにその功績大なるものがありましょう。しかしながら近年世界の情勢は変わり、黒船来航以来、幕府は暴威をもって圧政を敢《あ》えてし、尊皇の志士を殺戮《さつりく》し、朝廷を蔑《ないがし》ろにして、

勅許を得ずに外国との通商、開港の約を結び、果ては無名の戦さを催して長州を討ち、はたまた再征を行ない、上は畏《おそ》れ多くも天子のご宸襟《しんきん》を悩まし、下人民に多大の苦しみを与えました罪は、太平を保った功績など比較するも愚かしい限りであります。この事よく弁《わきま》えれば内府には全てを擲《なげう》って謝罪すべきであります』

岩倉は必死の抗弁で対抗する。参与席は岩倉らの議定席より一段下であるが、大久保は上段の間ににじりよって、ここぞと声を励まして応援した。

越前公は穏やかで儒学で鍛え上げた正当な論理で押してくる。土佐の容堂侯のような美辞麗句を弄しないだけ説得力がある。参与席の後藤も容堂侯に代わって熱弁する。双方一歩も引かぬ論戦の様相を呈してきた。こうなれば議論の応酬となっていつ果てるとも予想はつかない。そのうちまたもや、土佐の容堂侯が息を吹き返して巻き返してくると、どうにもならない。悪いことに議長役の中山忠能卿が、

『尾張殿のご意見はいかがかな』

『拙者は越前殿や土佐殿と同意見です』

岩倉はこちらは無理を承知の論鋒である。「こりゃもうあかん」と観念した。

中山卿は島津忠義侯に尋ねた。大久保の手は震え、目は血走って主君の方をにらんだ。もしもここで先輩の両老公に気兼ねをするか、はっきりしない意見を吐かれでもしたら万事休すだと思った。

岩倉も同感であったに違いない。それより「もしここに竜馬がいたら」と思い出すと、目眩《めまい》を伴うような「ぞくっ」とする悪寒《おかん》が背中を走った。竜馬の論は誰であっても想像もつかない。それでいて不思議に皆の了解を集めてしまう雰囲気をつくる。

『彼奴がいなくてよかった。早いとこ始末したのは正解じゃった』

ちらりと大久保の方を見ると、「万事休す」の体で目を閉じている。

『拙者は岩倉殿の説に賛成です。ここで新政府の基礎を固めるためには、岩倉殿のご意見が妥当であろうと考えます』

主君・島津忠義のこの言葉を聞いて大久保の顔に生気が戻った。岩倉も生き返った。両老公も黙った。中山卿も思案の体であった。これを見逃す岩倉ではない。

岩倉はここはいったん休憩をして、得意の裏戦術に出ようと決めた。

時刻はすでに深夜を過ぎている。皆は疲れ切っていた。さすがの大久保も、こんな時に西郷がいてくれればと、縋《すが》るような気持ちで辺りを見回し西郷を探した。隣に座っていた岩下にも、西郷を探してくれと頼んだ。

西郷は長時間の正座が困難で、小御所の外に出て非常時に備えて護衛軍の指揮と配置に専念していた。軍を預かる西郷としては、こんな時こそ不慮の事態が起こりやすく、兵のちょっとした不注意が大事を招くことを知っている。夜中にかかわらず見回っていた西郷を見つけた岩下は手短かに、会議の内容を話して意見を聞いた。西郷は笑って言った。

『何でもないことでごわす。短刀一本あれば済みもそ』

岩下は大久保に西郷の言葉を伝えた。聞く大久保は息を呑んで絶句した。

『せごどんがそう言いもしたか。さすがじゃ。こん大事は理屈でん形《かた》がつきもさん。命を捨ててこそ大事はなりもそ』

岩倉に西郷の言葉を伝えると、「うん」と首肯《うなず》いて懐《ふところ》に短刀を隠し、

『浅野侯を呼んでくれ』

浅野侯は中立であり、ここさえ崩せば土佐、越前は崩れると読み、

『お呼び立てしてまことに申し訳なく存じます。麿は決死の覚悟でこの会議に臨んでおります。これは一に懸かって皇国のためでありますので、この通りであります』

懐に納めた短刀を着物の上から押さえさせ、切なげに囁《ささや》いた。浅野侯は驚いて、

『決死のお覚悟感じ入り申した。拙者は尊公のご意見と同様でありますから、これより家老の辻に命じて後藤を説得させせましょう。この二人はあいくちで御座るによって、万々うまく行くでしょう。もし後藤が否やを申せば、拙者が直接土佐殿を説得しましょう』

辻は後藤に岩倉の覚悟を伝えると、驚いた後藤はすぐ容堂に伝えた。容堂は、

『何、岩倉が余を刺すとか。刺せるもんなら刺してみよ。あんなの公卿の一人や二人にてこずる余ではないわ。じゃが天子の前での刃物沙汰ともなれば、あやつも死ぬが余は朝敵となる。この喧嘩はやめにする。越前侯にもそう伝えよ』

岩倉十八番の裏芸の勝利であった。

この後、会議は再開されたが、波瀾は起こらず岩倉の筋書き通りに進み、将軍慶喜の退官、領地返納については、尾州・越前の両老公から諭旨させることになり、慶喜の方から進んでその奏請をするようにさせようと決議された。

総裁・有栖川宮が宸断を仰いで、天皇はこれを裁可された。

岩倉、大久保にしても、これまでの経過を振り返る時、

『まずは新政府を創って、戦さのことはそれからでよい』

坂本竜馬の筋書きの確かさに、今さらながら肝の縮む思いであった。

『戦さは最後の最後でよいのだ。竜馬の示唆を無駄には出来ない』

西郷も忸怩《じくじ》たる思いであったに違いない。

其の四　慶喜、大坂城へ下る

長州藩父子の罪が許され、官位もまた旧に復された。九州に蟄居《ちっきょ》していた五人の公卿も同時に許されたと分かると、西宮まで進んできて滞陣していた長州軍は、一斉に京に向かって進軍した。途中、徳川家に義理立てした藤堂藩からの邪魔立てがあったが、大事に至らず、十二月十日早朝には全軍進駐を完了した。

一方、尾州老公・徳川慶勝と越前老公・松平春嶽の二人は、将軍慶喜に退官・領地返納を勧告するために二条城に赴いた。役目とはいえ、ずいぶんと辛い役回りであったろう。

すでに大政奉還を実行している慶喜としては、事ここに至って不様《ぶざま》なことは出来ないが、旧将軍をとりまく一連の血気の武士たちは、薩摩の陰謀を叫んで城の周辺は殺気立った雰囲気に包まれていて、まかり間違えば命懸けの覚悟のいる大仕事であった。

二人は駕籠《かご》の中にいても、辺りから伝わってくる殺気に身を強《こわ》ばらせながら慶喜のいる部屋へと入っていった。

慶喜とてここ数日来の激変の中にいて、外面は平静を装っていても、心中の動揺は隠すすべもない。二人はしばらくは顔を見ることが出来なかったが、やがて、人払いして話し合いに入った。

『昨九日より十日の早朝に至るまで、種々審議を尽くしたのでござるが、ついにかような結果となったことは、我らの不忠、力不足をまずはお詫び申し上げます』

越前公は無念に声を震わせ、時に絶句する。

『土佐殿と越前殿のお二人は岩倉卿に鋭く反論し、その切り込みはまことに凄絶《せいぜつ》なものでござった。一時は岩倉卿もたじたじで、不肖慶勝も及ばずながらあい努めたけれど、かくなる仕儀になり、申し訳なきことでございます。御三家の一人にありながら』

尾州公はここまで言って後は言葉にならなかった。越前公が慰め、共に励まし合い、気を取り直し、こもごも会議の模様を語り不忠を詫びた。その後、例の二件を伝えると、

『その二件については私に異論はないけれど、もしも私がこの二件を奏請したと分かれば、血気の武士たちの議論が沸騰《ふっとう》し、思わぬ事態も予想されるから、それでは会津、桑名の両藩主とて静めることは出来ないでしょう。しばらくご猶予を頂きたい旨を伝えてほしい』

尤《もっと》もな意見で、二人も了承せざるを得ない。

『承知仕りました。そのように伝えましょう』

二人は二条城を辞去してきた。

復命を聞いた薩摩の大久保は、日頃の冷静さを忘れて不承知を言い立てた。

『領地返納の一条がはっきりしないのでは、慶喜公の誠意は分かるが、それでは実績が立ったとは言えないのではないか』

これを聞いた越前藩家老の中根雪江が果敢に食い下がった。

『なんと言われる。主君春嶽が命懸けで二条城に乗り込み、時節とは言え士卒輩の悪口雑言を聞きながらの役目を、そのようにしか受け取られないならば、臣下としてこのままには出来ませぬぞ』

中根雪江は大久保を睨みつけ、両者は大激論になった。

大久保の剃刀《かみそり》のような頭脳は、どんな些細な妥協も許さない峻烈さがある。いまこの大事な案件がのびのびになれば、討幕のチャンスを失ってしまう。大久保も焦っていたのだ。

いきり立った中根は忿懣《ふんまん》やる方なかったが、結局、しばらく待とうとなった。

何事もどれだけ秘密にしていても、次第に漏れてくるものだ。将軍の退官・領地返納の要求が朝廷からあったことが、二条城に詰めている血気の武士に伝わってくると、

『なぜ徳川宗家にだけ領地返上させるのか。全国の大名全部に返上を求めるならまだしも、これこそは薩摩と一部の公卿らが我らを討とうとする陰謀に違いない。出来るものならやってみろ。我らには誇りもあれば意地もある。さあ来い』

誰が聞いても理屈も筋も通っている。老中はもちろん、誠心誠意、国を想って、ここまでやってきた将軍慶喜にすればなおさらであろう。もう手がつけられない勢いになってきた。

その騒ぎの真っ只中へ長州軍が入ってきた。

『いつから長州が京の都へ入れるようになったのか。ヤツらは早くから手筈を整えて待っていたのだ。こうなっては一戦覚悟で、君側の奸を除かねばならぬ』

火に油を注ぐ結果になって、一触即発の事態となってきた。

慶喜もじっとしていられない。なんとか騒ぎを静めねばならぬと、まずは会津、桑名の藩主に帰国を命じた。これを聞いた家来たちの興奮と激怒は頂点に達した。

善かれと思ってしたことが裏目となってしまったのだ。ツキに見放されたたり、不運につきまとわれた時はもうどうしようもない。打つ手、返す手すべてが悪手となってしまう。

『このまま私が京にいれば、余計騒ぎが大きくなる。それでは大政奉還した意義もなくなるだろう。ここは会津、桑名の両藩主と共に大坂表へ下るよりほか方法はない。戦さは絶対に避け

ねばならぬ』

十二日の朝、慶喜は尾州、越前両老公を招いて決心を述べた。

『この殺気立った京にいては、ますます対立が烈しくなって、不測の事態になる恐れがあります。今夜、大坂城へ下ります。無断で出発したり、昼間であっては、万一のことも考えられますので、この件ご了承ください』

同様の趣旨を書面にしたためて朝廷に差し出した。

慶喜一行は暗い夜道を歩いて大坂城にたどりついた。

慶喜は歩きながらどんな思いであったろう。

『自分としては熟慮を重ねて大政を奉還したのだが、薩摩と岩倉らの考える大政奉還とその後の処理が、自分の企図するものとは違うであろうと、自分なりに予測していたが、ここまで冷酷なものとは。敗者には冷酷無情の仕打ちを受けるのは当然とは言え、自分にこの幕引きが回ってこようとは、天下の将軍が人目を避けて夜道を歩かねばならぬとはさても辛いことじゃ』

付き添う人々も同じ思いであったろう。

其の五　大阪城の慶喜と京都の朝廷

将軍が大政を朝廷に奉還して新政府が誕生したのだが、新政府から除外された旧幕府側の藩主や家臣たちが、薩摩と岩倉の陰謀を声高に言い募って新政府の威令が行なわれず、まったく混乱した状態で、今後の見通しも立たなければ、世情の平安など望むべくもない状態が続いた。

西郷や大久保は、今まで幕府は何度か改革を試みたが、それはすべて幕府内の改革で、身分制度も政治形態も一つも変わっていなかったが、今度ははっきりと朝廷に大政が移った画期的な改革ではあるが、現実の新政府の構成は、身分の高い公卿と有力大名が頂点に座り、各藩から選抜された者たちも彼らには頭が上がらない。

『せごどん、これでは旧体勢の時と同じじゃ。会議を開いても旧各藩の枠が邪魔をして意見が纏《まと》まらず、こんなことでは新政府への批判が高まってやってゆけなくなる。やっぱり旧幕府を根こそぎ倒して、根本からやり直さねばなりもはん』

『まったくでごわす。新政府の中でもうかうかすれば、旧幕体制の発言力が強くなってきもす。それでは今までの苦労も水の泡じゃ』

『じゃろ、せごどん、戦さを始めねばなりもはんが、将軍にこんなに早く大政を奉還されるとこちらの出鼻も挫かれもすなぁ』

『慶喜もなかなかのもんでごわす。あのように大坂城に引き籠もってしまえば、いよいよ戦さは始められなくなりもす。うっかりこちらから仕掛ければ向こうの思う壺でごわす。何としても相手から手を出させねばなりもはん。難しかところでごわす』

薩摩と長州の大軍を京に駐屯させ幕府軍と対峙して、だらだらと日を延ばすうちに大事が起こることは十分予測される。二人の悩みは尽きることはなかった。

大坂城に入った慶喜は十二月十五日、フランス公使・レオン・ロッシュとイギリス公使ハリー・パークスとに会見して、外交権は依然として自分が掌握しているとの声明文を発表した。同時に今度の政変に対しての恨みや汚い裏工作についても語った。

慶喜はよほど悔やしかったのであろうが、前将軍として男として言わでものことを口にしたことになる。自分としては国内で相戦う愚を避けて、素直に大政を奉還した悔いが、じんわりと身を責めて言わずにはおれなかったのだろうか。

善意でしたことが、相手によって故意に曲解され、裏目の仕打ちとして返されてくれば、いかに出来た人間でも心中には激しい敵意が充満してくるものだ。

慶喜はすでに持っていない国内の大政への未練はきっぱりと捨てて、恐らく今後は諸外国との折衝が重要になってくると予見して、新政府の弱点である国際政治の面でリードして行こうと画策した。これは朝廷にとっても大打撃になることは確実であった。

朝廷では岩倉と大久保を宮中に召して、今後の方策について次の二案を諮問した。

一つは、もしも薩摩、長州、土佐、芸州の四藩において議論が別れた場合でも、薩摩と長州は天子を護衛して勅命を奉じない者を討伐し成敗を天に任せるか。

一つは、尾州、越前の二藩の周旋によって徳川氏が反省の実証を立て、辞官、納地を奏請したら、寛大の処置をもって過去を咎《とが》めず議定職に採用し、他の公卿、諸侯もまた議定参与のうちに登用し、一切の敵意や行きがかりを捨てて、一致して皇国を維持すべきか。

大久保はこれを読んで、驚きを隠しつつもいったん帰って相談の上、御返答申し上げるとして藩邸に持ち帰り、西郷と岩下にこれを見せて意見を聞いた。二人は異口同音に、

『二番目がよかろ。二番目ならもしと言うときの余裕が残されている』

岩下はさらに言葉を継いで、

『二番目でうまく運べば上々じゃ。もしうまく行かん時は兵を用いればよか。世間の風評は薩摩憎しで、今は我らにはちと分が悪か。それに京にいる兵の数も手薄でごわす。ここは世間の応援も得て、兵も集まった時期が我らにとっては一番ではなかか』

『岩下どん、いたずらに時を過ごしては敵にも備えが出来てくるはずで、おいはそれを心配す

る。そうではごわはんか』

　大久保は西郷に言葉を預けた。二人の遣り取りを聞いていた西郷は、

『二番目はこちらが情理を尽くして譲っていることになりもす。相手がそれも弁《わきま》えずに戦いになったところで、その戦さには無理が生じて勝てっことはなか。おいが保障しもす。ここは我らが譲ろうではごわはんか』

　西郷の後手の先手を取る策に決して纏まった。岩倉はこれを朝廷に奏請して許可を取り、今後の交渉は今まで通り尾州、越前両老公から慶喜を説得させることとした。

　無条件降伏の講和でも、度重なる交渉を経てようやく成立に至るのが普通なのに、大勢力を温存した旧幕府に対して、大政を奉還したのだから、新政府の方針に従えと命令しても従うはずはない。かえって火に油を注ぐ結果となるのが通例である。

　案じた通り、徳川方はてんで相手にしない。

『何を吐《ぬ》かすか。将軍が素直に大政奉還し、国内での戦争を回避しただけでも、絶大なる功績じゃということがわからんのか。その上、辞官せよ、領地を収めよとはどんな料簡なのか。朝廷にも過《あやま》ちがあろうし、それを認めて、「もう一度元へ戻して下さい」と言ってくるのが常識というものだ。それが本筋というものだ。大体、この陰謀の根本は、薩摩の西郷、大久保それに公卿の岩倉らの輩に違いない。まずはこれらの者を除外すべきじゃ』

　頭に血がのぼって、時代の推移も時の流れも見えなくなった血気の者たちの意見は、大蛇が口から吐く赤い舌のような憎悪に満ちた激越な意見が大勢を占めだした。

　二老公の苦心は一方ではない。そんなことでは役目は勤まらないと、老練な越前老公は土佐老公とも相談し、何度も交渉を重ねて、ようやくなんとか纏めあげた。その案によると、

『慶喜が上京して「辞官、領地のこと」については、新政府のご費用として領地の幾分かを献納すると、口頭で尾州、越前両老公に伝えると、二人はそれを書き取って奏達し、朝廷ではすぐに慶喜に参内を仰せ付ける』

との段取りに漕ぎ着けた。最初の案からすれば大変な譲歩であるが、岩倉はよしと返答した。もちろん、西郷、大久保にも相談したであろうが、西郷はともかく、あの冷徹峻厳な大久保が首を縦に振ったのはどうしてだろうかと訝《いぶか》しむ。

西郷も大久保もこれ以上の解決案を求めれば、ついには両老公もつむじを曲げてしまうだろうし、それでは新政府の運営も危うくなる。ここはいったんこれで収めて様子をみようとなったのであろう。またもしも交渉が決裂して戦さとなった場合、兵力を考えれば勝利の戦略が難しいと判断されたのであろう。

この時期は新政府としては、断崖の縁に立っているような危険な状態であった。

事実、大坂に下った徳川方の勢いは凄まじく、この頃には京の近くの山崎辺りにも兵が出没し出していた。新政府からは尾州、越前両藩を通じて退去を申し入れているが、聞き入れる様子はない。不穏な空気が次第に高まってきていた。

十九日になって越前老公の許へ慶喜の挙正退奸表が届けられた。奸とは薩摩を指したもので、要するに討薩表である。その内容を要約すれば、

『慶喜は祖宗から連綿と受け継がれてきた政権を、朝廷に奉還し将軍職も辞任したにもかかわらず、朝廷では先帝から信任を受けている堂上公卿方を排斥し、これらの方々のご意見も聴取されず、先帝から譴責《けんせき》されていた公卿数名を抜擢《ばってき》し、朝廷寄りの藩主並びに藩士と共に、御所の四辺を兵で固めて謀議を重ね、王政復古の大号令を発せられましたが、これでは天下の公論

によって、公明正大に衆議を尽くしたものとはとうてい申せません。どうか今一度、列藩の衆議を尽くして正しきを執り、奸を退けて上下ともに安んじられる世にしたいと思います。どうかこの願いをお聞き届け下さい』（海音寺さんの「西郷隆盛」より）

十二月十九日に発せられた王政復古の大号令に対する不信任の訴えである。

これを持ってきたのは大目付の戸川伊豆守忠愛であった。戸川は京に着けば若年寄の永井尚志と相談するつもりであったが、不在のため、戸田大和守忠至に見せて相談した。戸田はすぐさま岩倉に見せたのだが、見た岩倉は驚いた。

『戸田はん、これは大変なものどっせ。こんなもん公表したら薩摩も黙ってるかいな。これは麿でもなんとも返事の仕様はおまへん』

岩倉にボケられて断わられた戸田は越前家に持って行き、さらに土佐藩邸に回って山内容堂に相談したが、容堂とて思案に暮れるばかりであったが、

『致し方がない。余は後藤に預けて岩倉に善処させせよう』

うまく容堂公にも逃げられてしまった。

岩倉にはボケられるし、老公たちにはかわされた。いくら秘密にしていたところで、岩倉一人で持っていることも出来るものではない。西郷、大久保も知っていたであろうが、これこそ徳川方の挑発であると、顔色にも出さずに腹の底にしまっていた。岩倉とて同じことで、ふてぶてしいほどの落ち着きでこの挑発を退けてしまった。

第七章――鳥羽伏見の戦い

其の一　御用盗

秘密の薩長同盟が洩れて幕府と戦争になった場合、京に駐留する薩摩の兵力が、一千か一千五百くらいでは戦さにはならない。国元から兵を増援はするが、それでも十分にはほど遠い。このため、西郷は自ら脱藩し勤王の活動をしている者たちに目をつけ、兵力として活用しようとした。

京では土佐の中岡の率いる陸援隊を援助したのも兵力の確保にあったが、江戸にもいる脱藩志士にも呼び掛けた。彼らを薩摩藩屋敷に引き取り、京で討幕戦が始まれば、恐らく江戸から続々と京へ向かって幕府の援軍が出発するに違いなく、これを押さえるべく江戸で戦争を始め、牽制《けんせい》する任務につかせようとの作戦であった。この時期には西郷の秘策を知る者はごく限られた者だけであった。

西郷は腹心の益満休之進に伊牟田尚平をつけて、命をふくめて江戸に行かせた。

益満は城下士で、なかなかの暴れ者であったらしい。早くより西郷に私淑し、西郷もまた可愛がっていた。江戸行きの任務は命懸けであるが、勇んで出掛けていった。

伊牟田は家老の小松帯刀の実家・揖宿《いぶすき》郡喜入《きいれ》郷の領主肝属《きもつき》氏の家来で、早くから江戸に出て蘭学や医学を学んだりしていたが、政治の世界にのめり込み、清川八郎の弟分のような格好で、尊皇攘夷を唱えていっぱしの志士気取りであった。

アメリカ公使館の通訳ヒュースケンを斬ったのは伊牟田である。益満と同じく暴れ者であった。その後、平野国臣と共に筑前侯の参勤交代の途上に、嘆願書を差し出した無礼を咎められ、捕らえられて薩摩藩に引き渡され、喜界島に流された後は、鳴かず飛ばずであったが、西郷を頼って京で居候をしていた。西郷の強みは、このような命知らずの武士が配下に大勢いることであった。困った時、苦しい時に頼れるのは、怖いようだが一番すりより易く、慕えるのはやはり西郷であった。

二人は江戸に着くと藩邸の留守居役と相談して、天璋院様守衛のために諸国浪人を召し抱えると、薩摩藩の名義で幕府に届け出て大々的に募集を始めた。幕府もこのように前将軍夫人の警護の名目を唱えられれば如何とも出来ず、その上、武力のある薩摩藩を刺激して摩擦を起こすよりも、一種の腫物《はれもの》としてそっとしておこうと考えたようであった。

瞬《また》く間に約五百人の浪人が集まってきた。彼らにそれぞれ手当てを与えて飼っておくのであるが、薩摩藩お抱えともなれば身分は誰憚《はばか》るところのない勤王の志士として大手を振って歩くことが出来る。浪人の中にはますます不逞なことを働き、次第に不届きな行動が目に余ってきた。彼らは遊興の金に困ると、裕福な町家に押し入って悪辣《あくらつ》な乱暴を働くようになる。

『我々は三田の薩摩屋敷にいる勤王の志士である。日本の夜明けのために日夜奔走している者だ。軍資金を都合せよ』

『天朝様のために命懸けで働く者に、捧げる軍資金がこんな端金《はしたがね》でよいのか』なんのかのと理屈をつけて金を出させる。虎の衣を借る狐とは彼らのことで、悪業はだんだんとエスカレートする。彼らは自分たちの存在を誇示して、天朝様の御用を努める者であると広言し、勝手に「御用党」と叫んで暴れ回った。巷では「御用盗」と呼んで恐れた。

味をしめた浪人の中には、薩摩藩に抱えて貰ってない浪人やらゴロツキやらまでが、御用党を名乗る偽者も出てきて暴れ回る。江戸の治安はいちじるしく乱れた。

ちょうどこの頃、京、大坂では「お札下り」の奇瑞《きずい》を信じて「えいじゃないか」の群衆が踊り狂っていた。江戸では御用盗が跋扈《ばっこ》している。江戸では幕府も民衆も、

『あれは薩摩の謀略に違いない。薩摩の西郷のやることは非道《ひど》い』

悪評紛々であった。卑怯で悪質な暴力は糾弾《きゅうだん》されて然《しか》るべきことではあるが、時代の変革期のそれも両者が生死をかけた紛争の瀬戸際にある時は、時として非合法なことも敢《あ》えてすることもある。西郷としても甘受せねばならぬ悪名であろう。

戦争によるしか解決の方法がないと判断した時は、兵法としては相手を挑発するのは至極当然のことである。必勝を求められた大将としては、誠実でお人好しの西郷といえども、勝敗を左右する大事を決断の時に至っては、寸毫《すんごう》の逡巡《しゅんじゅん》も遅疑《ちぎ》もない。

この時も戦さの大義名分を立てるに当たって、討幕派は悩みに悩んでいた。大久保、岩倉はじめ策謀家たちも万策尽きた感があった時、西郷の一言で決まった。

『おいが何とかしもそ。おいに任せてくいやい』

結果として討幕軍の勝利に帰したから、西郷に非難が集中したのであって、今日的な思考で即断するのは危険であろう。当時の世相、薩摩藩の立場、幕府側の対応などを考慮し判断する

必要があろう。

其の二　戦さのきっかけ

大政奉還は結果として、幕府側には圧倒的な勢力を温存したまま残り、朝廷側は新政府をつくってはみたものの、日が経つにつれて幕府側の武装解除も出来ないし、政権交替に際しての陰謀や不都合な面も曝《さら》け出されてきて不平不満が溜まってきた。当然、政府内では非難中傷が渦巻いて議定だ、参与だと威張っている公卿たちは、よりより集まっては悪口陰口に終始する。

『西郷さんも、あの幕府の大軍を見ては戦さも出来んやろ。大層なこと言うたかて、三千や五千そこらでは勝てるはずはないわな』

『岩倉はんかて今までは戦さもなく、薩摩の後押しでえらい勢いどしたけど、戦さが迫ってきたらまるで赤子や。土佐の容堂はんに、なんど言われて頭掻いてましたぜ』

一番白い目で見られている西郷は軍を預かる者として、いつでも戦さをする覚悟は出来ているが、大義名分が立たなければ戦さを始めることは出来ない。元より西郷は交渉を尽くし誠意を示してもなお、交渉が決裂するならば、戦さも止むを得ないとの立場に立っているが、それが公卿たちには自信がないと映《じ》るのだ。ここ十日ばかりの間は内外から入ってくる芳しからぬ情報に疲れ、もやもやとした焦れったい気分で面白くなかった。

尾州藩、越前藩、土佐藩の三藩老侯も辞官、納地の件について奔走するが、はかばかしく交渉は進展しない。知恵を絞った挙句に達した結論は、

『納地は何といっても幕臣の生活が懸かっているから、たやすく纏《まと》まらないが、辞官の件は案

外容易であろう。まずこれから手を付けよう。納地はまず、徳川家から新政府の費用に献上する建前をとり、応分の拠出に応じて貰い、全国の諸侯にも石高に応じて拠出するとすれば、大きな反対もなかろう』

三人の議定は太政官である程度決定し、大坂城にいる慶喜にその旨を伝えると、慶喜はすぐに承諾したが、幕臣と会津、桑名の連中は承知をしない。

新政府の最高の役職（議定）に就《つ》いている徳川御三家の尾州公、御三卿出身の越前公、それに徳川宗家に深い恩義を感じる土佐の容堂公の苦心は察するに余りある。何とか徳川家の名分を立て、素直に大政奉還に応じた慶喜の功績を讃え、引き際を飾ってやりたいとの思いはますます三人を苦しめる。

殿様というのは自分に都合が悪ければ投げ出して、後は家老に任せてお城で威張っていれば良かったのだが、新政府の議定ともなればそうは行かない。特に難しい政権交替に関わる問題を直接処理して行かねばならない。交渉のたびに新たな難問が起こってきて、今までのように「余はもう知らぬ。よきに計らえ」とは参らない。癇癪持ちの土佐の容堂公がよくも勤まったかと不思議である。有能な家臣がおればこそであった。

こうして議定の殿様が苦心している十二月二十七日、三条実美らの五卿が帰京して、直ぐに参内し、三条は議定に就任した。これで勤王を唱えた公卿が出揃った。朝廷側の議決権がやや増したと言える。

領地返納問題も幕府側の意見も纏まり、老中筆頭・板倉勝静は慶喜の請書は正月一日までに差し出すとの口約をし、越前公らの家臣は板倉老中の請書を受け取って京に帰り、十二月二十九日、太政官代において岩倉に報告した。

板倉の請書は三人の議定（大名）が知恵を絞って纏めたものとほぼ同じであった。確かにこれは表面上では平和的に解決した妙案ではあるが、この案で今後の政治が運営されて行くと、議定、参与の数、顔触れからいっても、次第に徳川氏を中心とした政体に戻ってしまう。こんなことで満足、了解する西郷や大久保ではない。もちろん岩倉も同心なのだが、兵力不足をもっとも心配する岩倉は、この説得に一応は承諾せざるを得なかった。

公卿たちのこんな煮え切らない決定に愛想をつかした西郷は、ここできっぱりと戦争を決意した。ここまでの譲歩で誠意も交渉も尽くしたと言える。もしこの後、挑発に出てくれば断固一戦すべきであると覚悟を決めた。兵力の多寡《たか》は問題ではない。いったんは怯《ひる》んだかに見えた幕府側も、最近の兵勢には奢《おご》り高ぶったところが目に付く。戦さに奢りは禁物である。こんな兵なら蹴散らせる自信がある。西郷はいつでも兵を率いて立つ心構えが出来ていた。

この時に作成したと思われる西郷の天皇動座に関する書き付けが残っている。内容は省くが、敗戦を想定して天皇の動座について事細かく取り決めている。これを読むと、西郷らは勝敗は時の運、敗戦も又やむなしの覚悟でいたことがはっきりする。

西郷は勝利の自信があったのだろうか。私は西郷は禁門の戦いと二度の長州征討で、同盟する長州軍と我が薩摩軍の実力は、優に大坂城に屯する徳川軍一万五千の兵力に勝ると視ていた。両軍が激突する戦さは、最初の二時間が勝負であろう。二時間持ちこたえれば勝つと信じていたのではなかろうか。

なぜ二時間なのか。

幕府軍の主力は新撰組と会津軍であるが、新撰組は統制のとれた一団ではあるが、野戦での部隊ではない。抜刀しての白兵戦なら威力があろうが、統制を重視する戦さを知らないと診ていた。会津軍は自分も禁門の戦いで一緒に戦って、その実力は知り抜いている。兵力は多いが指揮官がいない。一万五千の大軍を指揮する大将がいないし、軍師がいない。大鳥圭介や小栗上野介がいては面倒だが、それでも兵の信頼を一手に握れる真の大将ではない。信頼出来る大将がいてこそ兵は熱して戦える。

それに引き替え薩摩軍は一致団結の決死の戦勢があり、長州軍は幕府に対して燃えるような敵愾心《てきがいしん》を湛《たた》えている。さらに我が方の武器は、最新式で旧式兵器しか持たぬ幕府軍との差は余りにも大きい。

戦いは時、所、人と言われるが、山城と謂《い》われる京の盆地から、また都の水瓶である琵琶湖から流れ出る水は、狭隘《きょうあい》な大山崎で淀んでここに広大な湿地帯が出来ている。京へ攻め上るためには、淀川を左に見て真っすぐ鳥羽街道を行くか、山手の伏見街道を行かねばならない。左に大河、右に山が迫って大軍の駆け引きには至難の場所である。

薩摩軍の軍師・伊地知正治は、

『せごどん、一万五千からの大軍が、前線の事情も知らずに押せ押せと押し寄せて来っなら、先陣の部隊さえ叩けば敵は大混乱に陥ること間違いなしじゃ。この戦さは初めの一刻（二時間）で形がつきもそ。貰うたも同然、心配いりもはん』

胸を叩いて保障した。

『戦さの神様がそう言うならおいは大安心じゃ』

敵は数を恃《たの》んで押し寄せて来るだろう。先陣は新撰組に違いない。彼らは撃たれても怯《ひる》まず押してくる。敵味方の押し合いがしばらくは続こうが、兵器の優劣を覚った時が勝敗の別れ目である。それまでが長くて二時間であると言うのは、西郷も伊地地も自身が実戦での経験から割り出した時間なのであった。

一方、徳川家の納地・辞官問題で苦心する尾州老侯、越前老侯それに土佐老侯は、苦心して作り挙げた半ば平和的な案で交渉が纏まり、後は慶喜の請書を待つばかりであったのだが、ここで大事が起こってきた。

結論を先に言おう。江戸の薩摩藩屋敷を幕府軍が焼き討ちしたのである。江戸のこの事件が京の薩摩藩に伝わったのが、十二月三十日である。明けて慶応四年一月三日、朝廷軍と徳川軍が戦争に入った。戊辰戦争勃発である。

江戸の薩摩藩屋敷に屯する諸国の浪人どもが、江戸の町ばかりか関東一円で起こす乱暴狼藉は、だんだんエスカレートするばかりであった。見兼ねた幕府は十二月になると、庄内藩始め各藩に市中取締りを命じた。それでも浪人の悪業は跡を絶たない。

『三田の薩摩屋敷に巣食う浪人どもを始末出来ないとは何たることか。腰抜けもいいところである。大体、上様が朝廷に素直に大政を奉還されたことを有り難く思わず、その後になってまで、あれこれと注文を付けてくるとは、薩摩や二、三の公卿の思い上がりもはなはだしい。それというのも上様のなされ方が手緩いのじゃ。いっそのこと、武力に訴えて奴らを蹴散らして一泡吹かせてやらねば収まるまい』

威勢の良い者たちが騒ぎ立ててきた。この中心人物は勘定奉行・小栗上野介忠順である。その小栗も初めはなるべく穏便にと耐えてきたが、余りの悪業、暴動に遂にこの意見に靡《なび》かざるを得なくなってきた。小栗は幕閣に意見具申をするが、老中は容易に裁断を下すことが出来なかった。

『小笠原どの、小栗の申し条、いかが計らいましょうや』

『稲葉どの、もしこれを許可すれば京・大坂で戦さになることは必定ですぞ』

『ご両所、今一度、熟慮を重ねよう』

幾ら考えても結論の出ない時や自分の身に責任が降り掛かる時は、先送りにするのがもっとも良いとされる。三人の老中は黙り込むより仕方がない。

町奉行・駒井信興と外国奉行兼町奉行・朝比奈晶広の二人は、

『薩摩屋敷の者に、悪事を働いた浪人を差し出せと命じるべきです。命じても差し出さない時は、改めて方法を考えましょう。我々は上方の事情が分からないから処置に困っているので、これから急いで使者をやり、上様の思召しを伺った上のことにすべきでしょう』

これに対し過激派は、

『上方へ行っている連中は腰抜けもいいところである。こちらで一発、大砲を薩摩屋敷に撃ち込めば、目をさまして戦いを始めるに違いない』

こんな議論を三昼夜にわたって繰り広げたというが、なんとも悠長なことだ。結果は町奉行二人の意見を老中が取り上げ過激派に伝えると、一言の下に反対された。老中の抵抗を突き崩せば、勢いは過激派に靡くとばかり猛り狂う。もう老中の手に負えない事態となってきた。過激派は江戸市中の警備を担当する庄内藩の松平新十郎をひそかに扇動《せんどう》した。松平は登城して、

『薩摩藩屋敷を砲撃しないで、我々が幾ら市中を巡邏《じゅんら》し警備しても何ら効果がありません。砲撃しないと申されるなら、庄内藩は市中取締りを御免こうむります』

ようやくにして老中らの重い腰も上がって、砲撃を認めることとなり、十二月二十四日、遂に薩摩屋敷に大砲が撃ち込まれ、焼き討ちが決行された。

当然、薩摩藩邸に詰めている者は、藩士といわず浪人も取締り方と戦闘になる。多勢に無勢

で薩摩藩士も浪人にも、死者が出るし、捕虜になる者もいて、さしもの浪人たちも四散した。益満は捕らえられ、伊牟田は逃げて江戸湾に停泊する薩摩の軍艦に飛び乗って上方へ走った。

戦さのキッカケとは、いつもこのような事態から勃発《ぼっぱつ》する。これでどちらかに歴とした戦さの大義名分が出来るのだ。

繰り返すが戦争を前にした時には、平常の常識など通用しない。浪人を使って挑発したと言われても、それなりの理由があって、結果としてそうなったのだ。

徳川側も薩摩の挑発に乗ったと言われても仕方はないが、当事者とすれば平和を乱す悪人を成敗したのであって、挑発にのったのではないと言い張るだろう。

戦争とはどちらにも言い分がある。そして勝者は常に正義であり、敗者は常に悪の烙印を押されることになる。歴史もまたそのように書かれてゆく。

其の三　鳥羽伏見の戦い

江戸の情報が慶喜のいる大坂城に伝わったのが十二月二十八日であった。いったん、これが城中にいる将士に知れ渡ると、

『今から京に上って薩摩の芋どもを皆殺しにしてしまえ』

口々にそう言って今にも飛び出してゆく有様となってきた。もう誰であっても止め立て出来ない勢いになってきた。

慶喜が京での騒擾《そうじょう》を憂えて大坂城に退いた後も、激昂《げっこう》する諸藩はそれぞれの手勢を引き連れて京と大坂の要衝を守備する態勢をとっていたが、十二月中頃には、誰言うとなく伝わって

くる戦機を感じてさらに堅い陣を布いていた。いつでも戦争できる態勢が整っているところへ江戸の情報が齎《もた》らされた。枯草の山に松明《たいまつ》を投げ込んだようなものだ。

京の薩摩屋敷にいる西郷は、江戸の薩摩屋敷が焼き討ちされたと聞いて、これで正々堂々と戦さが出来ると喜んだと言われる。大久保は、

『せごどん、戦さの大義名分が出来もしたな、後はおはんに任せるのみじゃ』

『よか。精一杯やりもそ。じゃっどん近頃の新政府は徳川に同情する方が多くなり、腰が決まりもはん。ここは一蔵どん、おはんに任せてふらふらさせぬようお願いしもす』

二人の呼吸はぴったり合っていた。

大久保の進言を受けた岩倉は、今までの中途半端な態度をがらりと変えて、ちょっとの妥協も許さない厳しい態度を示してきた。

まず、騒動の元である会津と桑名両藩の兵を帰国させるよう朝廷から申し渡しているにもかかわらず、いっこうに実行しないのは不実極まるとして、

『これが実行されない限り慶喜の参内は許さない』

と、極め付けた。岩倉はこのように高飛車に相手を威圧することがもっとも得意な人である。ついでに尾州、越前両老公に、大坂城に行ってその周旋をせよと命じた。

両老公は議定であり岩倉は参与で、前中将とはいえ新政府の位階からいって両老侯より下位にある。にもかかわらず、このような態度を保持できたのは、薩摩の武力を背景にして朝議を仕切っていて、それが自然体になっていたのであろう。

いきり立った幕府側は、はや京へ向かって押し出すばかりになっていたが、朝廷では尾州、越前、土佐、宇和島、芸州の五藩の周旋に望みを繋《つな》いでいて、開戦の朝議が開かれていない。

朝議が開戦と決定して初めて宣戦布告となり、その時をもって我が方は官軍となり錦の御旗《みはた》が翻《ひるがえ》り、相手方は朝敵賊軍となる。

西郷は朝議の決定を待つまでもなく、正月の二日、兵を繰り出し主戦場になるであろう鳥羽街道に布陣した。予期した通りの戦場で戦さが出来ると、薩摩軍の指揮官で戦さ上手の伊地知正治は、躍り上がって喜んだ。

『これこそ天運は我にありと言うことじゃ』

長州軍は伏見街道を受け持って布陣をした。両軍合わせて四千人くらいであった。

西郷はいつでも応戦出来る準備は整えたが、ここはあくまでも兵を預かる者の義務として、太政官の開戦命令のない限り開戦に踏み切れない。この時が主将としてもっとも気の重い時である。さらにこのところ、態度が今一つぴりっとしない朝廷が気になって、前戦が気になるが、太政官代を離れることが出来なかった。

こうして両軍が対峙すれば、かならずどこかで摩擦が起こってくる。まず、夜に入って伏見方面に緊張が訪れた。総勢一万にもなる幕府側が押し寄せてきた。迎える長州軍の兵士には雲霞《うんか》のごとき大軍と見えたであろう。薩摩軍の総指揮官・島津式部らは薩摩、長州、土佐各藩から一隊を組織して会津藩の屯所へ行き、

『みだりに入京することは罷《まか》りならぬ』

と、厳重に申し入れたが、

『後刻お返事仕《つかまつ》る』

にべもない返事であった。それではと駈け戻って、それぞれの陣に引き取って守備に就いたが、ここを破られては朝廷側には都合が悪く、なんとか押し止めようと談判の人数を繰り出し

て、三日の朝までねばっていた。この間に朝廷側も防戦の準備が完了した。ここに陣する兵数は僅かに千五、六百であったが、新式の装備を整えた精兵であったし、これを指揮する者もまた剛勇の士であった。大将が島津式部、参謀・吉井幸輔、中原猶介、隊長・川村純義、篠原国幹、中村半次郎、鈴木武五郎、辺見十郎太、長州勢には林半七、土佐勢には谷干城らであった。

こうして対峙《たいじ》することが夕刻に及んだ。

鳥羽方面では参謀の伊地知は本部のある東寺にいて、前線には野津七左衛門、大山弥助、市来勘兵衛、村田経芳、長州勢には山田顕義が参謀で本部の東福寺にいた。

事態がここまで緊迫してくると、朝議を待ってなどと呑気なことは言ってられない。どちらかが押し出せば、その時が戦さの始まりである。

鳥羽方面にいる薩摩軍の地形偵察に出た一隊が、幕府軍の見廻組の一隊と接触した。見廻組は剣客揃いだが、薩摩軍の新式銃の一斉射撃を食らい退却した。

『やつらの鉄砲には気をつけろ。こんな時は竹藪へ逃げ込むのがよい』

戦さ上手の伊地知がこんなことに抜かるはずがない。

『鉄砲はのう。竹藪が苦手じゃ、竹藪は格好の弾の盾になる。新撰組も竹藪では刀は使えまいが、詰め寄られてはこちらの負けじゃ』

適切な指示をして、この付近に多い竹林に鉄砲隊を伏せていたから、近付く新撰組や見廻組の猛者どもに一斉射撃を浴びせて蹴散らし、これを追った薩摩軍は上鳥羽の南端の小枝橋まで進出して、よい地形を見付けて布陣した。

幕府軍は午後五時頃、銃隊を先頭に立てて、押し出してきた。冬の五時はもう暗い。薩摩軍の布陣の様子もよく見えなかったのか、数を恃んで確かめることをしなかったのか、そのまま

進んで薩摩軍の哨戒線を守る者に、

『ここの責任者に面会したい』

意気込んで申し込んできた。薩摩軍のこの方面の監軍・椎原小弥太が同僚の山口仲吾と応対した。

『内府が勅命によって入京されるのでお通し願いたい。我らはその先供である』

『内府はごく軽装で参られると聞いておりもす。なのに銃を携え、不穏の様子がありありじゃ。お通しすることは出来もはん』

幕府側もしばらく鳴りをひそめていたが、やがて部隊は進撃に移った。この時、野津の率いる大砲隊が発砲した。照準を決め距離を計って正確に撃つ砲弾はすべて無駄なく命中する。砲声は轟《とどろ》き、たちまち修羅場が現出する。頃合よしと銃隊が一斉射撃に移る。暗がりを利用して竹藪の中に布陣していた銃隊の射撃に逃げ場を失った幕府軍は、大混乱に陥った。

そこへ薩摩の誇る大砲隊が撃ち出した。大砲隊を指揮するのは弥助砲で名高い大山弥助である。敵の進撃を阻み、後退を扼する得意の十字放火を浴びせだした。この砲撃に会えば、悪くすると皆殺しの憂き目に会う。幕府軍は算を乱して逃げて行く。

最初の砲声を聞いた西郷は躍り上がって喜んだと言う。

『これで戦さが出来る。勝利は間違いない』

緒戦快勝であった。こうなれば寡勢であっても負ける気がしなくなる。いわゆる、戦勢がついてくるのである。

西郷は戦争が始まると、本営のある東寺へ詰めて全般の指揮を執った。西郷が東寺に陣取ったと聞いた薩摩軍の現場の指揮官は勇み立った。

『なに、せごどんが東寺に入られた。おいは命懸けで働いて一番槍をつけもそ』

『おいはここで手柄を立てて、せごどんに受けた恩義を返すのじゃ』

『おいもじゃ』

『おいも』

皆、血相を変えて突き進む。西郷の人格が現場の指揮官から一兵卒に至るまで行き渡っているとしか言いようがない。戦いは将に対する信頼によって勝ちもすれば負けもする。五分五分の戦さともなれば将の器量が左右する。居ながらにして兵は命を預け、西郷は命を預かる大将になっていた。真の大将の面目躍如であった。

この時をもって西郷は、江戸城へ向かって悠然と歩きだしたのである。

いったんは退却した幕府軍も陣容を立て直し、会津藩兵と新撰組が先頭に立って小銃を発射しながら押し返して来た。緒戦の敗戦で薩摩や長州の戦法を経験しているので、その手は食わぬと大軍を恃んで巧みに攻め寄せて来た。さすがは会津と新撰組でなかなかの勢いであった。わけても会津兵は薩摩憎しの一念に凝り固まって、攻め寄せて来る勢いは物凄い。堪《たま》らず薩摩軍もじりじりと押し返されてきた。

『引くな。撃て。ここで引いては薩摩隼人《はやと》の名折れぞ』

指揮官は声を枯らして督戦するが苦戦は免れない。四倍の敵と戦う薩摩軍にも疲労と敗戦の色が濃くなってきた。

『止むを得ん。東寺へ駈けてせごどんに援兵を頼め』

伝令の口上を聞いた西郷は、烈火の如く怒って大声で叱咤した。あの巨眼が眦《まなじり》が裂けているかと見紛うほどに見開いた。

『援兵など一兵もなか。皆死ね死ぬのじゃ。おはんらだけを死なせはせん。おいも死ぬぞ。ここは一歩も引けんのじゃ。帰ってそう言え』

これを聞いた指揮官は、

『何、皆、死ねとか。せごどんがそう言うたか。ならおいも死んでやるぞ。引くな』

味方も辛ければ敵も辛い、辛抱のしどころで辛い辛抱をした者に勝利が微笑む。西郷の一喝が全軍を奮い立たせ、敵の猛攻を支え切った。

頼れる大将のいない幕府軍の敗勢は明らかである。戦勢を盛り返すことが出来ず、深夜の四日一時頃には雪崩《なだれ》を打って敗退していった。

前日の一月三日、宮中では総裁、議定、参与の三職全員が出仕していた。西郷と大久保は幕府側には、恭順はおろか反逆の徴《しるし》が濃厚であるから、断然討伐すべきであると強く主張した。二人は事ここに至ってもなお、腰の決まらない公卿たちに愛想を尽かしていた。尾州、越前、土佐らの者まで態度をハッキリさせていない。あれほど尊皇を唱えて激越な言葉を発していた公卿らは、討伐など以てのほかのような顔を寄せ合い、

『あの二人はアホ違うやろか。四千や五千の兵で、二万からの徳川軍に勝てると思っているとしたら、これはほんまのアホでっせ。うっかり相槌《あいづち》を打ったり口利いたりしたら、後でえらいことになりますぜ』

まるで厄介者を視《み》るような目付きでソッポを向くのであった。こんな時に土佐の山内容堂が参内してきて、例の態度で一座を見回し、

『この容堂、仮にも議定の職に連なっていながら、これほどの大事に除け者にされるとあっは、この職に留まるわけには参らぬ。即刻、辞職して藩兵を率いて帰国仕る』

大声を張り上げた。容堂の徳川氏に対する恩義を重く視《み》るのも無理はないが、この人の目は徳川氏にだけ注がれて、日本の将来を視ていないのでは偏見のそしりは免れまい。そんなことが分からぬ容堂ではないが、薩摩憎し、岩倉らの陰謀憎しが募り募っているのであった。

夕方になって、砲声が聞こえ出し、開戦の報せが入ると、公卿たちは極度に顔色を失い、落ち着きがなくなった。座敷に座っていても、おろおろして左右を見回し、二、三人と寄り合っては、ひそひそ声で話し合い、額を寄せ合って震えている。砲声が轟くたびに顔色が変わり、悲鳴が挙がる。婦女子といるような状況であった。

午後十時頃になって鳥羽方面から勝利を伝える使者が飛び込んで来た。続けて伏見方面からも大勝利だとの使者が息急き切って報告した。宮中の空気は一度に替わった。

公卿は西郷の去った後、一人皆の刺すような視線に耐えていた大久保に、愛想笑いを携えて擦《す》り寄ってきた。

『大久保はん、やっぱり薩摩の兵は強うおまんな。麿は初めから勝つと思うてましたんや。そうかて西郷はんと大久保はんがいてたら鬼に金棒や』

大久保は余りの現金さに、毒気を抜かれた思いであった。

翌四日は幕府軍も、今日こそは勝たねば成らぬと陣容を立て直し、新手を加えて再び攻め寄せてきた。この日も会津兵は果敢に戦い、容易に引く気配を見せなかったが、薩摩軍は昨日の勝利で自信満々、これまた一歩も引かずに応戦し、次第次第に追い詰めて行く。伏見方面でも戦慣れした長州軍は、新式の火器を十分に使いこなして撃ちまくった。大砲隊もここぞと撃ちまくる。さらに大砲隊にはツキがあったのか、砲弾が幕府軍の火薬箱に命中し、大音響を発して付近の幕府兵を吹っ飛ばしたから、幕府軍の士気は急激に低下した。

一方、宮中では緒戦の勝利が伝えられると、深夜にもかかわらず、仁和寺宮を軍事総裁に、東久世通禧、烏丸光徳を軍事参謀に任命した。四日になって、仁和寺宮は征討大将軍に任命され、錦旗、節刀を賜わり、本営の東寺に入られた。ここに初めて薩長軍は官軍となり、幕府軍は賊軍となった。

この日の戦さはまたも会津兵が果敢に戦い、数を恃んで優勢に押していたが、その頃になって錦旗が翻《ひるが》った。東寺に錦旗が翻ったと聞いた官軍の士気はいやが上にも挙がった。これを見た幕府軍は一転して賊軍となり、雪崩を打って敗退していった。

五日もかなり激しい戦闘が繰り広げられたが、錦旗の威力はさすがで、昨日から駈け付けて戦闘に参加した土佐軍もよく戦い、近代化された装備を持つ佐賀鍋島藩が果敢に賊軍を打ち破り、もはや、一方的な大勝利になった。

六日はいよいよ敵を大坂へ追い落とすためには、木津川を渡らねばならない。敵もここは最後の防衛線として死守するであろうから、激しい戦さを予想して西郷は全軍の士気を引き締めた。自身、前線に出掛けて各陣を見廻って督戦した。

戦闘は未明から始まったが、呆気ないほどの抵抗でしかなく、渡河作戦は瞬《またた》く間に成功し、幕府にとってもっとも頼りにされていた、藤堂藩が寝返って敗走する賊軍に大砲を浴びせ掛けたので、賊軍にとっては心理的にも大打撃となって大坂へと逃げ散って行った。

西郷は深追いは大怪我のもとと、全軍を八幡にとどめ敵情を探らせた。鳥羽伏見では大敗したとは言え、まだ大坂には約一万からの兵が待機している。これが天下の名城の大坂城に立て籠もって戦うとなれば、今後の戦さはなお難しい。大阪湾には幕府の軍艦が控えていて、これが動きだせば容易なことではなくなる。

軍議は一気に淀川に沿って南下し、一思いに大坂城を攻め落とせと勇ましい声も挙がったが、ここは用心して、せっかく摑んだ勝利運を大切にして軍議を巡らそうとなった。

こうして官軍が思案している最中、肝心の慶喜は江戸に帰る決心を固めていた。

『今度の戦さは薩摩と長州がいくら勇敢であり訓練が行き届いていようとも、我が方は大勝は無理でも負けることはあるまいと思っていたが、案に相違して大敗となり、錦旗に刃向かう賊軍となってしまっては取り返しはつかない。残された道は恭順の意を表わすためには大坂にいてはならない』

慶喜のような常識人は、身の振り方の前後に至るまで理詰めでなければならない。この旨を伝えたのはごく少数の腹心たちだけであった。大坂城内は先鋒隊が逃げ帰ったことで、喧々諤《けんけんがく》諤《がく》の意見が交錯して、かえって敵愾心が火と燃えている。もしもこれが漏れれば大変なことになるのは火を見るよりも明らかであった。慶喜は、

『これより直ちに出陣する。皆々持ち場に就け』

高らかに出陣の号令をかけた。諸将は勇み立ってそれぞれ持ち場へ走った。この隙に京都守護職・会津藩主松平容保、京都所司代・桑名藩主松平定敬、老中酒井忠淳、板倉勝静、大目附・戸川伊豆守ほか数人が城の裏門から脱出した。その後、船で淀川を下り、いったんアメリカの軍艦に漕ぎ寄せ、翌朝、幕府軍艦開陽に乗り移り江戸に向かった。

なんともお粗末な幕切れで、この鳥羽伏見の戦争は終わった。

第八章――官軍東征

其の一　慶喜恭順

大坂城に帰ってきた幕府軍の将士は、将軍が江戸へ逃げ帰ったことが判明すると、城内は憤激の坩堝《るつぼ》と化した。わけもなく怒り狂う者、将軍の弱腰をなじって暴れる者、幕府の行く末を悲観して泣き喚く者、「我らは遂に賊軍の汚名を着せられたか」と、悄然とする者など騒然たる騒ぎになっていたが、それも束の間、やがて官軍が攻め寄せて来るとの報せに、もう一戦試みようとする声も弱々しく、さしもの大坂城に詰めていた幕府の大軍も、江戸をさして落ちて行く者、それぞれ纏まって帰国の途につく者と散り散りになって引き上げて行き、大阪城もまったくの空城になってしまっていた。

一月十日には征討将軍仁和寺宮が大坂城に入った。大坂城に総督府が置かれると、まず何よりも太政官代（代とは役所のこと）を設けなくてはならない。

九条道孝邸に太政官代（政府）を置き、神祇、内国、外国、陸海軍、会計、法制の七事務局を置いてそれぞれに総督を置いた。中でももっとも重要な陸海軍総督に任命されたのが、久光の嫡子《ちゃくし》で薩摩藩主の島津忠義であった。島津家はもちろん、薩摩藩士の多くは、陸海の軍事権を握ることは、将軍職である征夷大将軍と同義であると考えて喜びに沸き立った。

新政府の方針はその考えとは全然違うのであるが、この時期それを理解出来る者は少なかったのだ。西郷ら首脳にはこの理解が出来ていたから、藩主・忠義に直ぐに辞退するよう進言し、忠義も素直に受け入れて辞退した。西郷が恐れたのは、今ここで薩摩が官軍の軍事の大権を握ることとなれば、そこにはかならず嫉妬《しっと》や疑惑心が起こってくる。新政府には公卿をはじめ各藩の藩主やその有力な家臣がいて、ささいなことから大事に至らぬとも限らない。若い藩主にそんな嘆きを味わいさせたくなかった。

大久保と岩倉の陰謀は太政官では公然の秘密であり、江戸での御用盗の騒ぎは西郷が起こさせ、幕府軍を挑発して今度の戦さに持ち込んだとの囂々《ごうごう》たる非難が、世間には渦巻いている。その上、長州軍との兼ね合いもある。西郷の処置は適切であった。

島津忠義が総督を辞任して、軍事を司《つかさど》る総督が不在では今後の方途が決まらないので、陸海軍務総督には仁和寺宮、岩倉卿、島津忠義の三人がなり、薩摩の西郷と長州の広沢兵助が実務を代行することとなった。内国事務総督には正親町三条実愛、徳大寺実則、松平春嶽、山内容堂の四人がなり、薩摩の大久保と尾州の田宮如雲、芸州の辻将曹の三人が係となったが、実権は大久保が握っていた。とにかく太政官代の顔触れも決まって、新政府はいよいよ船出となった。

江戸に逃げ帰った慶喜は、賊名の謗《そし》りだけは避けたいと種々画策した。

まず自身は徳川に好意を持っているとされる太政官代で内国事務総督の松平春嶽、議定であった徳川慶勝、山内容堂、会計事務総督の浅野長勲、それに細川護久らの諸公へ嘆願書を出し

た。また、十四代将軍の未亡人静寛院宮からも嘆願書を出して貰った。嘆願書の内容は、
一、朝敵の名を免じてほしい。
一、自分は引退して後は適当な者を選んで相続させるから、徳川家を存続させて頂きたい。
一、箱根以東へは官軍を差し向けないでほしい。
西郷や大久保は、この嘆願書を読んで腹の底から怒りが込み上げてきた。

『大政奉還し辞官、納地の議が論じられた時に、否やを申して事今日に至ってなお、このような虫の良い嘆願書が罷《まか》り通ると思われるとはどういうことか。ここは断固たる処置をもって臨まねばならぬ』

西郷はもとよりであるが、大久保はより一段と峻烈な意見であった。事実上の太政官代の首脳である二人の剣幕《けんまく》は、他の人々が口を挟むことも出来ない空気になっていた。

西郷は革命には犠牲があって当然、徳川家に温情を示すなど以てのほかと、いつになく巨眼の眼光は鋭く辺りに無言の圧力となっていた。

『速やかに大政奉還したこつは賞すべきことで、辞官、納地の暁には寛大なっ処置をも考えていもしたが、今日、朝廷の御処置にに対しあれこれと不服を唱えるに至っては、非常の手段を覚悟して頂かねば治まりもさん』

普段、怒りをあらわにしない無口な西郷のこの言葉には誰しも震えあがった。

慶応四年二月三日、天皇が二条城の太政官代に臨幸され、詔勅を発して賊徒討伐の大号令が発せられた。

征討大総督には有栖川宮熾仁親王が任命され、二月十四日、陸海百官を率いて官軍の東征が開始された。西郷は大総督府の四参謀の一人であったが、事実上、全軍の指揮を統率していた。

これには誰にも異論はなく、以後は西郷を大参謀と呼ぶことになる。

全軍を指揮する大総督府には薩摩の西郷と長州の広沢が参謀となり、東海道を進撃する先鋒総督府の参謀は、薩摩の海江田武次と長州の木梨清一郎、東山道総督府の参謀は、土佐の乾退助と薩摩の宇田栗園、北陸道総督府の参謀には、小林柔吉と肥後の津田山三郎、奥羽総督府参謀には、薩摩の黒田清隆と長州の品川弥二郎がそれぞれ決まって堂々の進軍を開始した。ここで総督の名前を挙げなかったのは、大総督だけは親王様で、後は全員公卿ばかりの飾り者に過ぎなかったからである。

官軍の東征は、幕府と慶喜にとっては由々しい一大事で、それは幕府終焉の敗戦処理、すなわち官軍との間で降伏調印を交わさねばならない。この誰もが嫌う役回りを誰が引き受けるのか。この土壇場になって、幕府内にそんな大役を任せられる者も引き受ける者もいない。つまるところ、またも勝海舟に陸軍総裁の大役と共に最後の幕引きの出番が回ってきた。

平穏無事の時には誰からもソッポを向かれているが、ここ一番の大ピンチにはいつも起用される人物は、かならずどこかにいるらしい。薩摩藩では西郷には二回も出番が巡ってきたし、長州藩には高杉晋作がいて四ヵ国艦隊との賠償交渉を成功させている。

勝は第二次長州征討の終戦処理を任された前歴がある。この時は決死の覚悟で広島に乗り込み、無事に纏め挙げたけれど、現場に立ち合わずに江戸にいて勝手な批判をする老中や、幕府の実力も弁えずに、威勢の良い意見を吐く主戦派によって、勝の苦労も報われない苦い思いをして引き下がっていた。どこにでもいる本当の勇者は、いつも人の功績を正当に評価せず、アラを探しケチを付ける卑怯なヤツの策謀に翻弄《ほんろう》されていた。

『自分では何も出来ないくせに、他人の功績を横取りしたり、嫉妬したりするそんなヤツに、この役を回せばよいではないか』

そんなヤツは先を読んでそこらにうろうろしていない。じっと潜んで次のチャンスを狙っているものだ。こんなことが判らぬ勝ではないが、今度の大役には複雑な気持ちであったろう。陸軍の若手士官たちの強い要望で、やむなく陸軍総裁を引き受けることとなったのだ。

勝は元々幕府の実力の衰え、日本を侵蝕《しんしょく》しようとする外国勢力の野望、薩摩・長州の若手に代表される新しい勢力について十分に知り尽くしていたから、今さら、官軍と戦う不利は避けて、和平すべきであると考えていた。

慶喜もそれはよく承知していて、主戦派の小栗上野介を罷免《ひめん》させていたが、知勇兼備と謳われ、戦さには自信のある小栗が黙って引き下がっているはずはない。第一、小栗を取り巻く若手士官が黙っていない。江戸城は硬軟両派が入り交じって、議論の坩堝となっていた。

こんな江戸へ鳥羽伏見で戦った兵が続々と帰ってきた。それらが口々に今度の戦さの無念を語り抗戦を訴える。

『我々は薩摩の芋どもに敗けたのではない。ヤツラの兵器に敗けたのじゃ。新式の鉄砲と大砲さえあれば十分勝てたものを、無念じゃ、残念じゃ』

こんな状況では慶喜の恭順もままならない。先の嘆願書となるのも不思議ではない。それより慶喜もだんだんと主戦論に靡《なび》いて行ったとしても、これまた不思議ではない。恐らくフランス公使レオン・ロッシュも抗戦を訴えたことは間違いない。

勝は平和裡に事を収めようと抗戦派を説得するが、なかなか聞き入れてくれない。

抗戦派は江戸にいるより、今後戦場となるであろう地を目指して脱走して行く。連日引きも切らない有様であったという。関八州は今にも血の雨が降らんとする危険な状態になっていた。

日本の前途には暗雲が立ち籠めて、まさに累卵の危うきにあったと言える。

丁度この時、先に出した慶喜の嘆願書を読んだ越前春嶽から返事の手紙が来た。

それには慶喜の嘆願には誠実が表わされていない。恭順を示して大坂城へ立ち退《の》いたにせよ、鳥羽伏見での戦いは朝廷への反逆と見做《みな》されても致し方がない。今はひたすら誠心誠意、恭順の証拠を見せなければならないとあった。

慶喜はもっとも信頼している春嶽に、

『錦旗に刃向かうなど以てのほかである』

と、正面から見据えられ、諫言《かんげん》されて詰め寄られたと思った。

二月十一日、慶喜はさっそく重立った人々を集めて会議を開いた。順次信ずるところ、存念を述べたてて、遂に勝の順番となった。

この時、慶喜から直接意見を求められた。勝は恐懼して、

『今は非常の時であります。戦さの勝敗について、兵法、戦術が間違っていたとか、兵器の優劣を云々するのは間違っており、正しい解釈とは申せません。戦勢の有る無しが勝敗を決するもので、それを決めるのは運気であり、天の時であります。鳥羽伏見の戦いで敗戦になったのは、我がほうに天運が味方しなかったからです。今さらこの天運を引き寄せようとしても無理であります。戦えと仰せあれば、私にも勝算はないこともありません。しかし、ここで双方が全面的な戦争に発展すれば、上様もご存じの通り、喜ぶのは外国だけであり、日本の滅亡は目に見えております。時の勢いは薩摩や二、三の公卿の陰謀に味方して、あちらに傾いたなどと言うのも間違っています。彼らには運気が味方し、それが時運に乗っているのであり、譬えそれが陰謀であり挑発だとしても、自然の勢いに逆らってはいません。上様が天子様に誠意を持

って恭順をお示しになることが肝要かと存じます。それには領土も城もみな明け渡すとの、お覚悟をお決めになることであります』

豪胆をもって鳴る勝海舟も、この時は決死の覚悟の諫言《かんげん》であったろう。また自身、徳川の禄を食《は》む者としては胸が張り裂けんばかりの無念であったに違いない。

慶喜も理屈は理解出来ても、無念はともすれば勝の諫言を遮《さえぎ》り、素直に受け入れにくかったに違いない。双方に誠意と勇気があって初めて意志が通じ合う。

勝は下情に通じた人でもあり、人間に対する愛情が深かったから、慶喜の心中を察して恐らく心の中では泣いていたであろう。

勝の意見を聞いた慶喜はしばらく考え込んでいた。いまいましい気持ちが高ぶってくる。勝算もあるというが、時の勢いがないとはと、自分が十四代将軍を争った頃からのことが、稲妻のような速さで脳裏《のうり》を掠めた時に、初めて春嶽からの手紙の内容が蘇《よみがえ》ってきた。平伏している勝の両の肩は小刻みに揺れていた。

『その方の申すこと尤《もっと》もである。余は今後のことはそちに任せる』

慶喜は肩に懸かっていた大きな力が取れて、体全体から力が抜けて行くのが分かった。

この会議でひたすら恭順を主張したのは、勝と大久保一翁だけであった。勝と大久保一翁は共に外国通であり、よく往来もしていた仲であった。二人には暗黙のうちに、

国内での戦争は避けなければいけない。

慶喜の生命と徳川家の名誉を護らねばならない。

この二つを了解し合っていた。

翌日の二月十二日、慶喜は上野の寛永寺に籠って蟄居《ちっきょ》謹慎の生活に入った。

其の二　江戸城へ

錦旗を押し立てて進む官軍の前には、逆らう藩など一つもない。続々と藩主自ら兵を伴って投降し官軍に加わってゆく。彼らを新参《しんざん》の部下としか思わない薩摩、長州の兵はもちろん、土佐、佐賀の兵の得意は絶頂に差し掛かっていた。途中から加わる部隊との摩擦や軋轢《あつれき》が心配されてくる。西郷は麾下《きか》の兵力の掌握は出来ても、寄り寄り大部隊となった兵力の掌握には、ずいぶんと苦心もし、気も用い、兵の規律を厳正に守らせることを各指揮官に厳しく申し渡した。

西郷は大総督宮に先立って二月十二日に京を出発し、二十五日には駿府（静岡）に到着した。大総督府の命令は諸軍は駿府にとどまって、大総督宮のご到着を待つこととなっていた。ここで部隊の再編成を行ない、一気に箱根の天嶮を抜いて江戸城に迫ろうとの作戦であったが、駿府に来てみて戦況を判断する時、ここで長く滞陣することは不利だとみた。

歴戦のカンである。官軍の内情、とくに軍資金の不足はどうしようもないことを知っている西郷は、箱根の天嶮に立て籠もり、万全の備えの出来た幕府軍と正面から戦えば、長期戦となって敗戦は目に見えている。

幕府軍とすれば、官軍を死地に追い込むには、いったんは箱根を越えて関東の地に入れ、江戸城に立て籠もってここに官軍の主力を引き付け、手薄になった箱根の守備隊を蹴散らし、再び天嶮を扼して官軍の後続を断ち、品川沖に艦隊を配置して官軍の兵站《へいたん》を脅《おびや》かせば勝敗は徳川軍に帰するのは火を見るよりも明らかである。

徳川軍の方にも、小栗上野介や戦さ上手の大鳥圭介がいる。それらが早くも箱根に布陣し、江戸城に立て籠れば厄介なこととなる。西郷は各隊長を集めて軍議を開いた。

敵が箱根の天嶮を押さえ、江戸城に籠城するかも知れぬ状況を説明し、

『おはん方に集まって貰《もら》ったのは、かねてからの大総督府の命令は、この駿府に留まって、宮様がご着陣になるまで滞在せよとのことでごわすが、戦さは一瞬の戦機を逃してはなりもはん。地形、戦勢によって自ずから決定すべきものでごわす。我々がここに滞陣している間にも、敵は箱根の天嶮を押さえて、我がほうの進撃を阻むかも知れもはん。

さて、戦勢はすこぶる我に不利な状況になりつつあると、おいは思いもす。ここに幕府軍の陸軍総裁である勝安房守から、おいに宛てた手紙がまいっておりもす。ご覧下され』

西郷は勝の手紙を皆に見せてから、

『徳川家には軍艦が十二隻が健在であり、この軍艦を使って我がほうの部隊や兵器弾薬の輸送を妨《さまた》げ、進撃を阻めば我がほうに与える打撃は量り知れないのだが、敢えてこれを使わないのは、一意、恭順している証拠と見てほしいとある。これを斟酌《しんしゃく》して兵を箱根以西に止めてほしい。もしこれが叶わなければ、どんな事態に発展するか判らない。江戸の街の人心は沸き返る湯となって、手が付けられなくなると申しておるのでごわす。皆々、如何のお考えを聞きとうごわす』

読み終わり聞き終わった各将は無言であった。一同が静まったところで西郷は、

『徳川軍が誠に恭順の意を表わしているのなら、我がほうを恫喝《どうかつ》するような文言《もんごん》を連ねて、それをしないから恭順であると認めよなどと言えようか。勝はおいの古い、しかも腹の底まで知り合った友人でごわすが、それにかまけて、こんな手紙を寄越すとは言語道断でごわすぞ。考えてもみよ、事は国の大事じゃ。私事の入り込む隙は、絶対あってはならんとでごわしょう。

勝は悪人でごわす。どげんでごわすか』

西郷はいつになく怒りを表わし、あの巨眼をむいて各将の顔を見回した。皆は、

『大参謀の言われる通りであります』

異口同音に同意した。しかし、これは西郷の一世一代の大芝居であったのだ。

西郷は各将の士気を高め、大総督府が発している命令に反して箱根越えの作戦を了解させ、事の是非、公私の別を明確にして、今後たとえどんな親しい友人知己の懇願であっても、一切私情を禁じることを宣言したのであった。

西郷は駿府にいることが分かり、大総督宮が追っ付け駿府にお着きになるらしいと、聞き込んだ徳川一門に連なる者は、慶喜の命乞いや、江戸への進撃を食い止めようとの嘆願に奔走しだした。各地へ放った密偵からの報告では、輪王寺宮が諸藩の重役を引き連れて大総督宮にお会いになるため西上していると言う。西郷は宮様同志お会いになれば、無下に断わることも出来ないだろうし、それでは作戦に齟齬《そご》を来す。

西郷は中村半次郎を呼び出して、

『将軍家は朝廷とのつながりは長い間に複雑に出来ていもす。それぞれ伝手《つて》を伝って嘆願やら懇願に来られては作戦に支障を来す。近く輪王寺宮が大勢の者を連れて大総督宮に会いに来られるらしい。これは何としても中止させねばなりもはん。おはんご苦労じゃが、小田原まで来ている宮に会って引き留めてほしか』

半次郎は西郷の指示に従って、各藩から一名ずつ出てもらい、輪王寺宮のいる小田原へ向かった。

西郷から箱根越えの作戦を聞いた大村藩の渡辺清左衛門は、意見具申のために西郷に面会を

申し入れた。

『西郷さん。お説の通りここで愚図愚図していてはなりませんぞ。小田原藩が怪しいと思います。歴とした親藩ですけん、用心に越したことはありまっせん。拙者が麾下の強兵のみを選りすぐり、急ぎ箱根を押さえてみまっしょう。距離は少々ありますが、夜を日にかけてかならず箱根を落として見せるばい』

渡辺の面上には、たぎるような決意と火のような闘志が溢れている。西郷は感激した。

『行ってくれもすか。せいぜいいとうて下され』

渡辺は駈けに駈けて明くる日の昼過ぎには三島に着き、その翌日の早朝には箱根八里の急坂を登り切って箱根宿に着いた。関所はまだ閉まっていたが、乗り込んでいって難なくここを占領した。この幕府軍に先んじた作戦は有効であった。

徳川軍の参謀、大鳥圭介は無類の戦さ上手で、早くも箱根を押さえるべく出張って来ていたのだが、韮山の代官・江川太郎左衛門が、大総督府へ伺候した後であったので、作戦に齟齬を来していったん江戸に引き返していた。もしここで大鳥圭介の軍が布陣していたならば、箱根を越すことはよほど難しいことであった。

渡辺はすぐに西郷に事の次第を報告し命令を待った。西郷からは小田原へ行けと命じてきた。渡辺はすぐに小田原に向かった。

西郷の判断は正しかったのだ。今や西郷はツキにツイテいたとしか言いようがない。果たしてそれはツキだけであろうか。「西郷遺訓」に次のようにある。

『事の上にて、機会と言うべきもの二つあり。僥倖《ぎょうこう》の機会あり。また、設け起こす機会あり。大丈夫僥倖を恃《たの》むべからず。大事に臨んでは是非機会を引き起こさずんばあらず。英雄のなしたることを見るべし。設け起こしたる機会は、跡より見る時は僥倖のように見ゆ、気を付くべきところなり』

西郷は天の時を知って、チャンスを創ったのだ。西郷の目には曇りはなかった。この研ぎ澄まされた目は、誰もが持っているものではない。我が身に一点の曇りや欲心があっては見えるものも見えなくなる。兵には西郷はツキに乗っていると観る。勝利を確信した麾下《きか》の兵は安心して付いてくるはずである。

輪王寺宮は苦労して三月六日に駿府に入られ、七日、大総督宮と会見されたが、はかばかしいお返事も貰《もら》えず悄然と江戸へ引き返した。

其の三　山岡鉄太郎（鉄舟）

八日には山岡鉄太郎が勝海舟の使者として嘆願にやってきた。

話は遡《さかのぼ》る。二月十二日、西郷は東征出発に当たって「徳川氏処分についての意見書」を携えていた。これは西郷と大久保とが相談して岩倉の了解も得ていたもので、それは、

一、よく恭順しているなら、慶喜の処分は寛大な思召しを以て、死一等を減じる。

一、軍門に降り服罪の上、備前へお預けのこと。

一、城明け渡しのこと。但し軍艦・銃砲等を引き渡すこと。

この意見が大総督府で纏まる時期を計っていたのであった。したがって、どんな嘆願書も、どんな高貴の方からのものであっても容易に聞き入れなかった。西郷らは徳川側の動きをじっと観察し、過激派の意見が静まり、勝らの意見に靡《なび》いてくる時期を待っていたのである。西郷

は勝の苦衷は痛いほど理解していたはずで、もし勝が中途で辞職したり殺されたりしないかと心配していた。事実、勝は何度も暗殺されかけたりしたが、不思議に命を永らえていた。

勝の後年の追憶談として名高い「氷川清話」に、

『官軍の方から予想通り西郷が来るというものだから、おれは安心して寝ていたよ。相手が西郷だから、むちゃなことをする気づかいはないと思っていた』

勝もまた西郷となら話せば分かると思っていたのだ。

嘆願はなかなか聞き届けられそうもない。慶喜は遂に勝に駿府へ行けと命じた。命令を受けて、勝は出掛けようと思ったが、六郷川まで迫ってきている官軍の中を突破するのは容易でなく、生命の危険も十分考えられ、多くの者から反対が出てきた。それでは誰か適当な者をと探してみたが見つからない。

慶喜はまた自分の守護役として詰めている高橋伊勢守にも相談した。高橋は二つ返事で引き受けたが、慶喜は高橋のいない間が不安であると言って引き止め、替わりを探せと命じたので、高橋は義弟の山岡鉄太郎を推挙した。

高橋伊勢守は名は清一、泥舟と号し、人格高潔、至誠の人であり、当時天下一の槍の名手であった。山岡は高橋と共に講武所の教授を勤めたくらいで剣の達人であったし、そんな関係で高橋の妹と結婚していたのであった。

山岡は行くに先立って慶喜に誠心誠意、恭順の誠を貫き、この際、総てを投げうつ覚悟でなければ、この使者の勤めは果たされないと詰め寄って確答を得て出発した。この後、勝に会って慶喜の使者として駿府へ行くことを告げたが、山岡を知らない勝は初めは信用しなかったと言われる。だんだん話をするうちに山岡の捨身の覚悟と、主君を思う誠意に打たれて快諾した。

『何分、気をつけて行ってくれ。これは俺の西郷に宛てた手紙だが、持っていって渡してくれ。それから益満休之進を連れて行ってくれ。これは御用盗の親分だが、西郷の子分であるから、この者と一緒ならば何とか無事に着くだろう』

祈る思いで送り出した。この益満は大いに役立った。薩摩軍の幹部なら誰知らぬものはない。各隊の哨戒線にかかると益満は大声で、

『おいは薩摩の益満じゃ。通してくれ』

大抵はこの一声で通してくれた。永い牢屋住いで衰弱した体をはげまして駿府の本営に駈け込んだ益満は、

『せごどんが居るか。益満が来たと伝えてくれ』

言うなり玄関脇に座り込んだ。姿を現わした西郷は、

『益満どん、生きていたか。よう戻った、苦労したろう。さ上がれ』

『先生、それどころではなか。勝さんの使いの山岡さんを案内して来もした』

『それはご苦労なことでごわした。すぐお会いしもそ』

西郷は山岡を自室に請じ入れ、勝の手紙を読み、山岡の意見を聞いた。山岡は丁寧に一礼してから真っすぐ巨眼と向き合った。山岡の黒い瞳は瞬きもしないし、瞳を取り巻く白さは澄みきって清々しい。西郷は一目で清いと感じた。

『西郷先生、今度の征討は、あくまでも主君慶喜の罪を鳴らして、進撃されるおつもりですか。そのご決心をお伺い致します』

『いや、いや、そんつもりは毛頭ごわはん。御一新の志をも弁えず、妄《みだ》りに騒乱する者を鎮定するだけのものでごわす』

これを聞いて山岡は初めて胸襟《きょうきん》を開いた。

『主人慶喜はひたすら謹慎これつとめております。なのになお、ご征討の軍を進めるならば、血気の者は如何なる動きに出ないとも限りません。現に脱走兵は連日後を断たず、各所で征討軍と衝突する始末です。こんなことから大暴発に至れば、せっかくの主人の誠意も赤心も朝廷に届かなくなることは、臣下としてこれほど残念なことはありません。どうか大総督宮殿下にお取りなしをお願い申し上げます』

一語一語発する山岡の言葉には力がこもり、主人を思う熱情とこの会談に賭ける決死の意気込みが熱火と燃えて迫ってくる。言い終わって両手をつき西郷を見上げる面上には微塵の隙もない。剣で鍛えた相手を見据える眼はみじろぎもしない。見返す西郷の巨眼と真っ向正面から向かい合った。それは両者まさに真剣を抜き合わせての雰囲気であった。山岡の決死の覚悟がぐいぐいと西郷を押してくる。二人の間には張り詰めた重苦しい空気が流れていたが、西郷は次第に爽快な気分を感じ始めていた。

西郷は主君斉彬様の御下問に食い下がった昔を思い出していた。

『よか御仁じゃ。この山岡氏も主君のために一命を捨ててここまで来たこつはよくわかる。よか返事を貰わねば、死する覚悟もありありじゃ。よほど修行の足ったお人と見える』

西郷は清いものを見た時に起こる身の引き締まる爽快さを覚えた。

『もしもお聞き届けなくこのまま帰りましたなら、私は一死をもって詫びても主人に対する誠を尽くすことが出来ません。私は決して命を惜しむものではありませんが、これを引き金に戦端が開かれれば、日本国は如何なりましょうか。私は主人から直々にご命令を頂いて出向いております。ここのところをご勘案の上、よろしくお願い申し上げます』

山岡の決死の誠意が西郷の胸をゆさぶって、さしものあの巨眼に親しみが加わった。

『おはんの言われることはよく分かりもした。おいと立場が替わっていたとしても、同じようなことでごわしょう。これから大総督宮へ言上してお返事致しもす』

西郷は部屋を出て総督府へ行ったが、しばらくして帰ってきた。そして、山岡に恭順降伏の条件を示した。
一、江戸城を引き渡すこと。
一、城中にいる兵、その他を向島に移すこと。
一、兵器一切を引き渡すこと。
一、軍艦を全部引き渡すこと。
一、徳川慶喜を備前藩へ預けること。
一、伏見、鳥羽において慶喜の妄挙を助けた者共は厳重に取り調べ、謝罪させること。
一、玉石共に焼く御趣意ではない故、鎮定の道を立てるべし。もし暴挙する者があって手に余れば官軍の手で鎮める。
右の条条がすみやかに実効が立てば、徳川氏の家名は立てられるであろう。


箇条書きにしてしたためてあった。

山岡は一か条ずつ食入るように読んで行く。読み終わって山岡は西郷と向き合った。西郷の目も鋭いが、山岡の目はさらに厳しかった。

『西郷先生、この主人慶喜を備前藩にお預けとの一条は、拙者の身分としてはお請けすることは出来ません。これでは徳川家恩顧の家来たちが黙っているはずはありますまい。この条件を固執されるなら、かならず戦さとなり、多数の犠牲者が出ることは疑う余地もありません。蟄居恭順している主人慶喜に対して、天皇様の軍隊のなさることとはとうてい思えません。これだけは承服出来ません』

山岡の面上には、決死の色が充満して満身の気迫で押してくる。さしもの西郷も、「押される」と思った。西郷は、

『朝命には従わねばなりもはんぞ』

強い語調で言い切ったが、山岡は動ずる気配も見せない。重ねて西郷は、その言葉を繰り返したが、それには先程の勢いの無いのが自分でも分かった。山岡はたたみかけてきた。

『先生、お立場を代えてお考え下さい。拙者、いささか君臣の義というものを心得ている者です。主君の馬前にいる者の覚悟をお察し下さい』

ここでの山岡の面上には、主人を思う誠意と決死の覚悟が熱火のような眼光の中で燃えていた。この一条を死守する決意は、波濤《はとう》をもはじき返して立つ巌《いわお》のように微動だにしない。落ち目の慶喜に対して、これだけの忠節を尽くし、幕臣としての恩義に報いる侍はどれだけいるだろうか。

官軍と一戦するの、恩義に報いるのと騒いでいる者たちは「同じて和せぬ」輩でしかあるまい。武士とはかくあるべきだと、西郷は改めて巨眼を見開いて見詰めた。

西郷は報恩の誠に命を賭ける山岡が大きく見えてきた。言葉も違ってくる。

『山岡先生の言われること、この吉之助よく分かりました。慶喜様の件、何とか善処致しましょう。ご安心下さい』

山岡は重任を果たした思いで、不覚にも目頭に涙が溢れて深く深く頭を下げた。

西郷はこの後、山岡のために酒席を設けた。巨眼は慈眼と変わり、それを間近に見た山岡は、思わず包み込まれるような安心感と親しみに襲われた。

『さすがは西郷さんじゃ。これでは誰であってもころりと参る』

二人は酒を飲みかわし、胸襟を開いて語り合った。酒をたしなまぬ西郷が酒を振る舞ったのは、近年見られぬ爽やかな人柄を愛し、山岡の人物に惚れ込んだのであろう。西郷にとって真の勇者といわれるほどの人物に出会ったことがよほど嬉しかったのだ。

西郷の生涯を通じて心の通い会う知己となった。

後のことになるが、明治五年、西郷が参議として台閣にあって、宮中の改革をした時、山岡に明治天皇の侍従になってほしいと頼んだ。これは西郷が山岡に惚れたからであり、山岡は旧幕臣として、今さら朝臣となることに忸怩《じくじ》たるものがあり、固辞していたが、西郷の熱意にまけて、

『では十年間だけお勤めいたしましょう』

西郷の熱意を受け入れ、きっちり十年で辞職して以後、どの官にも仕えることが無かった。

江戸城に帰った山岡は、勝と大久保一翁に西郷から預かった条件書を示し、西郷が固く約束した次第を報告した。二人も喜び、他の重臣たちも喜んだ。さっそく、上野に行って慶喜にも報告した。山岡の三月十日の記録には、次のように書かれてある。

『旧主徳川慶喜の欣喜《きんき》、言語をもって言うべからず』

勝は慶喜や友人の大久保一翁、徳川の旧重臣たちには喜ばれたが、幕臣の中には勝の処置に怒って「勝を斬れ」と憤激する者も多かった。品川、新宿、板橋まで進んできた官軍の兵士たちは、

『譬え徳川の家名は残しても、慶喜の首を挙げるべきだ』

と、高言して息巻いているとの噂を聞き付けた幕臣たちの怒りは頂点に達していた。

勝は西郷とて総督府内部の意見の調整は、すんなりとは行くはずがなく、戦さにはちょっとした手違いや行き違いで大事件になるのは常識で、万一の時のために出来得る限りの手を打っていた。

西郷が総督府の意見の調整に失敗して、官軍が江戸市中になだれ込んできた場合、手っ取り早く応戦する方法としては、江戸市中に火を放って狼狽《ろうばい》させ、その隙を衝いて攻撃するため、博徒《ばくと》の親分や町火消しの頭、非人頭らを集めて秘策を授けていた。

『よいか。お前たちとて公方様のご恩は忘れてはおるまい。俺っちが、やれと命令したら直ちに手筈通りに火をかけろ。だが俺の命令があるまでは子分どもに勝手なことをさせるんじゃないぞ。分かったか』

『へえぇ、よく分かってますぜ。一世一代の御恩返しでござんす。任してくんねぇ』

勝は出来得る限りの準備をして、西郷との会談に望む用意を怠らなかった。

其の四　江戸城明け渡し

一方、三月十二日、大村藩の渡辺清左衛門が、藤枝に到着して間もなく、先鋒総督参謀の木梨精一郎が来て、

『西郷さんのご命令で、このたびの江戸城攻撃は官軍にとって諸事不案内であるから、負傷者の救護対策をせねばならない。ついてはイギリスの公使パークスに会って、相談してうまく事

を運んでくれ。大村藩の渡辺さんと一緒に行くがよいと言われました』

渡辺は委細を承知して、二人でパークスに会って善処を依頼すると、

『西郷殿の言い付けとか。本当ですか。西郷さんは恭順している慶喜さんを攻めるような人ではない。外交には万国公法というものがあって、戦争をする場合、外国の居留民を避難させるか守る義務がある。そしてまた、居留地を統括《とうかつ》している公使に、それをまず伝えなければ戦争は始められないのである。もしそれを守られないなら、我々はここに本国政府より軍隊の派遣を求め、駐留させて守備すると伝えてほしい』

二人はまるで子供扱いにされてすごすごと引き上げて来た。渡辺は、

『わしが総督府に出掛けて西郷さんに掛け合ってくる』

言うなり、鞭を上げて品川へ素っ飛んだ。

聞いた西郷は愕然となった。「おいとしたことが」臍《ほぞ》を噛む思いであったろう。

『確かにこれはおいの方が間違っているが、これをおいに教えるということは、イギリスは日本の内戦をそそのかす野心がないと見えるな。パークスの任務は貿易第一で、本国からの指令通り自分の義務を果たそうとしているだけに違いなか。じゃっどん、恭順している敵を討つなとは、おいには痛い一撃でごわした』

頭を掻き掻き苦笑まじりに渡辺に言って、

『三月十五日の総攻撃の前に報《しら》せてくれたとは、よか都合でごわした。おはんのお働きに感謝しもす。この通りじゃ』

大きい体を二つに折って深々と一礼した。大村藩の一藩士にすぎぬ渡辺は、大参謀に頭を下げられて恐縮した。勝ち誇った官軍の大参謀の見識など一顧だにしない大度量がごく自然にに

じみ出て、官軍の中で以前よりさらに群を抜く信頼と人望を集めていた。

西郷に信頼された渡辺は、これまでの働きとこの時の功績で、戦後僅か二万七千余石の大村藩は、三万石の増加を得て藩主を有頂天にさせたのである。

この日、勝は西郷に会いたいと伝えて来た。西郷は明日正午、高輪の薩摩屋敷で会うと返事をしたためると、その場で筆を執り、全軍に来る三月十五日以前には、絶対一歩も江戸の町へ入ってはならぬと厳重に命令した。

明けて三月十三日、勝は正午きっかり高輪の薩摩屋敷に出向いた。勝は西郷と初めて大坂の宿で会ってから四年になるが、その後、西郷とは一度も会っていないが、毎日会っているような親しみを感じながら屋敷へ入った。西郷もまた勝に会いたい、会わねばならぬとの思いは強い。特に渡辺から聞いたパークスの言葉が引っ掛かっていたが、勝を信じる心に変わりはなく、泰然と二人は向き合った。簡単な挨拶があって、勝は口火を切った。

『西郷先生、一別以来、お久しゅうござる。ついては前将軍夫人の和宮様のことですが、京からこの勝に、お身の上に万一のことがないよう取り計らえと申し入れて来ております。拙者は確かにお引き受け致したとお答え申し上げておりますので、ここのところだけはよろしくお願い申し上げます。本日の用件はそれだけで、その他の談判は、明日ということにしますので拙者はこれで帰ります』

明日、芝田町の薩摩屋敷で再会することを約束して帰った。勝はあくまでも慎重で、西郷の様子や総督府の空気を確かめに来たのである。両者お互い暗黙のうちに、明日の会談を控えて心の準備、成否についての確信を得るための仕切りであった。

翌三月十四日、勝は大久保一翁はじめ幕府有志と相談の上、山岡が持ち帰った恭順降伏の条件の各条について、知恵を絞って詮議《せんぎ》を重ねてまとめ上げた嘆願書を携えて、芝田町の薩摩屋敷へ向かった。

この時の勝は馬上ただ一人の馬丁を従えただけで、その服装は、二人の会談を隣の部屋の襖の隙から見ていた、大村藩の渡辺が後年語った所によると、継上下《つぎかみしも》姿であったと言われる。これは服装としては略式であって、正式な服装は上下同じ色目のものである。

西郷は少し遅れてやってきた。

「古洋服に薩摩風の引切り下駄をはいて、例の熊吉という忠僕を一人伴い、いかにも平気な顔色で出てきた」とは勝の追憶談である。

西郷は総督府に詰めている間に、休憩をとるような気安さで庭下駄を突っ掛けて庭の方から歩いて来た。

『やあ、これは勝先生、遅刻しもして、失礼しもした』

西郷と勝は向かい合って座った。二人は簡単な挨拶をすませると、まず勝が携《たずさ》えて来ていた嘆願書を差し出した。

嘆願書

一、慶喜は隠居の上、水戸表へ慎みまかりあるようにして頂きとう御座います。
一、城の明け渡しのことについては、手続きが済めば、即日、田安家へお預け下さいますようにして頂きとう御座います。
一、軍艦、軍器のことについては、残らず取り納めておきまして、追って寛典の御処置を仰せつけられます節に、相当の員数を残して、その余をお引渡しいたすようにして頂きとう御座います。

一、城内に居住している家臣共は城外へ引きうつり、慎みまかりあるようにしとう御座います。

一、洛外において慶喜の妄挙を助けました者共のことにつきましては、格別の御憐愍《ごれんびん》をもって御寛典になし下され、一命に関わるようなことの無いようにして頂きとう御座います。但し、万石以上の者も、格別の御寛典を本則として、朝裁をもって仰せつけられるようにして頂きとう御座います。

一、士民を鎮定することはせいぜい行き届くように致します。万一暴挙いたす者があって、手にあまります時には、その時改めてお願い致しますれば、官軍を以て御鎮定下さるようにして頂きとう御座います。

右の通りきびしく取計いを致すで御座いましょう。もっとも寛典の御処置の次第を前もってお伺いしていますれば、士民鎮定の便宜にもなりますから、そのへんを御亮察下さいまして、御寛典の御処置の趣きを心得のために伺いおきたく御座います。

西郷は一読して内心、「これは虫が良すぎる、よくもまあ」と思ったが、

『勝先生、とうとう江戸まで出てくる仕儀になりもしたが、おいの方もおおごとでごわす。先生の方も大変でごわしょう』

『西郷先生、どちらも骨折りでしょうが、一つ立場を代えてみますかな』

どちらも胸のうちの苦しさを訴えているのだが、こんな調子で切り出されてくると、聞いている者にはいたわりとも、からかいともさっぱり分からない。

二人はしばらく顔を見合わせていたが、突然、西郷は笑いだし、よほど可笑《おか》しかったのか、

声を挙げて大笑いになった。勝は西郷のこんな態度は初めてであるし、大笑いの意味も西郷の腹の内も、分かり過ぎるだけに、胸襟はたちまち開いてこの後の会談は春風駘蕩《たいとう》たる雰囲気になってしまった。これが名高い談笑のうちに決まった江戸城明け渡しの会談であった。

勝は役目上、嘆願書の説明をするが、その間、西郷はただ「ふん、ふん」と首肯《うなず》くばかりで、一言も発しなかった。口には出さないが、

『如何に頭の冷えた勝さんでも、お城を明け渡すくらい辛かもんはなか。お家断絶じゃからのう。家来は明日から路頭に迷わねばなりもはん。苦衷は察するに余りある。官軍の昔の意趣を晴らさんとて、逸《はや》り勇む気持ちも判らんではなかが、元を正せば同じ人間に違いなか。相手の心も察してやらねばなっまい。おいの仕事もこれからが大変じゃ』

口には出さないが勝の端然とした表情のうちに、その心情に思いを重ねていた。西郷はおもむろに、

『いろいろと難しか議論もごわしょうが、おいが一身にかけて、お引き受けしもす』

後は勝の意見を聞くばかりであった。勝は最後に西郷に向かって嘆願した。

『官軍の江戸城総攻撃は明十五日に迫っていますが、これを何とか延期して頂くわけには参りませんか。城の明け渡しには、それなりの準備も手数も日数もいることです』

西郷は二つ返事で請け合った。

『そん通りでごわす。いったん総攻撃は直ちに中止致させしもす』

言うなり、手を打って隣の部屋で控えていた村田新八と中村半次郎を呼び、

『おはんら、手抜かりなく諸道の責任者に明日の総攻撃は中止じゃと伝えてくいやい、急がねばなりもはんぞ』

こう言って二人に命じてから、勝に、

『お聞きの通り、総攻撃は延期させもしたが、嘆願の趣《おもむ》きについては、おいの一存では決めることは出来もはん。明日出立して大総督府に出向いて、御指揮を仰いで参りもす』

大体、このような会談であった。その後は二人で昔話をしていたと言う。

後世この二人の会談を談笑の内に終わったとあるが、こんなに簡単に決まることではない。勝と西郷なればこそである。会談は人、時、所が大切だと言われる。

まず、人だが幕府の代表の勝は、保守的な重臣たちには理解できない外国通である上に、歯に衣を着せぬ論法は多くの敵を作るが、知力、胆力は余人のよく認めるところであり、加えて無私無欲で相手に通じる誠意が一本貫いている。勝をあまり好きでない慶喜でさえも、頼らざるを得ない実力者であった。西郷と渡り合える唯一の人である。

一方、西郷は官軍の中では人格高潔、今や人気は天下を覆い他を圧して余りある。胆太くして無私無欲もまた勝に劣らなかったが、その西郷にも長州人には不信の念を持たれ、総督府内での意見を纏めるのは大儀であり、共にそれなりの泣き所をもっている。それを腹中に収めて程よいブレーキとしていて、西郷こそは勝の立場を知る人であった。

江戸城明け渡しは官軍の東征の最大の山場で、時としてはこれ以上の時はない。双方引くに引けない土壇場であり、総てが固唾《かたず》を飲んで見守っている。談笑の裡《うち》とは言え、吐く息、語る言葉、一瞬の動きにも神経が張り詰める真剣勝負の鍔迫《つばぜ》り合いであった。

芝居なら主役二人が相対し、共に声涙下る台詞《せりふ》で大向こうをうならせる時であろう。所はもう言う必要もあるまい。後は万雷の拍手に送られて二人の名優が、静かに花道を行くだけである。幕は静かに静かに引かれて行く。

これによって江戸百万の市民の安全が守られた。

西郷は「とうとうここまで来たか。よく来れたものじゃ」と万感胸に迫る思いであったろう。夢幻のうちに眼前に立たれたと覚えたのは神とも仰ぐ主君・斉彬様であった。

『殿様、吉之助お陰を持ちまして、どうやら江戸城を無血開城する段にまで漕ぎ着けました。これ皆、殿様の御薫陶《くんとう》のお陰であります。この後もあい勤め、殿様のお側へ参るまでしっかり歩いて往きますので、この後もよろしくお護り下さい』

西郷は主君斉彬様の涼やかな両眼と満足気な笑顔を拝したと思った。勝が去って一人となった部屋で、両手をついて頭を下げ、主君と二人切りの快《こころよ》い思いの中で、しばしの時間たゆたっていた。

勝が帰って隣の部屋がいつまでも静かなのを不審に思った渡辺は、襖を少し開けた隙間から、小山のような西郷が両手をついて頭を垂れているのを見つけた。そこには勝ち誇った風は微塵《みじん》もなく、静かに何かに耐えている厳粛な雰囲気が満ちていて、雷に打たれた時のような衝撃で体がすくみ、慌《あわ》てて襖を閉めたことをはっきりと憶《おぼ》えている。

この後、西郷は翌日十五日、直ぐに駿府の大総督府に行って意見をまとめ、次いで京の太政官代に出頭した。京には十九日に着いたと言う。どれだけ急いだかがわかる。

江戸の周辺に待機する官軍は、獲物を見付けて勇みに勇む猟犬のようなものだ。一発の銃声、一個の喚声で戦さになるほどの熱気を孕《はら》んでいる。瞬時の余裕も許されない。

太政官代でも意見が交錯した。どこも同じで、現場の事情に疎《うと》くとも、口先だけは達者な本営雀であった。西郷は言わせるだけ言わせ、聞くだけ聞いて、断を下した。

『おはん方のご意見は御 尤《もっと》もでごわす。西郷とくとお聞きいたした。ここに一つ、大切なことが抜けていもす。それは江戸で戦さに及ぶなら、諸外国の公使に戦さになることを告げ、われらは居留民の保護に当たり、避難の事を先んじなければなりもはん。それが万国公法というものじゃと、イギリス公使パークスより抗議があったのでごわす。江戸に迫っている諸隊は共に激していもす。急がねば大事が出来《しゅったい》しもす』

これでさしもの雀どもも沈黙した。二十日の夜半には西郷の意見を通すこととしたが、天皇が大坂に行幸されるので一日延びて、西郷が京を出立したのは二十二日であった。

太政官代で決定した最終案は、次の通りであった。

宸裁案

一、謝罪の実効が立った上は、深厚の思召しをもって、死一等を宥《ゆる》められるから、願いの通り水戸表において謹慎することをおゆるしになる。

一、城明渡しの手続きが済めば、城は田安家へお預け願いたいと申しているが、これについては大総督宮の思召し次第に任せる。

一、軍艦と銃砲については、いったん残らず官軍に取りおさめる。武器庫も引き渡せ。処置がついた上で、相当の員数を返す。

一、慶喜に寛典を仰せつけられたのであるから、伏見鳥羽でその妄動を助けた者共も願い通り、格別の寛典をもって死一等を減じて、然るべく処置せよ。万石以上の者は寛典を本則として、願いの通り朝裁で仰せつける。しかし、会津と桑名には問罪の兵を差し向けられる。降伏すれば相当の処置で済むが、拒戦すれば屠滅されると心得よ。

一、士民鎮定のことについては、願いの通りでよろしい。

勝の差し出した嘆願書のすべてではないが、ほぼ聞き届けられたのであった。

西郷の実力のほどを知るべしである。維新の三傑と言われた大久保や木戸では、とてもこのようには決着を見なかったであろう。

明治と改元されたのは慶応四年九月八日であるから、正確には慶応四年四月四日、勅使・橋本実梁、副使・柳原前光が江戸城に入城した。供は西郷、木梨、海江田らだけで、中間《ちゆうげん》、小者を入れて三十人足らずで、至って軽装であった。

迎える方は田安慶頼が代表者となり、大久保一翁ほか多数の人数で応対した。勝は江戸市中の過激派鎮撫のため欠席した。

勅使は朝命を書き連ねた別紙を渡し、四月十一日を期限として各条件を処置せよと命令した。さらに日限の変更は許さぬ。嘆願・哀訴なども不可であることを厳《おごそ》かに申し渡した。

朝命書

第一条

慶喜は去る十二月以来、天朝を欺き奉り、その上兵力をもって皇都を犯し、連日錦旗に発砲した。重罪であるので、追討のために、官軍を差し向けられたところ、追い追い真実に恭順謹慎の意を表し、謝罪を申し出た。それによって考えてみると、祖宗以来二百余年、平穏に国を治めて来た功績も少なくない。また実父である水戸贈大納言（斉昭）の積年の勤王の志業も深いものがあるので、あれこれ考え合わせられて、格別に深厚の思召しをもって、左の条件が実行相立つならば、寛典に処せられ、徳川の家名をお立て下され、慶喜は死罪一等を宥めらるるにより、水戸表に立ち退き、謹慎しておるべきこと。
第二条
城を明け渡して尾州家へ相渡すべきこと。
第三条
軍艦・銃砲は引き渡せよ。追って適当な員数を返し遣わすであろう。
第四条
城内に居住している家臣共は城外へ引退いて謹慎しているべきである。
第五条
慶喜の叛謀を助けた者は重罪である故、本来なら厳科に処すべきであるが、格別の寛典をもって、死一等を宥められるであろうから、見合うような処置をして言上せよ。但し万石以上の者は朝廷の裁きをもって御処置あらせられるであろう。（以上は海音寺さんの「西郷隆盛」より参照）

この朝命によって、勝の申し条は、ほぼ聞き入れられたことになった。

この式典の際、城内は殺気が充満して少しの油断も出来ない状況であった。城受け取りに来た官軍の警戒も厳重で、委員の一人は、狼狽《ろうばい》の余り片足に草履《ぞうり》を履いたまま玄関を上がるといった醜態を見せたくらいであった。この中で西郷の態度は悠々として迫らず、実に貫禄があったと言う。中でも委員たちを驚かせたのは、式が始まると西郷は居眠りを始めて、式が済んで皆が帰るようになっても、まだふらりふらりと居眠っていた。

見兼ねた大久保一翁が、
『西郷さん、西郷さん、式が済んで皆さんがお帰りでござる』

傍《そば》へ寄って揺り起こすと、西郷は「はあぁ」と言って寝呆け顔をなぜつけつつ帰っていった。

これは勝の「氷川清話」の中に、勝が大久保一翁から聞いた話として載っている。

西郷は連日の激務でほとんど寝る間もなく、疲れていてちょうどよい機会とばかり居眠りを始めたのであろうが、胆力と言い、仕草と言い、鬼神と稚児とが一緒にいるような稚気溢れる胸のすくような逸話ではなかろうか。とても余人には真似の出来ることではない。

江戸城受け取りも無事終わって、西郷の任務は終わった。

西郷自身もそう思ったに違いない。

第九章――戊辰戦争

其の一　彰義隊

戊辰戦争とは鳥羽伏見での開戦で始まり、北海道箱館の五稜郭に立て籠もる榎本武揚の降伏で幕を閉じるまでの約一年半の戦争を指す。したがって鳥羽伏見の戦いはこの戊辰戦争の第一段階で、第二段階は江戸城開城までである。

さて、第三段階は江戸上野の山に立て籠もる彰義隊との戦争以後である。

幕臣の中にも、将軍慶喜が大政奉還したことを残念がり、幕府の陸軍総裁の勝が薩摩の西郷と示し合わせて、江戸城を開城して降伏したと公言して激昂《げっこう》する者が多かった。

『我々はまずは勝らを血祭りに挙げ、主君・徳川家から受けた永代の鴻恩《こうおん》に対し奉り、薩摩や長州の姦賊《かんぞく》どもによって着せられた謂《いわ》れなき冤罪《えんざい》を雪《そそ》ぐため、彼奴らの陰謀を暴き、不正を討ち、幕府の再起を謀《はか》らねばならぬ』

それぞれ志を同じくする者が集まって気勢を上げ、江戸市中にいる者は各所に集まり連絡し合い、江戸城から脱走した者たちは、関八州に散って官軍に抵抗する者が続出した。

戦術の神様と言われた大鳥圭介は、下総の市川に拠って兵を集め、初めは二百人ほどでしかなかったが、次第に増えて二千人ほどの大勢力に膨れ上がっていた。

小栗上野介は、早くよりフランスの援助を画策して幕府再興を策し、自身は戦略戦術に秀で、特に陸戦の指揮を執らせれば当時超一流と言われ、自分の領地のある群馬前橋辺で兵を集め、訓練したり農民を調練して戦機を窺《うかが》っていた。

海軍では新政府と対立する勢力の結集を目指し、官軍へ差し出すべき幕府軍艦を奪い、北海道・箱館の五稜郭に立て籠もった榎本武揚がいた。

その他にも会津藩が全面抗戦の構えを見せ、中でも越後の長岡には名将・河井継之助がいた。奥州では伊達藩が中心となって蠢動《しゅんどう》し、各地で官軍に敵対する勢力が蜂起して、新政府の前途は幾多の苦難が予想される事態となっていた。

西郷・勝の会談があって、江戸城の無血開城が実施されたのは、慶応四年四月十一日のことであった。今日ではこの平和的な城受け渡しは、兵火からまぬがれた江戸百万の市民は勿論、官軍となって江戸に入った薩摩や長州の者たちも、一様に祝福したと思いがちだが、現実はまったくその逆であった。江戸市中に官軍が溢れてくると、どれだけ軍律を厳しくしても戦勝の奢りはどうしようもなく、乱暴狼藉《ろうぜき》が目に余ってくる。また官軍の兵同士との間でも批判やいざこざがたえない。幕臣や江戸市民に至っては政府や官軍に対する露骨な批判や悶着が起こってきた。

幕府方は勝の弱腰を罵《ののし》り、官軍の将兵は西郷は勝に騙《だま》され腰砕けになったと非難した。

『洋学にかぶれた勝はうまいこと将軍様をたぶらかし、江戸の市民を兵火から守るのなんのと理屈をつけ、薩摩の西郷と示し合わせて幕府を売ったのじゃ。彼奴は腰抜け武士の見本じゃ』

『大体、せごどんの徳川家に対する対応が手ぬるすぎる。度量の大きいのも善し悪しじゃ。戦さもせずに江戸城を手に入れたのは大した功績じゃが、その後がいかん』

『せごどんもお人好しもよか加減にしてほしか。賊軍と我ら官軍とが戦って長い戦さになれば、外国に付け入る隙を与えっという理屈は分かりもす。じゃっどん、錦の御旗の前には、賊の奴らはわら人形でしかなか。一押しでん終わりじゃ、そいが分からんとは』

『おいは江戸城の攻防では一手柄を立てて、恩賞を目当てにしちょったが、その望みもなくなりもした。こん有様では国へ帰れん』

それは一般将兵だけではなく、特に討幕戦に際して後発組であった土佐の板垣退助は、兵法、用兵には自信があり、ここでの一戦で新政府内での地歩を有利にしようと画策していたから、地団駄ふんで悔やしがったと言われる。

江戸の市民の間では、長い間に培《つちか》われた徳川将軍への追慕は、この急転直下の解決で、城の明け渡しが済んだその日、僅かな供を連れただけで、淋しく水戸へ退いて行った事実を知って爆発した。以来、市民の官軍を見る目は憎悪に代わり、一様に官軍の将兵に対する風当たりが強くなった。

『俺っちはよう、学はねえから偉《えれ》えお方のお考えなんざ、いっこうに知りゃあしないがよ、芋もちったぁすることは酷えじゃねえか。俺ぁ、錦切れ取りのお侍には、命を張ってでも匿《かくま》ってやるぜ』

一般の江戸市民は一様に落ち目の将軍さま、幕府方贔屓《びいき》であった。

官軍の兵の腕には錦の布が取り付けられていて、一目で官軍の兵であることが判る。それを剝ぎ取って手柄にしようとする侍やならず者が出てくる。錦布《きんぎれ》を盗《と》られた兵は、官軍である証拠を失って慌《あわ》てふためくのだが、その有様を見て江戸の市民は日頃の溜飲を下げていた。夜間には官軍の兵を殺傷する事件が頻繁に起こっていた。

官軍の方でも犯人の詮索を厳しくするのだが、市民の中にはこれを匿《かくま》い、容易に摘発させなかった。それを言い触らして町じゅうで意気がり、楽しんでいる。

将軍慶喜が大坂城から幕府軍艦開陽丸で江戸へ逃げ帰ったのが、慶応四年一月六日であったが、慶喜が一橋家にいた頃よりの家臣、本多敏三郎が、主君の無念を思いやり、冤罪《えんざい》を雪《すす》ごうと同志糾合《きゅうごう》の檄文《げきぶん》を草して回覧したところ、二月十二日、檄文に同意した十七名が、雑司が谷の茗荷屋に集まり、謀議を練ったのが彰義隊結成の第一歩であった。

その後二月二十一日には四谷鮫が橋、円応寺に集まる者は六十七人となり、ここで頭取を渋沢成一郎、副頭取として天野八郎ほか三名として正式に彰義隊として発足した。その後渋沢の脱退などの事件があったが、新たに天野八郎が頭取となり、江戸市中の治安を守るとの名分を理由に、次第に勢力を増大していった。当然、官軍の「錦切れ取り」などの紛争が激化して行くことになる。江戸の治安は乱れてきた。

維新や変革によって誕生した政権が、正常にその機能を発揮できるまでには、幾多の紆余曲折を経なければならない。政権を手中にすれば、その後に待ち受ける困難は前にもまして越えがたいハードルとなって待ち受けているものだ。官軍が江戸城を接収したから、江戸市中の治安も平静であるとは言えない。むしろその反対であったのだ。

市中警備にあたる薩摩、長州にしても江戸の町には不案内なことが多すぎる。土地不案内だけではない。長い間に培われた習慣、伝統、文化などそれぞれに厳格な存在感や長い間に培われた歴史に対する愛着があり、とうてい、不案内の官軍だけでは処理できない。止むなく江戸の警察権は旧幕府に任せていた。これでは犯人の摘発《てきはつ》など不可能であり、官軍とのいざこざや紛争が治まることはない。警察権を行使する彰義隊の行動は目に余ってきた。

一方、官軍の方でも、大総督府内での職制は一応確立していたかに見えるが、その権限の範囲は曖昧《あいまい》で、その認識をめぐっての対立やいざこざが絶えなかった。末端ともなればなおさらで、薩摩と長州との兵の間では、ちょっとした立場や思惑の違いも表面化し、それを持ち込まれた大総督府内は、その対策に頭を悩ましていた。

詰まるところは西郷は勝に騙《だま》されているであり、徳川家に対して手ぬるいとの長州側からの批判となっていた。江戸城を接収し、ここに本拠を構える大総督府を仕切るのは、大総督府参謀の西郷と東海道総督参謀の海江田信義であるが、今度、京の朝廷から大総督府を補佐せよとの命令を受けて、大村益次郎が加わってきた。善きにつけ悪しきにつけ、この男は只者ではなかった。

大村は文政七年三月十日生まれで、西郷より三歳年長である。幼時より秀才の誉《ほま》れが高く二十三歳の時、大坂に出て緒方洪庵の門に入り、医者となったがあきたらず、軍艦製造、洋式兵学を修めて、長州軍の参謀を努めていたが、余りに圭角《かど》が立ちすぎて長州内でも評判は今一つであった。

四月二十七日、大村は軍防事務局判事として江戸へ下り、その三日後、閏《うるう》四月一日、船で大坂を出発し、四日、江戸に到着した。大村の任務は東征軍の指揮の統一であったが、ここは薩摩軍の本拠と言ってもよく、長州の大村などの入る余地はなかった。その上、人を人とも思わぬ大村の傍若無人の態度や言行は、総督内に要らざる軋轢《あつれき》を起こし、今後の戦略についても参謀である海江田との意見が悉《ことごと》く対立し、まったく敵味方の様相を呈してきた。仲間外れになった大村は、一時は辞職して京へ帰ろうかと思ったほどであった。

大村にしてみれば、自身の任務は、江戸城開城後の関東各地に蜂起する幕府の残存勢力掃討の補佐であるが、それに対して余りにも無能な大総督府の参謀たちに我慢できなかった。大村にしてみれば、

『役立たずの西郷や海江田は総督府から放り出してしまえ』

こんな考えで江戸城に乗り込んだ大村は、先任参謀とも言える海江田に着任の挨拶もしなかった。ちなみに、この時には西郷は京にいて留守であった。ある日、

『庄内の戦さがもたついているが、宇都宮にいる官軍を庄内に回す方が良かろう。急いでその準備をされよ』

頭越しに海江田に命令してきた者がいる。

『おはんな一体、何者じゃ』

『わしは軍防事務局判事として参った大村である。今度、京において江戸での軍務の委任を受けて来た者だ』

誰であってもこんな態度に出られると頭にくる。只でさえ単細胞の頭脳しか持っていない海江田は怒った。

『おはんな、判事か何か知りもはんが、おいにはそん通知は来てはなか。そいでん、おいはおはんの命令は受けっ筋合いはなか』

『今わしが言ったのがその通知ですぞ』

これでは補佐に来たのやら、喧嘩を売りに来たのやらさっぱり解らない。この後、作戦についての議論になったが、大村には人の意を汲むことなどまったくない。

『わしはすでに朝廷より委任を受けて来た者である。他人の指揮は受けない』

高飛車、横柄《おうへい》とはこのことであろう。

『おいも朝廷より先鋒総督府の参謀としてここに在任している者だ。おはんな、江戸の事情はよく知りもはん。まずは先任の意見を聞くのが順当でごわす』

海江田も負けじとやりかえす。犬と猿、水と油の仲で作戦も何もあったものではない。

元々、朝廷も海江田に先鋒総督府参謀の職を与え、大村に軍務局判事として作戦の任務を与えたところに問題があった。長州、薩摩の勢力争いもからんで、両者の職制とその権限さえまだ曖昧であった。これでは作戦どころではない。

ちょうどこの頃、大総督宮が江戸に入り、江戸城に本営を置いた。

閏四月二十三日、三条実美卿が関東監察使として、西郷、江藤新平らと共に大総督府に入ってきた。三条は長州派であり、長州の対徳川弾圧政策を支持する一人である。大村の元気は倍加した。代わって薩摩の西郷や海江田への風当たりが強くなってきた。

江戸での彰義隊の勢いが盛んになり、官軍内の不協和音も洩れてきて、膝元《ひざもと》の江戸の旧幕臣らの勢力も一段と強くなってくる。池に投げ込まれた石の波紋が拡がるように、関東東北各地に及んでゆく。宇都宮では善戦する大鳥圭介の軍を勢いづかせ、奥羽仙台藩を中心とする同盟軍は、白河城を奪い返して気勢を挙げてきた。越後の長岡城には名将河合継之助がいて、近代兵器を駆使して官軍を悩まし、これまた、いったん奪われた長岡城を奪い返して戦勢とみに盛んであった。官軍にとっては容易ならぬ事態になってきたのであった。

何としてもまずは彰義隊を討伐せねばならない。

五月一日になって江戸市中の警察権を彰義隊に代わって、大総督府が預かることとし、まずは山岡鉄舟をやって、隊の解散を説得させたが不調に終わった。

状況が切迫してきたのを感じた彰義隊は、いよいよ暴状を募《つの》らせ、大総督府としては座視することは出来なくなって、五月十日、西郷は遂に討伐と決し、大久保、吉井にもその決意を示した。

軍議が開かれたが、海江田と大村の大激論となって収拾がつかない。

『現在の我が方の兵力では、二千とも三千とも言われる彰義隊を討伐すっのは無理というものでごわす。今しばらく兵力を整えて攻撃すっべきでごわはんか』

海江田の戦法を聞いた大村は嘲笑《あざわら》って、

『今の兵力で十分です。これで勝てないと言うなら、戦さを知らぬと言われても仕方ありませんぞ』

てんで相手にしない。こうまで罵《ののし》られれば誰であっても腹が立ち喧嘩になる。とうとう西郷が最後の断を下すことで一件落着した。

『大村どん、今の兵力で十分でごわすな』

『もちろんです。お引き受け致します』

『海江田どん、大村どんがあのように言わるるとじゃ。ここは任そうではごわはんか。味方内で喧嘩していても始まりもはん。どうじゃろ、勝てさえすればそいでんよかではごわはんか』

西郷の一言で作戦は一切、大村に任せることになった。この時、西郷は作戦については一切聞かずに帰ったと言う。

彰義隊の討伐作戦については、大村は自身で発案し、誰にもまた諸藩にも相談しなかったけれど、西郷にだけは大総督府で、大村の示した攻撃分担書を見せたと言われる。西郷は、

『我が薩摩藩は黒門口となっていもすが、長州さんはどこから攻められるかな』

『長州には裏門から攻めて貰います』

ここで西郷の巨眼が大きく見開かれ、稲妻のような光を発した。

『大村どん、我が薩摩の兵を皆殺しにするつもりでごわすか』

眼光鋭く詰め寄った時、大村はしばらく考えていたが、

『さよう』

事もなげに答え、西郷もまた文句一つ言わずに無言で引き上げた。これは西郷と大村の人柄をよく表わした話ではあるが、大村はどう思うかは別として、西郷は部下の命を粗末にする人ではない。かならず何らかの援護対策を約束させたのではなかろうか。

西郷はこの戦いも大切だが、それより戦費が不足しその調達にも苦心していた。事実、小荷駄方として横浜へ派遣した人夫の給料の支払いや、負傷者を看護する看護婦の給料にも事欠いていた。自身食うに困った経験者だけが知る薄給者への愛情である。

何とか戦費の融通《ゆうずう》がついて、五月十五日、上野の山に布陣する彰義隊への攻撃が開始された。その日は二、三日前から梅雨が振り続いて、ぬかるみでの戦闘となった。

降りしきる雨の中、西郷は馬に乗って戦闘を指揮していた。大男の西郷は、敵にとっては狙《そ》撃《げき》のよい標的であった。この大胆な指揮が薩摩の兵を一段と勇敢にした。弾丸の方で除けているのかと思われるほど、西郷には当たらなかったが、雨霰《あめあられ》と撃ってくる一弾が西郷の脚に当たっていったんは落馬したが、再び馬上の人となって奮戦した。強運としか言いようがない。兵は勇みに勇んで勝ち進んだ。

この時の戦いで益満休之進が重傷を負った。西郷はこの益満には特別の思いがあり、その手

当てを特に配慮したが、五月二十二日、遂に病院で戦死した。

『益満どん、おはんには無理な仕事ばかり押し付けてすまんこってす。死んではないもはんぞ、生きて共に故郷へ帰ろう。しっかりしてくいやい』

『先生、おいは先生と会うてよしごわした。死んで満足です。お世話になりもした』

信義に厚い西郷は、涙と共にこの愛弟子の最期を看取《みと》った。

初め彰義隊は薩摩軍めがけて大砲を撃ち続けて陣地を破壊し、鉄砲を撃ちかけてきた。その後、白刃を抜き連れての白兵戦に持ち込む作戦であったが、大雨のため旧式銃は役に立たず、薩摩軍の新式銃の威力に阻まれ、白兵戦に持ち込めなかった。

一方、薩摩軍も彰義隊の勢いに押され、両軍押しつ押されつの激戦を繰り返すばかり、正午近くまで勝敗がつかなかった。薩摩軍としてはこの戦いを夜に持ち込むことは出来ない。夜ともなれば、敵にも付け込むチャンスも出来るし、援軍も駈け付けてくることも考えられる。薩摩の兵に焦りが見え出した時、剽悍《ひょうかん》の薩摩隼人《はやと》の血は騒いだ。一斉射撃の後、斬り込み戦に移った。

『ひょろひょろの幕府の武士どもに敗けるものか。斬り込み戦なら薩摩のお家芸じゃ。奴らの素っ首を纏《まと》めて打ち落としてやる。続け』

隊長が白刃を奮って突撃した。たちまち激しい白兵戦になった。

『チェストォ』

示現流独特の雄叫《おたけ》びは降りしきる雨の中に遠雷のように轟《とどろ》いた。黒い怒濤のような薩摩兵の猛攻の前にはさしもの彰義隊も崩れたち、遂に後方へと退却して行った。

この上野の山での戦いを決定的にしたのは、黒門口を受け持った薩摩軍の強さと、薩摩軍を援護した佐賀鍋島藩が所有する最新式のアームストロング砲の威力であった。これは殺傷力、命中率共に官軍の持つどの砲よりも比較にならないほど強力であった。

三条実美は岩倉への手紙の中で、

『吉之助が兵隊（薩摩軍）、黒門前の激戦は実に目覚ましき戦さにて諸人大感心仕候』

と、書いているし、江藤新平は、

『西郷の胆力、大村の戦略老練、感心堪え難く候』

滅多に人を褒《ほ》めないことで有名な男が手放しで褒めている。

この戦闘で大村の軍略家としての地位は不動のものとなった。また、軍事面で薩摩と長州がまさに一触即発の状況にあったのを、西郷の大度量が双方を制して安泰を保った。

西郷は総ての各部所は出来る者がやればよい、能力のある者に任せればよいとの大度量で処理していたが、皆がそれで納得するはずはなく、大村との確執を心配した西郷は、黒門口で共に戦った海江田を戦後六月二十日、徴士軍務官権判事に、八月二十三日、軍務官判事に推薦したが、海江田は左遷されたとして、以来、大久保派に走った。

この頃になって、大総督府も参謀とは司令官であり、軍務官判事とは参謀であると認識したようである。

西郷もようやく疲れてきた。新政府では一応の目的が達成されたので、先鋒総督を廃止し同時に参謀も廃止されたのを機に、西郷は帰国したいと申し入れた。有栖川大総督宮は西郷の帰国に不安を示されたが、押し切って五月二十九日、江戸を発ち、六月五日、京に着き藩主忠義に戦況を報告し、藩主の江戸行きを諌《いさ》めて、藩主に従って鹿児島に帰った。

西郷の帰郷は表向きには今後の奥羽、越後での戦争を睨んで、鹿児島に帰って兵力を集めるためであるが、そんな理由を誰も信ずる者はいない。皆は「何かある」と見ていた。

京にいる藩主忠義は、天皇から錦旗、節刀及び金三万両の軍資金を与えられ、江戸に行き、大総督と協議して関東、奥羽の残賊を掃討せよとの勅語まで頂いて、五月二十日には出発する手筈になっていて、これには大久保が随従することになっていた。ちょうどこの日、西郷は藩主に戦況報告のために御前にまかり出て、藩主・忠義の東下を中止するよう進言し実現させてしまった。薩摩藩主の出馬で江戸で新たに起こる長州との軋轢《あつれき》を恐れたのであった。代わって一門の島津伊勢が率いて江戸へ出発していった。

西郷は藩主と共に鹿児島に帰って、健康回復のため、日当山温泉で静養することになったのだが、ようやく健康も回復し再度の出兵準備も出来てきたので、奥羽越列藩が同盟して官軍に抵抗しており、中でも越後の長岡藩の抵抗に官軍も敗色が濃厚であるとの報に、西郷は北陸出征軍総差引を命じられて、鹿児島を出発したのが八月はじめであった。約五十日もの間、鹿児島にいたことになる。

この間、静養ばかりしていたのではなく、関東奥羽へ出征する兵の確保に奔走していたことになっているが、募兵や兵の調練にしては時間が掛かりすぎている。その理由は、国父久光の西郷の人気に対する執拗な嫉妬と援兵の了解を得ることに鬱陶《うっとう》しい思いをし苦労したのであろう。

久光とすれば、今や西郷の人気が天下を覆って余りあるのが気に入らない。

『吉之助めは己れの力で幕府を倒したと思っているのか。薩摩の兵を自由に使わせたのは一体、誰と思っているのか。少しは慎め』

西郷自身も大総督府の大参謀として、江戸城を無血開城させたことをもって自分の役目は終わったと考えていた。

　作戦面では大村に実権が移り、大総督府内では戦争が次第に終息に近づいてきて、軍事面の発言力に陰りが見え始めたが、西郷にしてみれば、作戦全般にわたって任せられる人物が現われて、肩の荷を卸《おろ》し安心したと言うのが本音であった。また、

『次の主役は今まで命を的に戦ってきた軍人に代わって、行政能力のある文官が権力を握ってくるはずじゃ。おいはこれから始まる権謀術数を駆使した、醜い争いくらいうとましく嫌いなものはなか。それに巻き込まれるくらいなら故郷へ帰る』

　自身もだが、若い藩主がそれに巻き込まれるのは気の毒で帰る方が良い。また、鹿児島での久光との確執を考えれば、藩主との連携も密にせねばと思っていた。

　西郷が今回の帰国に当たって、京都藩邸詰役有川七之助に、京詰めの藩兵に対する注意をこまごまと書いたうえ、

「難事には我々を命懸けで働かせ、無事太平になれば治事局（文官の役所）からは、法をもって我々を扱い圧迫する。そうなっては兵隊と治事局とは対立するに違いない」と述べ、

『今日今日の目的にては必ず大弊を生じ申すべく、始終後来の処に見据え申さず候では相すまざる事に候』

　西郷はすでに戦後に起こる文武の対立を予想していたのであった。

　西郷は自らの出処進退については潔く、今後の見通しについても分かっていたから、若い藩主の太政官代での進退に特に配慮したのであるが、藩主忠義と共に鹿児島に帰ってきた西郷の真意を国父久光は理解できない。両者の隔たりは深まるばかりであった。

　兵備も整い八月六日、兵を従えて越後に向けて出征したが、久光から与えられた兵力は僅か

三小隊・三百人であった。

西郷は八月十一日、新潟に上陸した後も北陸道征討総督府の本営のある新発田《しばた》へは出仕せず、近くの松が崎に居座って動かず、薩摩軍の北陸出征軍総差引として久光の命令を忠実に守っていた。律儀な西郷が勝手な振る舞いをするはずがないし、今後のことも知っていた。

すでにあの巨眼からは戦さは消えている。代わって見えてきているものは、余人は知らず已れの目指す目標へ向かって、少年のような純で清い心と不動の決意を秘めてのっしのっしと歩き出していた。

其の二　吉二郎戦死

越後戦線に出陣した西郷は、確かにやる気をなくしているように見えた。

『こん長岡でん戦さは、もはや済んだようなもんじゃが、そいにしてもせごどんに昔の勢いがなか。やはり大村に取って代わられたっのが腹にあっとじゃろう』

大村が西郷が兵を集めるために、鹿児島へ帰る時に皮肉まじりに言ったものだ。

『今度、貴方が越後へ着かれる頃には戦さは終わっているでしょう』

西郷は長岡に着いた時には、最激戦地であった長岡城は陥落しており、その後、米沢に進駐するが、ここでもすでに戦さは終わっていた。九月二十四日には会津は降伏しており、二十六日には庄内藩も降伏していた。西郷は奥羽越戦線では戦さらしい戦さをすることなく奥羽戦線から引き上げてきたけれど、ここ長岡での戦さは戊辰戦争中最大の激戦であった。

江戸の上野の山に立て籠もる彰義隊を、僅か一日の戦闘で討伐した官軍であったが、関東の野に割拠して組織的に抗戦する旧幕府軍とは、苦しい掃討戦を続けねばならなかった。

宇都宮方面には大鳥圭介がいて官軍を悩まし、会津城を主城として越後、奥羽各地の大名は結束して奥羽越同盟を結び、各地各城に拠ってその勢力は拡大するばかりであった。

大鳥圭介が善戦する宇都宮方面へは東山道軍総督として岩倉卿の子・岩倉具定が、土佐の板垣退助、薩摩の伊知地正治の共に戦さ上手な参謀を配して向かった。宇都宮を撃つ場合、小栗上野介が目障《めざわ》りであった。小栗は幕府中でも有名な戦術家であり、もしこれが攻勢に出た場合、地勢上、宇都宮を攻撃する官軍の背後から攻め掛かることになり、それでは面倒とばかり、約一千の兵力を割いて小栗上野介討伐に向かった。慶応四年閏四月一日、官軍に捕縛された小栗は、六日、烏川の水沼河原に引き出され、斬首の刑に処せられた。

その後、勢いを駆って宇都宮に乗り込んだ官軍であったが、大鳥圭介の作戦に悩まされ、なかなか戦況が好転しなかった。こんな時に、大村益次郎が総督府の事務局判事となって出向し、総督府では参謀海江田と悶着《もんちゃく》を起こしていたのである。

宇都宮の戦況も官軍の勝利となったが、大鳥圭介は会津軍に合流して指揮を執るようになると、奥羽越同盟軍の勢いも盛んになってきた。特に越後の長岡藩と会津藩、それに庄内藩がもっとも頑強に抵抗した。その中でも長岡藩の活躍は目覚ましかった。

長岡藩は早くより文武を奨励して秀才逸才が多く輩出していた。執政・河井継之助はもとより慧眼《けいがん》の持ち主である。早くより長岡藩に近代装備を導入し、当時どの藩でも持っていなかった、アームストロング砲を主力武器として、近代戦法を取り入れて調練された部隊を編成していた。ここへ北陸道鎮撫総督・高倉永祐が、慶応四年三月十五日、越後高田に進駐して、長岡藩に出兵または三万両の拠出を命じてきた。

しばらく河井継之助に触れてみよう。

河井は大政奉還の報《しら》せを受けると、旧幕府首脳や太政官に、国内で相争うことを避けて秩序の回復をしようと建白したが、越後の小藩の家老の意見など取り上げられることもなく、鳥羽伏見で敗戦し、江戸に帰った各藩の重職の意見も決まらず、各々勝手な議論の応酬《おうしゅう》に失望し、遂に河井は独立して領土を守ることにして官軍と抗戦することになった。

長岡藩の大義名分は、薩長の野望をくじき義に殉ずるというものであった。上杉謙信の義に殉ずる精神は脈々と受け継がれていたのかも知れない。

河井は開戦に当たって官軍の軍監岩村精一郎と慶応四年五月二日、小千谷で談判している。河井は維新の本義を問い王道を説いたという。西郷ならこの話は判ったであろうが、他の人間には「馬鹿ではないか、話にならん」としか受け取られない。

私は是非とも西郷と談判してほしかったと残念な気がする。

義を以て戦う兵は生死は顧《かえり》みないから強い。一時は官軍に奪取された長岡城を奪い返し、その勢いはますます盛んであった。当然、会津、庄内両藩も河井の健闘に励まされて、共に戦勢盛んで、ために官軍は攻めあぐねていた。

征討総督府としても、これをそのままにしておくことは出来ない。官軍は薩摩軍を主力として長岡城の攻撃を開始したが、苦戦の連続で一進一退を繰り返していた。

参謀の山県狂介(有朋)も、

『仇守る砦のかがり影ふけて夏の身にしむ越の山風』

このような悲観的な感情そのままの短歌を詠んでいる。しかし、河井も長岡城奪還の戦闘で傷つき、これとともに戦局は敗戦へと崩れたち、八月十六日、ついに戦死した。

長岡藩はかくて滅んだが、長岡の人々の心の中に義を守った自尊心が残った。今次大戦の最激戦地で知られるガダルカナル島で戦ったのは、越後長岡の兵であったし、日本海軍を率いて太平洋で米海軍と戦った総指揮官は、長岡藩の家老山本帯刀家に高野家から養子に入った山本五十六である。不思議な縁と思うのは私だけではないだろう。

彰義隊戦争が終結すると同時に、薩摩へ帰った西郷であったが、ようやく兵力を纏めて長岡戦線に到着したのは八月十日、越後の柏崎港に上陸したが、軍務多忙で弟が柏崎の野戦病院に入院していることは知らなかった。西郷が薩摩の兵を伴って来たことを知った誰かが、教えたのであろうか。

ここで、西郷にとって人生最大の悲哀を味わうこととなった。

『せごどん、吉二郎どんが危篤じゃ』

『なに、吉二郎が危篤じゃと、どこが悪か。どげん具合じゃ、どこにいる』

西郷は弟が柏崎の野戦病院にいて、明日をも知れない命だと聞かされて、病院へ駈け付けた。この時、西郷の頭のなかでは、早く行かねばといった焦燥感と、弟の小さい頃からのことが一連の絵物語となって駆け巡っていた。

西郷より六歳下のこの弟に掛けた苦労は数知れない。西郷の今日があるのは一にかかって、この弟の献身的な助力があってこそであった。祖父、父そして母と相次いで見送り、その翌年には、兄吉之助が殿様の参勤交代の供に加えられて、江戸へ出府することになった時、家は借金《きんす》で食うことにも事欠く貧乏に喘《あえ》いでいたけれど、どこでどう都合付けたのか必要な金子を用意して、江戸へ旅立たせてくれた。

この西郷の不在中に西郷の妻を、妻の実家が勝手に引き取って離縁させていた。また重なる借金の日限が迫ってどうにもならず、遂に家屋敷を売り払う羽目に陥ったが、このくらいはまだまだ優しいことであった。

西郷が奄美に島送りになっている間、僅か二十六歳で、西郷家の十二人もの大家族を抱えて貧乏と闘っていた。その窮状をみかねた大久保らの奔走で、お手当金が下賜されたが、いつ果てるともなく続く苦労は計り知れない。兄が沖永良部島へ流された時は、家財没収され、吉二郎も出仕遠慮、弟慎吾は閉門と、最大の苦難に見舞われた時は途方に暮れたと言う。西郷は島で何とか生き延びて来たのは、家を守るこの弟の奮闘に応えようとすればこそであった。

慶応四年五月、官軍は北越後鎮圧のため、吉二郎は越後長岡城の攻防に薩摩軍・城下八番隊監軍として参加していた。一隊の副隊長である。この後、与板、小千谷などを転戦し、次いで長岡城の攻撃に参加し、これを七月二十九日に陥落させ、敗走した長岡藩兵は三条の地に集まり、ここで官軍と同盟軍主力の桑名藩神風隊との間で決戦となった。この時、吉二郎は番兵二番隊監軍（隊員は約百人）となり、八月二日、曲淵村五十嵐川河岸で先頭に立って指揮中に、北岸からの敵の銃弾が吉二郎の腰に当たり、瀕死の重傷を負った。

吉二郎が被弾したのは、現在の田島橋嵐南側であると言う。

柏崎の野戦病院に搬送され収容されたのは、八月六日である。戦死したのは十四日であった。僅か十二日の後に死亡したとすれば、かなりの重傷であったに違いない。銃弾が腹に入った場合、弾丸の鉛毒によって腸内が化膿する。その痛みは想像を絶する。七転八倒、苦しみもがき、痛みに耐える様はとても見ることは出来ない。傷は破傷風へと発展し、西郷の駆け付けた時には、もはや耐える力も気力もなく、ただ死を待つばかりとなっていたに違いない。

兄吉之助が越後柏崎に着いたのは八月十日である。次弟吉二郎危篤の報せを受けて、息急き

切って駈け付けた西郷は、

『吉二郎、おいじゃ。吉之助じゃ。判るか。しっかりせぇ』

目を閉じてじっと眠るばかりの弟の手を握って、巨眼をさらに大きく見開いて最愛の弟の病状を見守った。枕頭に座った西郷は片方の手で弟の手を握り、一方の手で弟の胸の上を静かにさすって寝息を確かめていたが、

『吉二郎、目を開けよ、目を開けてくれ』

静かに囁《ささや》いたが、二度目は耳元で怒鳴った。

生死の境を行きつ戻りつしていた吉二郎は、妻と子に手を振って家を出ようとしている時に、母に「おぉい」と呼ばれたような気がしてうっすらと目を開けた。

『おう、吉二郎、しっかりせぇ、おいじゃ、兄じゃ吉之助じゃ』

弟が何か言おうとしている。西郷は弟の口元に大きな耳を寄せた。西郷にはそれは、

『頼む』

と、聞こえた。臨終《りんじゅう》を悟った西郷は、弟の体の上に大きな体を乗せるようにして抱いた。

『確かに。おはんには世話になりもした。すまぬ』

西郷は弟と抱き合ったままむせび泣いていた。

吉二郎はすでに生死の境をさ迷っている状態ではなかったか。とても助かるまいと死期の近いのは兄弟共に感づいていたろう。吉二郎はすでに妻を娶《めと》り子をなしていたが、その妻は二人の子を残して夭折《ようせつ》し、今の妻は後妻であった。妻子の将来を気遣《づか》っての最期はどんなに無念であったろうか。享年三十六歳であった。

西郷は吉二郎の墓を預かる高田の日枝神社の神主に、祭祀料三千疋を差し出してその冥福を

祈った。西郷が髪を切り丸坊主になったのはこの時ではなかったろうか。弟へのせめてもの哀悼の印《しるし》のように思えてならない（一千疋とは銭二十五貫文と言われる）。

それにもまして上陸早々、弟の戦死に直面し、最期の死に水を取ってやったとは言いながら、庄内へ進軍してゆかねばならぬ西郷の心中はどんなであったろう。兄と最期の別れが出来たとは言え、一人淋しく故郷から遙かに遠い越後の土となった吉二郎は、どれだけ故郷鹿児島へ帰りたかったであろうか。

西郷を語る時、この場面を抜きにしては彼の兄弟愛が霞んでしまう。

其の三　西郷と庄内藩

西郷は九月十四日に米沢に進駐したが、十日前に降伏して戦さは終わっていた。九月二十四日に会津藩も降伏、次いで二十六日には庄内藩も降伏した。西郷が庄内に進駐したのは、この翌日の二十七日であった。

西郷はここで庄内城の接収に立ち合った。庄内城主が威儀を正して彼の軍門に降ってきた時、本来なら庄内藩主が西郷の前に土下座して両手をつき、深々と礼をして軍門に降る謝罪の言葉を述べなくてはならないのだが、西郷は庄内藩主に従前通りの、家臣が藩主に対すると同様の敬意をもって接し、丁重にその勇戦を誉め称えたと言われる。どちらが敗者であるか疑うほどであった。またその処遇に対しても極めて寛大であった。

『庄内の殿様でごわすか。ぐっと近くへお寄り下され。吉之助、堅いことは嫌いでごわす。挨拶などよいではごわはんか』

この西郷の親しみのある優しい言葉に、藩主も付き従う藩士も度を失うほど驚いた。

『大総督参謀・西郷様に申し上げます。それでは拙者、礼を欠きまする。このたびは』

ここまで言って藩主は、胸が詰まって言葉が出なくなった。

『ささ、この椅子にお掛け下され。まずは拙者からご挨拶申し上げもそ。西郷吉之助と申しもす。大総督参謀はつい先だって辞めております。今では城地受け取りのため、ここまで出張りもした。戦の勝敗は時の運、天の定めでごわす。戦さが終われば敵味方の区別はごわはん。以後ともよろしくお願いしもす』

奥羽越同盟の約義を守って攻め寄せる官軍をむかえ、善戦し多くの家臣を失い、また傷つかせ、領民に多大の難儀を掛けただけでも、万死に値する。まして天子を上に頂く官軍と戦い、甚大なる損害と抵抗を続けた罪は、当然死罪はもちろん、一家一門にもその累が及んでも致し方のないものである。事実、藩主は打ち首は覚悟していた。

『西郷どのと申されるか。何ともお優しいお言葉を頂き、お礼の申しようもござりませぬ。身は如何なる罪も一身に受ける覚悟でありますが、出来ることなら家来どもには何とぞ、御仁慈を賜わりますようお願い申し上げます』

『これはこれはお覚悟のあっお言葉、吉之助感じ入りもした。皇師はみだりに暴威をもってのぞむをよしとするものではごわはん。いずれ朝廷より御沙汰もごわしょうが、吉之助、出来得る限り尽力致しもす』

藩主以下、付き従う家来で泣かぬ者はなかった。声を上げて泣く者もいた。

庄内侯はただ一言、

『かたじけのうござる』

言ったきり涙にむせんでいた。

西郷は戦い利あらず止むなく軍門に降る者に、苛酷な罪科を科することは出来ない。西郷の胸には弱者に対する慈愛の涙が満ちている。

庄内藩兵は去年（慶応三年）十二月、江戸で薩摩藩邸を焼き討ちし、四十数人を殺害していたから、薩摩軍には厳しい報復措置をとられるものと覚悟していた。藩主ほか重役は切腹か打ち首は免《まぬが》れまいし、その他の者でも相当な刑罰を科せられるものと覚悟をきめていたが、その後の処置は、案に相違して寛大なる御沙汰に感激したことは言うまでもない。

庄内の人はこの西郷の心ある対応に感激し、今日に至るも鹿児島の西郷神社へ庄内米を送り続けている。私はこの庄内人の恩義を忘れぬ義理堅さを美しいと思い、西郷の清らかな心の如何に深く美しかったかを見た思いであった。

庄内藩に対する仕置きは、西郷の意をくんだ黒田清隆がすべて執り行なった。

西郷は九月二十九日に庄内を出発し、いったん江戸に入り旅装を整えて十月半ばには京に到着し、数日滞在して、後事は大久保と吉井に任せて十月二十三日、京を発って十一月初めに鹿児島に着いた。

西郷の東征は終わった。

慶応四年九月八日を以て明治元年と改元した。明治天皇は九月二十日、二千余人の諸藩兵に護衛され、文武百官を引き具して京の御所を発し、十月十三日、江戸から東京と改名された東京に入られた。同時に江戸城は東京城と改められた。これは大本営を東京に置くことによって官軍を鼓舞し、奥羽諸藩への圧力を加えるためであった。

この後、奥羽諸藩が平定され政府軍が東京に帰って来ることによって、目的は達成されたので十二月八日、東京を発し、二十二日に京の御所に帰られた。天皇は西郷を従えて鳳輦《ほうれん》（天皇の乗物）を進めたかったが、あいにくと西郷とは行き違いになり、西郷も天皇には謁していない。天皇の西郷好きは有名で、「西郷、西郷」と仰せられていた由である。

西郷も御供《ぎょぶ》（供すること）したかったであろうが、久光の嫉妬を慮《おもんばか》ったのではないだろうか。私の推測であると断わっておく。

翌明治二年（一八六九年）三月二十八日、天皇は再び東京に行幸され、東京城を皇居と定めここに入られた。次いで太政官以下の諸官庁も東京に移り、「東京奠都《てんと》」が行なわれ、事実上、東京が首都となったのである。

第十章――戦後処理

其の一　官軍凱旋

奥羽鎮定作戦が一応のメドがつくと、各藩から出征していた部隊は、続々と戦地から東京と改称された新都へと引き上げてくる。ここで引き継ぎや報告を済ますと、それぞれ藩地へと帰って行く。所謂《いわゆる》、戦勝軍の凱旋《がいせん》、帰還である。当然、戦勝の兵の鼻息は荒い。悪夢のような戦場を経験した者たちにとっては、生還そのものが夢幻のようにしか思われない。現実に立ち返って始めて生を確認し、歓喜する言動は高揚する。

三々五々、腰には大小をたばさみ、鹿児島の大通りを我が物顔に練り歩く若者たちがいる。居酒屋に入って手傷、弾傷を受けた旧懐談を肴に酒を飲み、酔いが廻ると彼らの鬱憤《うっぷん》晴らしの熱気は暴言ともとれる口論となって留まるところを知らない。

酒場の隅で飲んでいたまだ少年の面影を残す若い侍が、友に話し掛けた。

『おはんな、どこの戦さでその傷を負ったのか』

『おいか、おいは長岡城を攻めた時に、あのアームストロングでやられたのよ、ほれ、この通りおいの腕は曲がらなくなった』

この友は袖をまくってくの字に曲がった腕を見せた。

『おいは上野の黒門口で、隊長に続いて斬り込んだ時に受けた傷がこれよ』

この男も右頬を突き出して無くなった耳を見せていた。

いま一人のこの中では最年長と覚しい男であったが、

『我々は決死で戦闘している最中に、故郷で何のかのとほざいていた奴らが、未だに我ら軽輩を軽蔑した目で見る。おいは許せんのじゃ。彼奴らに一太刀浴びせてやりたか』

『おいもじゃ。昨日、甲突川《こうつき》に架かる西田橋で上士の一行と出会ったが、寄れと言う。おいはもう少しで抜き合わそうと思ったが、元の隊長もいて抜けんじゃった』

少し離れた席で飲んでいた三人連れの一人が話し掛けて来た。

『おはんらも戦さ帰りか。ご苦労じゃ。ところでおいたちはのう、もっと早くじゃ。禁門の戦いで、せごどんが皆死ねと下知されてのう、そいでんおいは敵陣に斬り込んだ時の傷がこれよ、白河城攻めの時は監軍じゃった』

大きい傷跡を見せながら若い武士たちに先輩顔で話し掛けてきた。一番年嵩《としかさ》の若い者が、

『おう、それならおいどもより先輩の御仁《ごじん》じゃ。隊長どんじゃ。こいからもよろしゅうたのんあげもす』

久闊《きゆうかつ》を温め、だれかれとなく戦陣を語り合って、自分を慰めているうちはよいが、次第に胸のうちに溜まりたまった不平不満が口に上ってくる。

『なあ先輩の御仁よ、おいども三人は殿様からのご褒美《ほうび》は雀の涙ほどしか頂いてなか。今までの命懸けの働きの恩賞はもっと欲しか。そいつでよかおごじょを嫁にもしたいし、親にも孝行

の一つもしてやりたい。どうじゃろこれは間違ってっかの』

『おはんはなかなかしおらしかことを言うのう。おいはちょっと違うぞ、おいの家は城下士じゃが、五石取りの貧乏者じゃ。毎日芋粥、稗飯で暮らしていっのじゃが、戦さにも出ないでふんどり返っていっ上士の奴らには、こん胸が煮え繰り返っていっのじゃ。なあ若いのそうは思わんか』

一人の若者は立ち上がった。握った拳が震えているし、酒が入って目は血走っている。

『おいの家も五石じゃ。今度酒の飲めっのも、いつやら判らぬ身の上ぞ。口惜しか』

『若い衆、おはんらもおいと同じ下級武士なら、今度おいどもが集まって上士の家に談じ寄せっ時に、一緒に付いいてくっか。のうええじゃろ』

同じ席の同僚の顔を見回して同意を促し、また向き直った。三人はちょっと顔を見合わせていたが、すぐ、

『おいは行く』

『おいも行く』

『おいも』

こんな話し合いが各所で持たれ、ある日、大挙して上士の家に強談判《こわだんぱん》に及んでいた。

集団となった凱旋組は、島津一門の家老の家に押し寄せた。

『御家老は御在宅か。お会いしたい』

雷の割れるような大声で怒鳴りたてた。応対に出たのはこの家の一切を取り仕切る家令である。

『殿様は只今、ご他出中でごわす。お引き取りを願いたか』

『なら待たせて貰《もら》う。おい皆、待たせて貰おうぜ』

『おう、よかろう。何時までも座り込んで待つとすっか』

多くの武士は玄関と言わず、縁先と言わず、表門から裏門まで、びっしり蟻の這い出る隙間もないほどに、家人の動きを監視するかのような目付きで見回し、声高にいくさ話に花を咲かせてそこここに座り込んだ。こうなっては家人は外出することも、所用を足すことも出来なくなる。堪《たま》り兼ねて主人の家老が応対に出た。

『その方どものすることは無礼であろう。今日のところは許すによって用の趣《おもむ》きは何じゃ』

この一団の頭と覚しき武士が丁寧に頭を下げて挨拶した。

『これは異なことを申される。我らは何一つ無礼を働いてもなか。また許されねばならぬ悪事は働いてはおりもはん。言葉を慎まれよ。待たせて貰っただけでごわす』

主人の家老は言葉を失った。くだんの武士が言葉を続けた。

『拙者は番兵三番隊差引、有馬十郎太でごわす。突然、大勢で押し掛け、まことに恐縮致しおりもす。我らが参ったのは、何も今度の戦さで負傷し、そん傷の手当としてなにがしかの慈悲に預かろうとか、少ない論功行賞のために何ほどかの御寄進を願うなどと言うさもしい願いで来たのではごわはん。御家老は今度の出征に反対され、ご自身はおろかご子息までも、戦陣の垢にまみれておられぬのは我らもよく承知していもす。言うなれば我らが命を投げ出して戦っている時には、こん鹿児島で、ぬくぬくと暮らしておられたのは間違いなか。我らは傷つきながらも必死に戦い、勝利を得て帰還しもした。しかるに藩公には多大の戦費を賄《まかな》ったがため、我らに恩賞を十分に出せぬのは当然であるし、お気の毒と心得ていもす。朝廷から薩摩藩に下された十万石も、何千という家臣に分ければ雀の涙もよかところ。そげんこつより戦さにも出向かんで、なお威張り散らし、高い地位にしがみついてるご料簡はいかがなものか。ご意見を拝聴したい』

地を這う虫ほどにしか思っていなかった城下士に、これこそ慇懃《いんぎん》無礼とも言える口上を聞かされて、かっと頭に血が上ったが、ここは耐えた家老は、

『その方の申すこと尤《もっと》もなところもあるが、わしが今日の地位にいるのは、先祖の大功によって得たもので、これによって今日まで、身を慎み藩公に忠勤を励み、薩摩の社稷《しゃしょく》を守って参ったのじゃ。わしが今の地位にいることに、否やを申すのは心得違いもはなはだしい。今日のところは許すによって帰れ』

これを聞いた若者は、わっと騒ぎ立てた。有馬はそれを静かに手で制して、

『ただ今ご先祖のご勲功によって得た地位と申されたな。なら今度の戦さでは我らの勲功はどうなるのでごわす。我らは薩摩一藩のために働いたのではごわはん。日本のため、幕府を倒して天下の権をもぎとったのでごわすぞ。それにくらぶれば、おはんのご先祖のご勲功など知れたものではなかか。今度はおはんは何の勲功も無かったのでごわすによって、今の地位をお明け渡しになるのが順当ではごわはんか。我らにもっと高い地位をお譲りになられてはいかがかな』

理屈を並べてぐっと睨みつけた。家老は返答に詰まった。すかさず大勢の武士が、

『代われ、代われ、戦さに出なかった者は引っ込め』

口々に騒ぎ立てた。多勢に無勢とはこのことであろう。家老は玄関に立ち尽くした。奥へ入ろうとすると、聞くに耐えない罵詈雑言が飛んでくる。家令が飛んできて金包みを渡したした。

有馬は一瞬、顔色を変えて腰の刀の柄に手を掛けて身構えた。

『これは何の真似でごわすか』

血相を変えて金を地面に叩きつけた。

『人を見損《みそこ》なうにも程がある。銭や金が欲しくて来たのではなか。銭を出すなら、おはんは職を投げ出し我らと代われ。おいどもにもっとよか役を周旋しろ』

『分かった。そのように骨を折ってみよう。それからせっかく出したのだから、その金で酒でも飲んでくれ。今日のところは一まず引き取ってくれ』

『このご返事は後日、お伺いに参上しもす』

やっと一団は意気揚々と引き上げていった。

たまらないのは、彼らを今まで下級武士と蔑《さげす》み、差別してきた上士たちであった。藩に対して何とかしてくれと泣き付いても、聞き入れてくれるはずもなく、手の施《ほどこ》しようがない。

戦さ帰りの若者たちの群れが、城下の大道をわけもなく怒鳴り散らして群れ歩く。上士の子弟など見つかれば、よい慰み者とばかりに罵詈雑言を浴びせ掛ける。うかうか城下も歩けない。鹿児島城下の東西にのびる千石通りはいつもは一種威厳を保った場所であったが、彼らの横行で軽輩武士通りとなってしまった。千石通りとは千石取り以上の武士たちの住居が並んでいる特権階級区である。この通りを軽輩武士が、我がもの顔でのし歩かれては、上士たちもたまらない。

薩摩藩鹿児島の城下は大混乱を来していた。前年の御一新の戦争で凱旋してきた武士たちは、ほとんどが小姓与《くみ》の城下士かそれより下の郷士である。討幕に消極的で戦さに出なかった一門はじめ上層武士を軽蔑し、事ごとに罵倒し、よりより集まっては、

『門閥がなんじゃ。命懸けで薩摩藩のために戦った者の意見を聞け。もっとよい役職を与える

『のが当然ではなかか』

この声は当然、国父久光の耳にも入るし、彼らの喧々囂々《けんけんごうごう》たる意見には誰であっても制することは出来ない。薩摩の国政を担う若い藩主には、背負えぬほどの重荷となってのしかかってきた。藩主忠義は左右の者に意見を求めた。

『城下の騒ぎを取り鎮めるにはどうすればよかか』

側近の意見を総合すると、彼らは背後に「巨眼さぁ」がいて、我々の味方となって見守ってくれていると思っている。それが彼らを余計に力付けていると結論した。

薩摩にあっては西郷の人物と力量は、もはや神格化されており、その人気、人望のために彼の一挙手一投足には、万人が注目し、その波紋は限りなく拡がって行く。

天下を覆うような人望、声望は、西郷本人の意識とは別に勝手に歩きだす。彼の悲劇はすでにこの頃から始まっていた。

西郷が鹿児島へ帰ってからは、一切の官職を退き、夢にまで見ていた引退後の生活にどっぷり浸かっていた。すなわち、片時もそばを放しはしない大好きな犬三匹と忠僕熊吉を連れて、日当山《ひなたやま》温泉に逗留《とうりゅう》し、晴れた日は山野を跋渉《ばっしょう》して鉄砲をかついで狩りをし、雨の日は書を読み思索に励み、書道に親しむ毎日を送っていた。別に呼び寄せたわけでもないが、壮士が三、四人、いつとはなしに身辺の護衛を買って出ていた。

明治二年二月二十三日、藩主忠義自身が、西郷とはもっとも気の合う村田新八を連れて、日当山温泉にいる西郷を訪ねてきた。藩主の突然の来訪に、西郷は驚き恐縮した。野良着のままの西郷は、あわてて衣服を整え御前にまかりでた。

礼儀正しい西郷はずっと下座に下がって両手を着いた。

『殿様にはこんなむさくるしいところへお越し頂き、吉之助、恐縮至極であります』

大きい体を小さくして畏《かしこ》まった。

『吉之助、余はお前に助けて貰いたくて参ったのじゃ。新八を同道した余の心も分かってくれ。薩摩藩は今大変なのじゃ。これを鎮めるのはそちのほかには誰もいない。藩庁に戻って藩政を看てくれ。若い余を助けてくれ』

西郷は恐れ入った。藩主のなりふり構わぬ懇願には従わぬわけにはいかなかった。

殿様はそのままここに一泊され、西郷は藩主の御供をして翌二十四日、鹿児島へ帰り、二十五日に参政に就任した。

其の二　鹿児島藩の改革

これより先の二月十三日、大久保は島津久光を朝廷に召すために勅使・柳原前光に随従して鹿児島へ帰ってきた。その実は藩庁から帰藩を求められていたのであるが、大久保の本当の目的は西郷を中央政府へ召し出すことによって藩政の混乱を解決し、新しい藩体制を確立して、木戸の唱える版籍奉還を実現しようと目論《もくろ》んでいたのである。

鹿児島で大久保は吉井幸輔と共に大山弥助（後の元帥大山巖）の家で川村純義、野津鎮雄、伊集院兼寛（西郷の最初の妻の弟）と話し合った。この三人は凱旋部隊の中でもっとも門閥打破を叫ぶ強硬派であった。当然、実戦に参加し弾丸の下を潜り、白刃を振るって斬り結んだ強者だけに鼻息は荒い。今度の御一新では遙かな先輩ではあるが、後方にしかいなかった大久保を見る目は冷たい。

大久保の論ずるところは、新政府は人材登用こそが第一であり、そのためには私情を捨て、公平をもってすべきであると説いた。極言すれば討幕論に反対した者でも、人材と認めれば登用すべきであると言う。これでは彼らは納得しない。川村が口火を切った。

『一蔵どん、はっきり言うてくいやい。おはんな人材なら、たとえ門閥、権力者でも重用すっと言われっのか』

『言われる通りじゃ。今は古いことに拘《こだわ》っている時ではなか。これからの時代を見据えて、世界の大海の中でも沈没せぬ日本と言う強い船を造らねばならんのじゃ。そんためには区々たる意見で、いがみ合うのはいかんのじゃ』

すかさず、大山の重い口が開いた。

『お説は御尤《ごもっと》もでごわす。そんお考えはおいどももよく心得ていもす。じゃっどん、今の鹿児島の状況をどげんしもすか。鹿児島ばかりじゃなか。各地で同じようなことが起こっていもす。まずは鹿児島から一蔵どんの言われるごつせよ言うのは無理と言うもんでごわす。おいは門閥打破が第一と心得もす』

伊集院が叫んだ。

『命を捨てて戦った者を登用なさらぬお考えならば、命を捨てた者は物言わぬとて、お切り捨てになさると同じこと、今日あるのも彼らの犠牲の上にあることを忘れてはないもはん。そのうち我らも同じくあの世へ参り、草葉の陰で泣くことになるのでごわすか』

両者の意見は決裂した。抜け目のない大久保は、門閥打破の急先鋒の彼らとは決裂し、西郷引き出しも断念したが、彼らが西郷をかついで藩権力を握っても、中央政府の強敵にならないように手段を講じた。

まずは十六日には藩重役会議で「政体取調所」を造り、伊地知正治がその主任となり、桂久武、小松帯刀の両家老と大久保、吉井が加わって、藩政改革案をつくり、二十日にその三要綱を藩主忠義の諭書として発表した。

諭書

一、すでに版籍奉還の建言もしてあるので、藩内の庶務はもっぱら中央の政体を基準とし、少しも私見をはさまず朝旨を奉承遵守すること。

一、「諸藩政府」は「元来朝政を執行する場所」であるのに、従来「自己の政府」と心得て名分を混乱させていたが、このたび藩の政務と藩主の家事を混同しないようにとの朝廷のお沙汰に従い、自分は本城を退いて別に住み、そこから「政府・藩庁」へ出勤して朝政を奉行する。

一、各藩職制を改めよとの勅諭に従い、改革を行なう。その趣旨は俸禄の制を改めて官職に相当させること、職務の繁閑をみてその人員を定めること、諸官二年をもって交替とすること。

以上三項を中心とする。（上記は井上清氏の「西郷隆盛」より転用）

これにより藩庁を知政所、島津の家政所を内務局とし、知政所は桂久武を執政心得として、伊地知正治他五人を参政に任じ、軍務、会計、糾明、監察の諸局を設け、その総裁はすべて王政復古党、すなわち凱旋組から選んだ。

こうなれば凱旋組に凱歌が上がり、その勢いはもはや手がつけられない。大久保の転ばぬ先の杖の目論みとして造った機構は出来たが、結果は逆で勢いづいた者たちを統率する人物がいないことがはっきりした。西郷の出番を飾り立てるだけに終わったようなものであった。西郷の巨眼は大きく見開かれた。新政府の確立を目指して、ようやくにして西郷は大地を踏みしめて立ち上がり歩き始めた。

この後、大久保は西郷を訪ねて会っているが、相互に思うところがあり、二人は別々の道を行く。行き着くところは自ずから異なっていた。大久保は東京へ帰った。

西郷は明治二年二月に参政になってから翌年一月までの在任中、五月一日、箱館戦争の応援のために藩兵半大隊と砲隊半座を率いて藩船三邦丸で鹿児島を出帆、東京で再編成された部隊を率いて箱館に向かった。この出発に際して大村は、言わずもがなことを言った。

『西郷さん、いまから箱館へ出向かれても戦さは終わってますよ』

憎まれ口を叩いた。振り切って出征した西郷を蔑《さげす》む者がいるが、「ではそうですか」と勝敗を確かめもせずに出征しない者がいるだろうか。

箱館に着いてみると大村の言った通り、すでに戦さは終わっていた。薩摩の黒田清隆が敵将榎本武揚に降伏を勧めたのが功を奏したのであった。西郷は面目を失ったと噂されたが、意にも介さなかった。西郷とすれば上野の彰義隊を攻めた時に経験した、大村の薩摩軍に対する冷酷とも言える作戦は、ここでも薩摩軍に多大の損害を強いるかも知れない。

『死に物狂いの敵の最期の抵抗は、かならず味方に多大の損害を与えっに違いなか。了介どんはうまくやってであろうが、ともかく行って加勢してやろう』

皆は大村の用兵、戦術を褒《ほ》めるけれど、大村の冷酷非情な用兵、言い換えれば勝てばよい戦略は、ともすれば兵の損失を顧みない。西郷は、この戦さはすでに日本人同志の戦いであり、同胞相成るべくならば、損失を極力抑えるべきだとの主義であった。西郷のこれまでの作戦はすべてその方針で貫かれている。

箱館に着いて戦さは終わっていると聞いた西郷は、

『ほい、戦さは終わっていっのか。大村どんの言う通りじゃ。よかった。よかった』

大村を褒め上げ、黒田の善戦を讃えて巨眼を細めた。

西郷はさわやかな心で東京に引き上げてきた。政府から残留を勧められたが断わり、六月中ごろ、鹿児島に帰った。

明治三年一月、西郷はいったん参政を辞任し相談役となっていたが、七月八日、執政心得の桂が辞任願いを出すと言いだした。西郷は極力留任を訴えたが功を奏せず、ついに西郷が大参事、すなわち執政とならざるを得なくなった。翌年の一月、いよいよ中央政府へ出仕することになるのだが、明治二年一月、参政に就任して以来、この間に彼が行なった事業は以下に記する。

明治二年六月には版籍奉還実施により、従来の藩主はその藩の領主ではなく中央政府の下位の藩知事となり、知事の家禄は現家禄の十分の一とし、藩の政費とは明確に区別されるようになった。藩名は藩庁所在地の名を冠することとした。

鹿児島藩知政所は、この機会に従来の藩主一門や私領主の領地をすべて取り上げ、家格を全廃して一律に士族とし、新たに士族の禄制等級を定め、一門その他の門閥の禄の合計は従来の八分の一に削減する大改革を行なった。現実には一般武士の家禄は、二百石以上の者はすべて二百石とし、それ以下は削減せずに幾分か増やすことにした。今まで郷士として蔑まれていた者は五十石を定限とし、身分は城下士と同じく士族とし、その待遇もいくらか改善したが、郷士に冠せられていた「何方士族」と郷名を冠するのは残された。このため実生活では、一般士族から軽蔑《けいべつ》される悪風はなかなか改められなかった。

いずれにしても今度の改革を実施しようとすれば、本来なら暴動が起こって当然な大改革であった。今まで多くの家臣を従え、威風堂々と登城していた千石取りの武士が、一夜にして二百石の平武士に転落したのである。薩摩藩の軍事力を完全に掌握した西郷ならでは出来得ることではない。

この改革に対して批判する人は、困窮した百姓を救えとあれほど叫んだ西郷が、有り余った十一万余石で、なぜ農地改革を行なわなかったのか、西郷の改革はなぜ農民にまで及ばなかったのかなどとすぐに言い出すが、それこそ現実を踏まえぬ揚げ足取りというもので、ケチやアラはどんなにでもつけられる。今日だから言えることであり、ほとんど農業収入に依存していた当時の薩摩の経済状態から推測すれば、致し方もなかろう。

今から五十年前の日本の農地解放もアメリカの強権が介入していなかったら、日本人の手で出来たか否かを考えれば、当時を知らない人でも納得出来るのではなかろうか。

改革は城下士の中の下級武士が、上級武士の地位と権勢を奪っただけに留まったが、騒動は一応収まった。これは鹿児島藩の特異性であるとだけで片づけられない。多分に西郷の意図が含まれている。

確かに東京に新政府が誕生し、政令すべてそこから出ることとなったとはいえ、新政府を誕生させた各藩の内情は鹿児島藩と大同小異であって、中央の政令が行き届かないのはどこも同じであった。藩体制も旧来と大して変わらない。不満のはけ口だけは何とか押さえたが、その有り余るエネルギーの処理はどうするのか。

鹿児島藩にあっては藩知事となった旧藩主には、西郷といえども頭は上がらない。民主主義の現在でも一部には、旧領主、例えば徳川氏、島津氏、細川氏らを敬慕する風習が根強く残っている。当時はなおさらであった。すべて改革は一朝一夕に進まない。

西郷の改革によって上士からの減額分が約十七万石、下士への増額分が五万七千石、差し引き十一万余石をすべて軍事費に充当した。当時の十一万石は巨額である。この軍事予算で薩摩軍増強と近代化を実現した。常備兵力一万三千人。小銃はすべてライフル銃とし二万一千梃。大砲二百八十七門。兵器工場の従業員は約六百八十人などなどであった。

新政府では、鹿児島に日本最強の薩摩軍団が誕生したと思って恐れたに違いない。

『さすがはせごどんじゃ。伊達にあの巨眼を持っているのではなか。やっぱり我々の大将じゃ。中央政府も巨眼さぁに睨まれたら、蛭《ひる》に塩、蛇に睨まれた蛙じゃ』

西郷は藩政をほぼ中央政府の目論み通りに編成替えをしたのではない。鹿児島藩独自の藩政、すなわち「主君斉彬様の夢」を実現したことになった。

それは大久保でも、また薩摩の首脳が集まっても出来なかった凱旋組を押さえることに成功したことだが、本当の目的は新政府の軍事力となることであった。しかし大久保や木戸の目から見れば、他藩に抜きん出た軍事力を持った鹿児島藩と言うより西郷軍団の出現であり、新政府の権力者たちにとっては大政敵というより一大敵国と映ったであろうことは容易に想像される。

一部の識者には、

『西郷は第二の維新を企てているのではないか』

との疑惑を与えたのも十分理解できるだろう。

西郷は薩摩鹿児島で藩政改革に汗を流している間、日本各地では不穏な事件や、農民一揆が頻発していた。

明治二年九月四日、大村益次郎が襲撃され、十一月五日に死亡した。長州では旧振武隊士族が明治三年一月十四日、石見浜田で反乱を起こし、その月の二十六日には、山口藩でも解隊された兵による反乱が起こっている。

先にも書いたが、明治三年一月十八日、西郷は一応の任務が果たせたとして、参政を辞任し相談役に任じていたが、二月六日、西郷は中村半次郎、大山巌、村田新八を連れて長州の諸隊騒動の調査に行ったが、政府では西郷は要請があればいつでも軍を率いて出掛けるためであろうと警戒した。各地で同様の不穏な空気が充満し、木戸は自藩のこととて長州へ鎮圧に向かい、山口では包囲され、馬関まで逃げ出す苦労をしたが、何とか鎮圧した。

西郷の巨眼は、改革の後に起こる不気味な余震の鎮静を睨んで大目玉を剝いていた。

『天皇の新政府に楯突くヤツは何人たりとも許さないぞ』

薩摩を軍事王国にしたのは西郷一人の考えではない。知政所に薩摩藩の首脳が集まり、この凱旋組をどのように処理するかが議題になった時、西郷は、

『この凱旋組の横暴は、何も鹿児島藩だけに限ったことはなか。長州でも土佐でも同じことでごわす。戦さの場となったところは、家は焼かれ人は死に悲惨な状況でごわんそ。こん状況ではどげな不慮の事態が起こってくるやら分かりもはん。新政府には軍事力は全然なか。じゃとすれば、そげん事態が起こってきた時には、我が藩が鎮静に向かわねばなりもはん。そんための用意をするはお国のためでごあんそ』

故郷鹿児島に帰っても、日本の安泰を第一と考えるのは西郷だけではない。全員そのことについては同じである。

『それがよか』

意見が自然と一致したのは当然である。

立派な大義名分のある軍事組織だとの意識は、全員に浸透するのも早い。西郷は居ても居なくても、組織は拡大へ向かって一人歩きを始める。輿論《よろん》の恐ろしいところである。この軍事組織がそのまま鹿児島藩全土に普及拡大するのに大して時間は掛からなかった。

西郷が創った軍事組織はすべての城下士は常備隊に編入し、明治三年一月には一万二千六十七人、砲兵隊は四座、合計二百九十二人、その他一千一百九十人であったが、次第に諸郷の郷士も諸郷常備隊を編成し、従来の地頭・あつかい以下の郷村諸役は全廃し、新たに知政所が鹿児島士族中から選抜した地頭が、管内数郷の民政に当たるとともに、常備隊を統率し、従来の「あつかい」以下は小隊長、半隊長、分隊長となり、その管内の常備隊を指揮し、かつ民政に当たり、郷村役場の名も軍務方と変わった。諸郷の総兵力は四千四百人、砲兵三座もあった。予備役を編成し城下、諸郷の老齢、病弱な者も編入された。（井上清氏の「西郷隆盛」より）

改革もここまで徹底すると、凱旋組は水を得た魚のように躍り上がって喜んだ。

『せごどんのお陰で、とうとう我らに日の当たる時が来た』

軍備が嵩《かさ》むと、十一万石の軍事費ではとうてい足りなくなって、財政は会計局を直撃する。西郷は無欲の人だから、彼が明治二年六月に太政官から頂いた賞典禄二千石を、そのまま費用として差し出しているが、そんなもので足りるわけがない。後は全て農民の肩に掛かってくる。もちろん、隊士もせごどんにならえとばかり、極貧に甘んじたことは言うまでもない。こんな話が残っている。

西郷に恩恵を受けた庄内藩士の使者が薩摩に来て、

『薩摩では三度の食事が出来て、寒暑を凌《しの》げればそれで満足とし、商店から物を買うなどは大変な奢《おご》りして非難されている』

故郷へはこう報じているし、軍隊の兵器が不足なら、隊員たちが、

『これを以て買い上げてくれと申して、着物なり品物なりを差し出している』

と、伝えている。（井上清氏の「西郷隆盛」より）

これこそが薩摩であり、西郷がいてこそ成り立つ話であろうが、その政治感覚はすでに近代感覚から大きく取り残されていたと言わねばならない。

この政治感覚で中央政府の大官たちの驕奢《きようしや》な生活を見れば、我慢できなくて当然である。

『政府の大官たちはまるで月給盗人でごわす』

西郷の嘆きも首肯《うなず》ける。「西郷遺訓」に、

『万民の上に位する者、己れを慎み、品行を正しくし、驕奢を戒め、節倹を勉め、職事に勤労して人民の標準となり、下民その勤労を気の毒に思うようならでは、政令は行なわれ難し。然るに草創の始めに立ちながら、家屋を飾り、衣服を文《かざ》り、美妾《びしよう》を抱え、蓄財を謀りなば、維新の功業は遂げられまじきなり。今となりては戊辰の善戦もひとえに私を営みたる姿に成り行き、天下に対し戦死者に対して面目無きぞとて頻《しき》りに涙を催されける』

西郷は無念であったが、新政府の大官となった者たちにすれば、尊皇攘夷の旗をふりかざし、安政の大獄の嵐を潜り抜け、幾多の危険を冒してようやく維新の大業がなって、政府の枢要の地位を手にし、意のままに権勢を誇れる時が来たのだ。何のことはない、藩地に帰った凱旋組と同じく荒い鼻息を、違った処方で表わし始めただけである。言うなれば、当今流行の欧米流に豪華にスマートに処世しだしたのであった。

『欧米の文物を採り入れ、一日も早く先進国の仲間入りをせねばならぬ時に、西郷のような野暮なことを言うておるのは時代遅れもはなはだしい』

彼らには彼らの言い分があるにはあるが、程度を越えていた。伊藤博文の女蕩《た》らしは有名であり、井上馨、大隈重信の利権に汚いのは誰知らぬ者とてない有様であった。その他も似たり寄ったりで、岩倉には媚び諂《へつら》う者がなりたかり、岩倉もまた権勢をほしいままに権謀を弄《もてあそ》んで楽しんでいた。身辺のきれいなのは大久保ぐらいであったが、それでも広壮な屋敷に住み多くの使用人を従えていた。とうてい、自らの月給で賄える生活ではない。

西郷の目には戦勝に酔い、政府の大官の地位を得て得意になり、あげくに政務を忘れ、驕慢にうつつをぬかしていると映り、そんな者に対して限りない怒りを感じていた。

彼の政治理念が、中国の堯舜の政治を手本とする古いものであったとしても、政治を司る者の第一に心得るべき姿勢は、新旧何ら変わるものではない。西郷が自ら艱難辛苦に耐えた末に辿り着いた余りにも清潔で高邁な境地は、いまの政府にいることを許さない。それをよく知る西郷は、山野に隠遁したかったのだが、彼の人気、声望はそれを許さない。

西郷の身辺はまことに清廉潔白なものであったが、情義に厚い長所は、新政府の大久保、岩倉、木戸らにとっては何とも許すべからざる短所でもあった。

幕府を倒し新政権を樹立した新政府も大量の太政官札を発行していたが、各藩にあっても旧藩時代に発行した藩札の兌換に苦慮していたが、明治三年七月、福岡藩でにせ札製造使用の事件が発覚した。新政府の弾正台（検察庁）が調査に乗り出し、責任者を検挙した時、藩の当事者は西郷に泣き付いた。

『西郷先生、これ以上、弾正台の手が伸びれば、藩知事の長溥様に及ぶことは必定です。何とか先生のお力でよしなに』

西郷は主君斉彬の命令で奔走する頃から、黒田藩主長溥侯にはずいぶんとお世話になってい
る。特に長溥侯は島津家から養子に出られた方であり、無下に断わることも出来ない。

『よし、おいが何とか奔走しもそ』

要路へ圧力をかけた。西郷の圧力に対抗できる者などいるはずはない。大久保は厳罰を主張
し、岩倉にもその意を伝えたが、西郷の圧力の前には無力でしかなかった。難なく願いは聞き
届けられたが、この時の西郷の言葉がよくなかった。

『弾正台の御職掌と申すは、偽札ようの小さな事に御目をつけさせられ候ものにはござ有るま
じく、かかる眼前の小事に御目がつき候ては、つまりは苛察の御政体に立ち到り申すべく』
云々。（井上清氏の「西郷隆盛」より）

大所高所から全般をみる西郷とすれば一面、的を衝いた意見であるが、政府草創の時とは言
え、如何に人格高潔の人であっても、許されざる行為にほかならない。権勢第一の西郷がこん
な暴言を吐くとすれば、検察も何もあったものではない。今日の指揮権発動と同じで、これで
は西郷が恩義を感じている者からの依頼ならば、どんな無理でも通るのではないかと疑われて
も仕方がない。よかれとしたことが、この発言になったとしてもこれは大変な失言であった。
西郷はこの時期、中央政府のやること、なすことすべてが気に入らなかったが、さりとて許さ
れることではない。

「西郷遺訓」には、この頃の西郷の不満が溢れている。

『廟堂《びょうどう》に立ちて大政をなすは天道を行なうものなれば、些《ち》とも私を挟みては済まぬものなり。
いかにも心を公平に操り正道を踏み、広く賢人を選挙し、能くその職に任ふる人を挙げて政柄《せいへい》

を執らしむるは、即ち天意なり。それ故真に賢人と認むる以上は、直ちに我が職を譲る程ならでは叶わぬものぞ。何程国家に勲功有る共、其の職に任えぬ人を官職を以て賞するは善からぬことの第一なり。（以下略）』

『賢人百官を総べ、政権一途に帰し、一格の国体定制なければ、縦令《たとえ》人材を登用し、言路を開き、衆説を容るるとも、取捨方向なく、事業雑駁《ざっぱく》にして成功有るべからず。昨日出でし命令の、今日忽ち引き易ふると言様《いうよう》なるも、皆統括する所一ならずして、施政の方針一定せざるの致す所なり』

今日の人には読みにくく、難しい言葉が多くて恐縮だが、西郷は政府のやり方に不平不満であの大きな体が、熱塊となって東の空を睨んでいた。

西郷は政府の拠って立つ理念を確立し、強固な天皇制の中央政府をつくり、直属の軍隊をもって全国を統制しなければならない。そうしなければいつまで経っても国家の基礎が固まらない。このままではいつまで経っても、政府の朝令暮改は改まらない。

『一蔵どんが居ながら、何をしているのか』

西郷の苛立《いらだ》ちはつのるばかりであった。

其の三　版籍奉還

大政奉還の後、徳川慶喜に納地、辞官を求めた結果、鳥羽伏見の戦さとなり、戊辰戦争が済んで新政府が誕生し、徳川政権は完全に崩壊したけれど、各地の大名はそのまま藩政を握っていて、新政府の政令が行き届いていなかった。

版籍奉還については重大な意義のあることを、すでに慶応三年十一月、幕末に欧米に留学した寺島宗則（松木弘安）が薩摩藩主・島津忠義に献策していたし、長州藩の木戸も慶応四年二月には版籍奉還（後の廃藩置県のこと）の必要性を三条実美と岩倉に建言していた。このように政府の首脳の考えは一致していた。

明治二年一月十四日、京の丸山端寮に薩摩の大久保、長州の広沢真臣、土佐の板垣らが集まった。木戸はこの時、東京にいて不在であった。

大久保が口火を切った。

『王政復古、天皇親政ともなれば、何はさておき各地の大名が支配している土地と人民を天皇に還させなければないもはん。版籍奉還の実行でごわす』

『それじゃ。まずは版籍奉還を実行せねば、何事も進まんきに』

板垣が同調すれば、

『戦さにはなったが、慶喜にはすでに辞官、納地をさせている。旧幕府方についた者は簡単に奉還するだろうが、我が藩はじめ土佐藩もちと難しかろう。じゃが何といっても大久保さん、薩摩はどうであろうか』

広沢は大久保に言いにくいことをずばりと言った。

『久光公は難しか。じゃが何としてもやりもす』

大久保は不退転の決意を表わして断言した。当時、大久保はいったん約束したことは、違《たが》えたことがないことで有名であった。三人は胸を撫ぜおろした。

明治二年一月二十日、薩摩、長州、土佐の三藩主に加えて佐賀藩主の四藩主が版籍奉還の表を朝廷に建白した。こうなれば各藩も右へ倣《なら》うより仕方がない。五月三日までに全国二百六十二藩主が版籍奉還を願い出た。この後、奉還の実行までには戊辰戦争がほとんど勝利に終わっているとはいえ、まだ奥羽越、北海道で戦闘は継続中であり、肝心の西郷は鹿児島へ帰っている。大久保、木戸、岩倉はそれぞれ苦心苦労を重ねて、遂に明治三年六月十七日、版籍奉還の奏請が勅許されたのであった。

版籍奉還が勅許されて政令一途に出ることとなったとは言え、問題は山積して思うように捗《はかど》らない。木戸、大久保、岩倉と人材は揃っているが、何をやってもうまくゆかない。詰まるところ、現行の藩体制が障害となっている。兵制改革と廃藩置県が緊急の議題に上ってきた。さてこれは、版籍奉還よりも、慶喜に納地、辞官を命じた時よりもさらに困難である。もっとも恐ろしいのは鹿児島藩であり山口藩である。高知藩また然り。

これがキッカケとなって、先ほどから各地で起こっている不平士族が反乱すれば、政府には軍隊がないし金がない。もしもあの強力な軍事組織を持つ西郷が首を縦に振らなかったらどうしようもない。

『大久保さん、西郷を政府へ招かねばどないにもならしまへん。どないしまひょ』

『せごどんはおいどんも二回も迎えに行ってもす。じゃっどん、よか返事はなか。今度は誰ぞ宮さんに下向《げこう》してもろて迎えに行くより方法はなかと思いもす』

二人は木戸を加え額を集めて西郷の政府招致方法を相談したが、よい思案が浮かばない。

この大切な時期に、薩摩藩家老として大久保、西郷ほか、改革に活躍した人材の影になり日向になって活躍した小松帯刀は、体調を崩して寝ていたが、明治三年七月二十日、遂に大坂で客死した。享年三十六歳であった。大久保は片腕を失ったほど嘆いた。

第十一章――廃藩置県

其の一　西郷招聘

新政府では何としても西郷を内閣へ招聘《しょうへい》せねばならなくなったが、おいそれと招きに応じる西郷ではない。少年の頃からの同志である大久保が、一度ならず二度までも鹿児島まで出向いたけれど、良い返事をしなかった。

岩倉卿は嘆いた。

『政府は出来たが、金がない。軍隊がない。ないないづくしは身は持たないと言うが、我々の所帯はまったくその通りじゃ。大久保はん、木戸はん、どないしまひょ』

口にするのは優しい京言葉であるが、顔つき目付きは鋭く迫力をもって二人に迫る。

『版籍奉還は何とか終えて、土地と人民を政府が掌握したが、それは名のみで、実態は昔のままではどうにもなりません。ここは西郷さんにも、政府へ来て貰って一致協力してやらねば実効はたちません。大久保さん、何か良い考えがおありですか』

木戸は眉間に筋を立てて深刻な表情で大久保に迫った。白皙の額は青みを帯びて、剣で鍛えた鋭い目でみつめる表情には、美男子だけに一層の悲愴感が漂う。

『大久保さん、責任は貴方にありますぞ』

木戸は言外に大久保の責任を追求した。大久保は無言で聞き入るばかりであった。

新政府では戊辰戦争が終了すれば、政府直属の軍隊を持ち、旧幕府組織を根本から改革し、新制度を導入して世界の一員としてデビューする心算《つもり》であった。

その第一問題の直属の軍隊を持つことにしても、官軍の軍隊は総て各藩に所属していて、戦争が終わればそれぞれ藩地へ帰って行く。

藩地に帰還した兵は、当然のことながら凱旋組として戦勝に驕って鼻息は荒い。そのほとんどの兵は下級武士たちであったから、藩の上級武士たちと対立して、収拾がつかない状態が続いた。どこの藩でもこの処遇を巡って不平士族の反乱が起こり、その鎮静に苦慮していただけではなく、討幕戦に費消した莫大な戦費で藩財政は苦しく、とても政府直属の軍隊を送ることなど出来るわけがなかった。

薩摩の西郷や土佐の板垣が藩政を握ってから、鹿児島や四国の各藩は何とか平穏になったけれど、反面、新政府に対する隠然たる敵対勢力の様相を呈して来た。

政府に残った長州の木戸は、長州藩内では諸隊の反乱を鎮定出来ずに、未だにその対策にてこずっていて憂鬱であった。

少し前のことになるが、木戸は西郷が中村半次郎や村田新八を連れて長州に行ったのは、長州諸隊の反乱鎮圧のため、状況の視察を目的として、軍隊を率いずに行き藩主に会見した。それを木戸は、西郷は藩庁と反乱軍との調停を目論んでいる。それこそ反乱軍と気脈を通じるために、わざと軍隊も連れずに行ったに違いないと邪推《じゃすい》した。

『鎮圧に協力するのならば、さっさと軍隊を率いて鎮圧に向かうべきではないか』

木戸とすれば、なぜ軍隊も率いずに行くのか怪しいと取る。根本には木戸は西郷を疑っており、それは今でも変わらない。

また、鹿児島藩が新政府の警備に東京に出していた部隊を、突然引き上げたのは、西郷はこの後、大部隊を率いて新政府改革に乗り出して来るのではないかと、政府首脳は真剣に心配した。

西郷とすれば、軍隊を率いずに長州へ視察に行ったのは、長州藩の体面と事情を慮ったからであり、東京へ派遣した兵を引き上げたのは、今度朝廷から呼び出しを受けて上京する時、兵力を帯同することになっては、何かと疑われるからであって他意はないのであった。

西郷は西郷で慎重に気配りをしているのであるが、政府首脳にはそのようには受け取られない。政府首脳が疑い恐れていると地元鹿児島に伝われば地元は熱狂する。また、西郷は訪れる人に対して、多くの場合無言であり、ただ「ふう、ふう」と聞くだけであるが、巷間に伝わる時には、

『西郷先生はこう言われた。じっくりと聞いてくれたのはその証拠である』

『せごどんは鹿児島にいて政府を動かしている。大したもんじゃ』

郷土の英雄の風評は大きく広く伝播する。

鹿児島藩の凱旋組を収拾し、藩政を改革し、強力な軍隊を創立してその上に君臨する西郷は、地元にとっては頼もしい限りであるが、政府にとっては恐ろしい人物と映る。

古今これほど野心のない大人物が日本に存在したことを知らない。

人望の偏重という予期せぬ事態が発生したのである。西郷が鹿児島にいては日本の政治のバ

ランスが保てない。西郷を新政府の首班にしようとの声が高まってきた。

元々、版籍奉還の直後から長州の木戸と大村益次郎を中心とする長州派は、兵制改革を唱えて、「農兵を以て親兵とする」案を主張した。これに対し薩摩の大久保は反対し、薩摩、長州、土佐の三藩の兵で構成しようと主張した。

『大久保さん、長州では早くから奇兵隊で経験済みです。国民皆兵はどの国でもしていることですから、これで行きましょう』

『木戸さん、行く行くはそうなりもそ。じゃっどん、現下の情勢を視《み》るに、戦さが済んで諸藩は藩士の処遇に困惑していもす。彼ら不平士族を懐柔《かいじゅう》せねば、政府にとって大変なことになりもす』

結局、大久保案で決着したが、この政府直属の軍隊創設にしても西郷の承諾がなければどうにもならない。西郷呼び出しは焦眉《しょうび》の急であった。

戊辰戦争の後、兵部省に入り一年余、ヨーロッパの兵制や軍事を視察研究して、明治三年八月、帰国して兵部大丞（局長クラス）になった西郷の実弟・西郷従道に、西郷招聘の大役をさせようと話は決まった。大久保と念入りに相談を交わした従道は、十月十四日、東京を発って鹿児島へ帰ってきた。

『兄さぁお久しぶりでごわす。お元気でごわすか。おいは今度、兵部省で働くことになりもした。それをご先祖に報告したかと思いもして帰ってきもした』

『おう慎吾、よう来てくれもした。元気でなによりじゃ』

従道は久しぶりに兄と対座してみて、兄の貫禄と言うのか威風と称してよいのか、間近に大きな山を仰ぐような圧迫感に、気圧される自分を感じた。

『大きい。大きくなった』

西郷もあの小さかった腕白小僧がと目を細めた。二人は積もる話に時間を忘れた。話すのは従道であり、兄は腕を組んで聞くばかりであった。

『兄さぁ、ヨーロッパでは、蒸気で大きな機械を回して、人の何倍もの仕事をする。例えばトレインと言うものがあるが、蒸気の力で大勢の人間を乗せて走り回っている。何もかもわが国よりも進んでいもす。おいは日本も一刻も早く追い付かねばなりもはんと思って帰ってきもした』

『鹿児島へ帰って来てみて、若い武士は元気がよか。威張って歩いていもす。騒々しいくらいでごわすな。なにせ、幕府を倒したのは我が薩摩藩じゃから無理もなか。じゃっどん、何とか鎮めることも考えにゃないもはん』

従道は当たり障《さわ》りのない話から始めて、兄の言い出しを待ったが、目を閉じ腕を組んで聞き入るばかりで、話の接穂《つぎほ》が切れてきて二人の無言が続いた。ややあって西郷は、

『一蔵どんがどげん言うた』

ぽつりと一言洩らした。

これを聞いた従道は、「兄さぁは聞いてくれた」と飛び上がる思いであった。この一言をこのように理解出来るのは、この時代の弟にしか解らない感触である。

今日では成年に達すれば、家長の兄であろうが、譬え年の離れた弟であっても、言いたいことを言うのは当然のこととなっているが、西郷の生きた時代、それも武士の家の家長である兄の威厳は、今日では想像も出来ないくらい絶大なものであった。主人と家臣との関係と思えば大して間違っていない。まして兄は陸軍の元締めである。

それだけに従道とすれば、「聞いてくれた」は「聞き届けられるかも知れない」との手応えを感じた。

『兄さぁ、東京の一蔵どんは殊のほか、故郷鹿児島のことを心配してもす。三条さぁや木戸さぁは兄さぁを疑うものじゃから、一蔵どんも苦しか。岩倉どんの腹は読めもはんが、兄さぁに東京へ出て欲しか様子はありありでごわす』

兄弟愛は人一倍厚い西郷は、この包み隠しのない誠実の籠もった弟の言葉に感動した。最近の東京から伝わってくる風聞には、真偽取り混ぜ信用のおけるものはないと言ってよい。大久保は岩倉と組んでからはずいぶんと変わったが、今は昔、久光公の機嫌をとって、おいを働きやすくしてくれた恩義は大きくて深い。若い頃からのことが思い出されて、久し振りに西郷は胸に突き上げてくるものを感じた。

『東京へ行きもそ』

またもぽつりと言った。

従道ははやる心を抑えて確かめた。

『兄さぁ、よかな(兄さん、本当にいいですか)』

首肯《うなず》くのを見届けると、さっそく、大久保に報せた。

『手筈のように運ばれよ』

政府首脳は意見を纏《まと》め、岩倉を勅使として、山口藩知事・毛利敬親、鹿児島の島津久光を朝廷に召すために下向すると発令した。一士族でしかない西郷を朝廷に召すためには、このような形式を執らねばならない。それにしても大層な気の配りようであった。

岩倉大納言が勅使となり、大久保、木戸の両参議、兵部少輔・山県有朋、同大丞・川村純義、それに先行している兵部大丞・西郷従道と政府首脳を挙げての陣容であった。

明治以降、朝廷が臣下に対しこれほどの礼をもって迎えたのは西郷のほかにはいない（この時、木戸は長州へ先行していて同行していない）。

一行は明治三年十二月十五日、大坂を出帆し、十八日、鹿児島に着いた。

岩倉、大久保は西郷に政府の改革について意見を求めた。西郷は政治、外交、経済、文化、軍事について、二十五ヵ条の意見書を提出した。この中で政治一般について、

『政体の基本は日本の中古以前を本とし、その上で西洋諸国の政治を参考にしよう』

西郷の強い主張である。これには岩倉、大久保も了解した。また廃藩置県については、

『この案については、今はもっと慎重に審議をしよう。どうせ郡県封建の制度は長くはないが、さりとて急に事を運ぶのは如何なものか』

慎重な意見を述べた。

西郷は廃藩置県は避けて通れぬことであるとは認識していて、巷間言われるような封建主義者ではない。薩摩でのんびり温泉に浸《っ》かっていた人とは思えない。

また、軍事について、山県は天皇護衛の軍隊の必要を説いたところ、西郷は、

『そんなことはもっとも大切なことでごわす。薩摩、長州、土佐の三藩から御親兵を奉ればよか』

この時、山県は重ねて、

『御親兵は天皇直属の軍隊であるから、もはや、藩兵ではない。一朝事有る時は薩摩守様に弓を引くことになりましてもよろしいか』

もっとも言いにくいことを西郷に向かって念を押した。西郷は、

『もとより承知、当然のことでごわす』

顔色も変えずにきっぱりと言い切った。

『外国の文物を採り入れ早く文明開化の世の中にしたかが、現状をよく考えれば、財政も考慮せずいたずらに、蒸気仕掛けの大業や鉄道など不急の事業はいったん中止し、まずは根本を固めて兵勢を充実せねばないもはん。だからと言って財力、民力の耐えられる限度を超えてはならぬ。国民が緩やかに耐えられっ範囲で、徐々に行なうようにしもそ』

戊辰戦争が済んだ段階で、朝鮮への出兵、すなわち征韓論を木戸が発議し、大村益次郎や岩倉具視らは朝鮮出兵を計画していた。これは取りも直さず、これを機に中央直轄軍を創設して天皇制を確立し、反対勢力を対外に向けさせようと企図されたものであったが、西郷はこれを厳重に戒めた。次の西郷南州遺訓は、この時の意見であった。

『常備の兵数もまた会計の制限に由る。決して無限の虚勢を張るべからず。兵気を鼓舞して精兵を仕立てなば、兵数は寡《すく》なくとも、折衝防禦《せっしょうぼうぎょ》ともに事欠くまじきなり』

西郷は現下の日本国内の実情は、戦争で人民は困窮《こんきゅう》し飢えている。まずこの解決が先であると切言した。いずれも至極尤もな意見で、岩倉、大久保他すべて了承し、会談は順調に進んで西郷は上京することに決した。

岩倉勅使から朝廷への出仕を命ぜられた島津久光は、勅旨はお受けするが健康が優れないので、上京は延期して頂きたい。その代わり西郷を遣《つか》わすことにすると返事をした。

先には鹿児島藩主・島津忠義に三顧の礼をもって迎えられ、いままた、朝廷より三顧の礼をもって迎えられる。臣下としてこれほどの栄誉はなく、いずれも断わることは出来ないけれど、西郷の本心は断わりたい一心であったに違いない。大久保は、

『せごどんは、いつも仕事を中途で放りっぱなして、自分だけ一人で帰ってしまう』

と、言って無責任だとそしる。

確かに彰義隊の戦さの後、藩主と共に帰ってしまったし、奥羽の戦さの後もそうであった。箱館での戦さの後、東京に駐留することを求められたが、兵を率いて帰っている。後始末は全部大久保に任せて故郷の温泉に浸かっていては、大久保の嘆くのも無理はないが、西郷には新政府のことや今後に起こってくることは総て見えている。

世情が見えにくくなればなるほど、巨眼は冴えて見誤らない。その目は天が自分に与えた仕事か否かの一点に集中する。官位も金も命さえ要らぬ全くの無欲になってすべてのものを見る。今政府の首脳と会って意見を聞くに及んで、「これを最後の仕事として行かねばなるまい」と決心した。

本来、自分は一個の農夫となって、鳥を撃ち猪を追う毎日を送り、世の行く末を観ることの方が性分に合っている。夜は日当山の温泉に入って、撃った獲物の肉を焼いて肴《さかな》として舌鼓を打ち、一杯の酒に酔う。これこそが極楽ではなかろうか。

「今は世捨て人となって山間に隠れたい」

それが本心であった。

実際、西郷は賞典禄二千石も、鹿児島藩の参政としての給与も、藩政改革の費用に差し出している。手元に残るのは何ほどもない。それで満足し事足れりとしていたのであった。故郷の山河を後にする西郷は、

『東京には行きたくない。これが斉彬様に対する最後のご奉公だ』

重い心を抱えて、あたかも痛む足を引きずるような苦渋の決心を固めての門出であった。

其の二　西郷上京

明治四年一月三日、岩倉勅使に従って鹿児島を出帆、五日の夜には長州の三田尻港に着いた。翌朝、上陸して七日には山口に着き、木戸らと協議をして今後の協力を約束し、藩知事の毛利敬親に拝謁した。毛利侯も久光同様、健康が回復すれば参朝すると確約した。西郷は薩摩と長州に加えて土佐とも協力関係を結ぶことを木戸に提案すると、直ぐに賛成するとの返事であった。岩倉は帰ったが、西郷、大久保、木戸、山県は土佐の高知へ向かった。板垣に会って相談すると二つ返事で快諾した。板垣は藩知事の山内豊範侯に拝謁して、事の次第を報告すると、知事も全面的に同意して、板垣の政府入りも承諾した。

何事も順調に進んで一月二十一日には西郷、大久保、木戸が先発し、二十三日には板垣が高知の浦戸を出港し、兵庫で落ち合った一行はニューヨーク号で横浜に向かい、二月一日、無事に横浜港に入港した。一日休息して二日に東京に入った。

西郷は東京へ来て見て余りの変貌《へんぼう》に驚いた。今は皇居となっている元の江戸城の周りにあった、大大名や大身の旗本の屋敷は取り除かれ、太政官の各省庁の建設の真っ最中であった。残っている屋敷は政府首脳の居宅として宏壮《こうそう》な作りに模様替えされている。

馬車から降りてくる顔に見覚えがあった。向こうも覚ったのか、極まり悪さを隠してちょこんと礼をして屋敷へと消えていった。

『あれは確か土佐の高木どんであろうが、偉くなったもんじゃな』

感心しながら少し歩いて築地へ行くと、瀟洒《しょうしゃ》な洋館が立ち並んで外人居留地になっている。

ここへ来るまでの銀座から日本橋へかけては、昔に倍する人出で賑わっていた。

『東京はどえらい変わりようじゃ。おいがここを去ったのは明治二年の六月であった。たったの一年半しか経っていない。人は世につれ世は人につれと言うが、こいでは人の心もえらく替わっているはずでごわそ。おいは元々騒動しいのは好かん。こりゃ大変じゃ』

西郷は早くも前途を危うんでいた。太政官へ出仕してみてさらに驚くよりも腹が立った。大隈や井上の噂は鹿児島まで聞こえていたが、三井組を始めとする豪商の手代が、我がもの顔で役所の中を大手を振ってのし歩いている。

『奴らはここを太政官と心得ていっのか。政治は神聖でなければならんのじゃ。ここは商法支配所ではなか。大隈も井上もその配下も、三井組の番頭ではなかか』

西郷遺訓に、この有様を次のように述べている。

『節義廉恥《せつぎれんち》を失《うしな》いて国を維持するの道決してあらず。西洋各国同然なり。上に立つ者、下に臨みて利を争い義を忘るる時は、下みなこれに倣《なら》い、人心忽《たちま》ち財利に奔《はし》り卑吝《ひりん》の情、日々長じ、節義廉恥の志操を失い、父子兄弟の間も銭財《せんざい》を争い、相讐視《あいしゆうし》するに至るなり。斯くの如く成り行かば何を以て国家を維持すべきぞ。（後略）』

西郷は新政府の関頭に立って日本の行く末を憂慮《ゆうりよ》した。

『新政府の草創から政府の大官以下、飴に集まる蟻のごたる。どげんすべきか。おい一人ではどげんもこげんも出来まいが』

明治四年二月八日、三条右大臣の邸に薩摩から西郷、大久保、長州から木戸、杉、土佐からは板垣、朝廷からは岩倉大納言が集まって、三藩が一致協力して朝廷をもりたてる決意を確認し、そのために三藩から兵力を出すことを協議した。西郷はこの席で、

『朝廷をお守りするための出兵の話は出来もしたが、おいは諸藩からも人材を新政府に登用して政府を一新したか思いもす。こいは困難のように思われっが、さして困難ではなかと思いもす。また、朝廷の方針に従わない疑いのある藩は、この三藩の兵力で征討すべきでごわす。これも困難なことではなか』

同席する者はみな怪訝《けげん》な顔色であった。特に木戸は、

『薩摩の田舎から出てきて、東京の事情も知らずに高言するが、実地に臨んだら簡単でないことが解るだろう。鹿児島では思う存分振る舞えても、ここではそうはいかんのだ』

特に疑いのある藩とは長州を指しているのではと思い、たまりかねて説明した。

『長州藩では未だ反乱鎮定に至っておりませんが、これは何としても山口藩で処理したく、兵力を差し出すことを今しばらく猶予して頂きたい』

『木戸さぁ、ご心配に及びません。決まった以上は一刻も早く兵を出し、その兵力で討伐すればよか。なんならおいが兵を率いて参ってもよか』

戦さに臨んでの西郷の剛勇は知れ渡っている。この席でも西郷の決意の当たるべからざる勢いに全員呑まれてしまうと共に、西郷の今度の上京に賭ける意気込みがひしひしと肌に伝わってきた。

『西郷さんは、久しぶりに今度はやる気満々じゃのう』

西郷にこのように押し切られた木戸はやりきれない。木戸はこの時、討幕のために薩長同盟からの歴史を語り、長州藩内の窮状《きゅうじょう》をくどくどと話し、しまいには涙を流して愚痴《ぐち》ったと言われる。

ともあれ会議は西郷の意見通り決定し、二月十三日、正式に三藩に下命された。

薩摩からは歩兵四大隊、砲兵四隊、長州からは歩兵三大隊、土佐からは歩兵二大隊、騎兵二小隊、砲兵二隊、総兵力約八千人であった。

西郷はさっそく鹿児島に帰り、城下の常備五大隊と砲兵隊のうちから親兵を組織し、総ての兵が東京に着いたのは四月十五日であった。西郷は藩知事・島津忠義侯に従って二十一日に東京に着いた。

板垣は兵と共に上京し、五月十八日に東京に着いた。

長州の兵は六月中旬になって、ようやく東京に到着した。木戸は藩知事・毛利敬親公が三月二十八日に亡くなったので、その善後処理を理由に上京して来なかった。これには西郷と木戸との軋轢《あつれき》が絡《から》んでいる。

西郷が鹿児島へ帰る前日、新政府は鹿児島、山口、熊本の三藩に、二月頃から豊後《ぶんご》の日田地方で盛んになっている反政府士族の鎮圧を命じ、陸軍少将四条隆謌を派遣して指揮を執らせた。山口、熊本の藩兵はすぐに駆け付けたが、鹿児島藩兵は一ヵ月近くなっても到着しないことを木戸は疑った。木戸は婦人が邪推するような思案を繰り回すのが特徴である。頭が良いだけに、一度疑えばなかなか晴れない。

西郷とすれば大軍の出兵のために、船の用意が出来ずに手間取っていたのだ。三条、岩倉もこの事情は知っていて、木戸に手紙を送って他意のないことを書き、それより早く上京して政府のために尽力するよう懇望《こんもう》するが、それでも疑いを晴らそうとしない。木戸の疑惑がここまでこじれると、西郷とてどうにもならない。

『一蔵どん、おいが悪か。おいが山口へ行って木戸さんに謝って来もす』

『いや、せごどんが行ったとて、木戸さんの疑いは晴れもさん。そいよりおいが行くことにしもそ。そん時に、おはんの代理として慎吾どん（従道）と一緒に行くことにしもそ』

『一蔵どんにはお世話をお掛けしもす。こん通りです』

西郷は大久保に深々とお辞儀をした。

大久保は三条、岩倉と会い、自分が山口へ行き、腹を打ち割って話し合うほうがよいと説明して了解を取り、五月十二日、山口に着き、木戸と十分話し合った。かくて木戸も気を取り直し、上京することに決して、五月二十八日、東京に着いた。

これでようやく薩摩、長州、土佐の三藩の実力者が揃い、新政府の今後の施政方針についての協議に入った。西郷はここで口火を切った。平生は無口の西郷の発言に、皆は顔を見合わせて驚いた。西郷はこれが最後の御奉公との決意を秘めている。

『諸参議の方々から出されるご立派な議論を議論倒れにしてはなりもはん。そんために、参議を一人として、そんお方に全権を委任し、他の者はそれに協力する体制をつくらねばならんと考えもすが、如何でごわすかな』

西郷と言う人は、いったん心に決するところがあると、まことに緻密な根回しをする。腹黒い、謀略家と言われる所以《ゆえん》である。西郷は滅多にこんなことをしないから余計、人は驚く。

すでに六月一日、大久保に説明して了解を取り付けている。その後、大久保と二人で要路を回って了解をとり、最後はご丁寧にも山県から木戸を説得させていた。

『どうでござろう。おいは木戸どんが最適任と思いもすが』

西郷の根回しは完璧である。この種のことをやらせれば、平素は大まかなように見えているだけ、緻密な根回しが生きてくる。そして障害に突き当たれば、命を捨てて相手の腹の中に飛び込んで行くのが西郷の流儀である。誠心誠意を秘めたあの巨眼で迫られたら、誰であっても押し切られてしまう。

木戸は西郷の意中を疑っている。

『西郷の言うことは間違っていない。だが、満天下で西郷の人気に勝る者がいるであろうか。西郷こそは最適任者ではないのか。それなのにこの木戸を指名するとは何かある』

何度も言うようだが、木戸の脳細胞は複雑に出来上がっている。木戸はすでに廃藩置県を三条、岩倉に説いた時、岩倉は時期尚早《じきしょうそう》であると言い、大久保も同意見であった。木戸は西郷のむねの内が解らない。こんな大問題を控えているこの時に、参議に推そうとするのは何かあると取るのである。木戸とはそんな人であった。

政府首脳が集まって、西郷の提言を巡って折衝《せっしょう》やら会議が続けられ、結局、明治四年六月二十五日、西郷と木戸が参議になり、他の諸参議、各省の卿、大輔は外務省を除いて全員辞職した。総辞職したのである。

その後の人事について木戸参議は力説した。

『まず現行の制度では名のみあって実はない。これの変革を断行しなければならぬ。また官制も大改革して政府のよって立つ所、すなわち政府の根底を確定し、その後に人事に及ばねばならない』

それなのに、二十七日には早くも前参議大久保利通が大蔵卿に、同大隈重信が大蔵大輔に任ずること、その他の人事が木戸の同意なしに発表された。これを聞いた木戸は憤慨《ふんがい》し、三条右大臣、岩倉大納言、西郷参議を前にして、自分の廃藩置県に対する経綸《けいりん》を詳細に述べ立てた。

さらに西郷に向かっては、去る昨年十二月、岩倉勅使が鹿児島、山口に来た時以来を回顧し、今回のこの仕儀に至るまでを長々と、詰問調に責め立てた。三条も岩倉も西郷も一言もない。

木戸は最後に西郷に詰め寄った。

『西郷さん、このなされ方をもし貴方がされたらどうしますか。貴方は私に対して不審を覚えるでしょう。私は貴方の態度に不安を覚えたとしても、無理はありますまい』

西郷は大きい体を小さくして謝った。言い訳など一切しないでただ謝った。

『木戸さん、おいが悪か。こん通り謝りもす。今おはんの廃藩置県について、根本的な改革の主意を聞かせて頂いてよく分かりもした。おいの考えが足りなかったのでごわす。許してくいやい』

西郷は額に噴き出す汗を拭いもせずに謝った。木戸はたちまち疑いを晴らした。

木戸は日記に書き付けた。

『我論の忽《たちまち》に彼の心腹に入るを覚う。西郷の心余の心に徹し、覚えず感嘆せり』

文中「彼」とあるのは西郷のことである。（井上清著「西郷隆盛」より）

この後、木戸は西郷の態度を大隈にも伝えて誉めている。三条邸で再び西郷に会った木戸は、日記に「この人の主意甚だ篤実なり」とも書いている。（井上清著「西郷隆盛」より）

西郷の大度量を語るに、これ以上の挿話《そうわ》はなかろう。

西郷は自分の誤りや足りないところを正当に批判されれば、率直にその言に従うのである。誰にも出来る芸当ではない。立ち所に相手を得心させてしまう大器量は誰もが持てるものではない。

およそ艱難辛苦といわれる艱難を乗り越えて体得しえた誠心誠意が、さながら春が来て水が温むように、自然と相手に伝わり相手を納得させてしまうのだ。

巨眼は大きく開眼されている。西郷は迷わずゆっくり前に向かって往くだけであった。

其の三　西郷の一言

西郷は木戸の説明を聞いて廃藩置県を了解した。この後、山県が西郷に廃藩置県を説くと、即座に同意した。

廃藩置県と一口に言うがこれが発表されて、全国の不平士族が騒ぎだせば、この難度は伏見鳥羽の戦いよりも、江戸城無血開城よりもなお大きく想像もつかない。これの計画や実施に当たっての方法を立てるのは簡単であるが、実行に当たっての覚悟や決意は誰であっても躊躇《ちゅうちょ》する。三条、岩倉らの公卿は全然頼りにならぬ。木戸、大久保とてどうにもならぬ。ましてそれ以下の者では何の助けにもならない。

新政府は旧幕府の勢力をほとんど整理しているとはいえ、依然として鹿児島藩、紀州藩、加賀藩などの大藩は、近代装備の軍隊を維持してその勢力は侮《あなど》れない。

それに引き替え新政府は、強力な軍隊を持っていない。当てにしている鹿児島藩でも、久光公の意向次第ではどうなるかも解らない。政府首脳の危惧《きぐ》は、実はここにあったと言って過言ではない。

現実には不平士族の反乱は、今も全国で起こっているし、政府大官の暗殺は後をたたない有様《ありさま》である。士族の反乱だけではない。戦争で疲弊《ひへい》した民衆の一揆は激しくなるばかりである。

悲観的なことばかりでもなく、明るい見通しもあるにはあった。欧米に倣《なら》って発達しだした商工業は、次第に藩の枠を越えた国民経済に発展し始め、彼らがしっかりした中央集権政府を希望してきたし、小藩では藩の政治を運営してゆく能力も自信もなくなり、一切の負担を中央政府への肩代わりを要望する声が高まってきていた。また、各藩でも有能な家臣は中央政府入りを望み、続々と東京に集まってきている。これらは確かに廃藩置県を可能にする要素でもあったが、断行する決意を固めさせるものではなかった。

廃藩置県はハッキリ言って、大名の領地を奪うことであれば、ほとんどの大名も藩士たちも抵抗するのは確実である。だからこれは絶対秘密のうちに朝廷より下令されねばならない。うっかり洩れでもしたら大変なことになる。

それやこれやで、政府首脳の苦悩はもはや極限に達していた。この会議の席では瞬《また》きもせぬ巨眼を備えた西郷が、腕を組んで一言も発せず、無言で端座しているのは不気味でさえあった。長州の山県が西郷の胸の内を再度確かめた。

『西郷さん、もはやこれ以上会議を続けていては、廃藩置県の件が洩れる恐れがあります。如何なものでしょうか』

『おいの方はいつでもようごわす。木戸さんさえよければ、いつでもよか』

山県は飛び上がる思いであったと言う。

いよいよこの件について最後の会議が開かれることとなった。

明治四年七月九日、九段上にある木戸の邸で、廃藩置県に関する秘密会議が開かれることになった。この日は大暴風雨であった。西郷は弟の従道と甥の大山弥助（巌）と連れ立って濡れ鼠になって出掛けた。大久保も山県も井上聞太（馨）も全員揃って会議が始まったが、ここで大久保と木戸の間で大論争が起こった。大久保は、

『廃藩置県の必要なことはおいも十分解っており、その時期も差し迫っているのもよく解っている。じゃっどん、今はまだ新政府に対する反抗が各地に起こっており、これがいったん公表

された暁は、それこそ蜂の巣をつついたようになるのは目に見えている。それの対策はまだ不十分じゃごわはんか。どげんすっど』

言葉鋭く詰め寄った。大久保にはこれを懸念するだけの根拠がある。先の版籍奉還では久光公を騙《だま》したことになり、後で気づいた久光公は機嫌をそこねて怒り狂っていると言う。今度再びこれが公表されれば、どんな事態になるか知れたものではない。大久保は腹の底から久光公の怒りを恐れていた。

『大久保さん、それはお互いです。もはや、この問題は避けては通れません。しかし、この後に起こる騒動は決して小さいものではないでしょう。私もそれを心から心配しているのです。どうすると言いたいのは私の方です』

二人の論争は、両藩の昔に遡《さかのぼ》って収拾のつかない激論となってゆく。新政府の二人の巨頭の喧嘩の仲裁には、誰であっても入れない。山県でも木戸は長州の大先輩であり、大久保は薩摩の重鎮である。他の者は西郷の顔を見て、「なんとかしてくれ」と言わんばかりであった。西郷は目を閉じてじっと聞いていたけれど、ようやく口を開いた。

『木戸さぁに大久保さぁ、おはんらの方で実施の方法、手順が整っていもすなら、何も心配はごわはん。暴動でん起これば、おいが兵を率いて鎮圧しもそ。心配なか』

西郷のこの一言で、二人の激論もぴたりと止み、周りの者もようやく愁眉《しゅうび》を開いた。大久保も同じく安堵の眉を開いたが、

『せごどんに任せば心配はなか。じゃっどん、おいにはその後の心配の方が大きか』

大久保は西郷を頂く軍部の力を想像して心臓が凍った。

廃藩置県は西郷のたった一言で決着したのである。

その翌日の十二日と十三日の両日にわたって、西郷、木戸、大久保らが参内して、廃藩置県決行を天皇に奏上した。天皇は弱冠二十歳前のお若年であられた。ご心配になられたのであろうか、西郷にいろいろと御下問になられたと言われる。この時、西郷は、

『恐れながら、吉之助がおりますればご安心遊ばされるよう』

はっきりと奉答したと言われる。

天皇はこの西郷の力強い言葉にどれだけ御安心なされたか、思うだに畏《おそ》れ多い。

明治四年七月十四日、廃藩置県の大号令が発布された。

これを知った大名、藩士らの驚きはもちろんだが、一般庶民の驚きも予想以上であった。

『廃藩置県ってどんなことじゃ。藩が無くなると言うことは、殿様がいなくなると言うことじゃろ。わしらは元々何もないからそのままじゃが、この先どうなるのじゃろ』

『廃藩置県じゃと、それでは余の領地はどうなるのじゃ。それよりこんなことを一体、誰が決めたのじゃ。断わりもなしに勝手なことをする。許せぬ』

『藩が無くなれば、藩士たる我々はどうなるのじゃ。禄米はどうなるのか、まさか取り上げるとは言うまい。それも取り上げると言うなら、城を枕に一戦あるのみじゃ。奥、そなたも覚悟をせよ』

今にも戦さが始まるかのような騒ぎであったが、西郷はこんなことに備えて、東京の御親兵以外に日本の東西に鎮台（部隊）を設置し、強力な軍隊を常駐させ、分営も双方二ヵ所に設置していた。この強力な軍隊組織が睨みを利かしている上に、剛勇の西郷が君臨しているとあって手も足も出なかった。実に何の抵抗もなく実施に至った。

鹿児島でこの大号令を聞いた島津久光公の怒りは爆発した。

『おのれ吉之助め、よくも計ったな。一蔵めも余が手元に置いて教育してやったのに、余の気持ちはよく知っていながら恩義の知らぬヤツじゃ。吉之助めは昔から余の意見に、何のかのと逆らうヤツであったから、島流しにして心を入れ替えさせたが、いまだに直っていないのじゃな。一蔵を抱き込んで計ったに違いなか。今度こそは手討ちにしてくれようぞ』

地団駄踏んで口惜しがったが、今や鹿児島藩の軍隊は版籍奉還以来、西郷の軍隊になってしまっている。一兵として久光公の麾下に馳せ参じる者はいない。ようやくにしてこのことが理解出来た久光は、自分の子供らや数少ない家臣らに命じて、住居となっている磯の別邸の前の海に船を出させて、一晩じゅう花火を打ち上げさせて鬱憤《うっぷん》を晴らした。

第十二章──征韓論

其の一　征韓論へのうねり

征韓論、すなわち朝鮮征討の議論は、明治六年に西郷隆盛一派によって、引き起こされたとするのが通説であるが、実はそれ以前から多くの人によって唱えられていた。

幕末期、有名なのは薩摩藩主・島津斉彬が大アジア主義を唱えて西郷の巨眼《うどめ》を開かせたし、吉田松陰は交易の損失を満州朝鮮の土地獲得で補おうと唱えた。橋本左内は満州、シベリア、朝鮮を併合しなければ日本の独立は困難であると論じ、現在の情勢では困難であるからロシアと同盟せねばならぬと説いている。

また勝海舟は、日本はアジア各国が連合し海軍を拡張して西洋に対抗せねばならないと力説し、そのためにはまず朝鮮との修交同盟を締結し、それを朝鮮が拒否するようならば、征討もやむなしとする征韓論を唱えた。

要するに、すでに幕末からこの問題は日本にとって避けて通れぬ問題であったから、明治維新が成功した暁には、否応なく朝鮮とのことが重大な政治問題になることは決定づけられていたと言っても過言でない。

明治維新後、最も早くにこの問題を唱えたのは木戸孝允であった。木戸はこれでもって中央権力を強化させ、不平士族の不満をそらすべきと考えていた。

明治元年十二月には早くも、対馬藩主・宗義達に命じて王政復古を朝鮮に通告し、中絶していた旧交を修復しようとしたが、朝鮮側は関心を示さず、単なる断わりの理由として、書契の形式が旧例に反するとの理由を掲げて受理しなかった。

日本側は明治二年十二月、また明治三年九月にも使節を送って修交に努力したがその効《かい》なく、遂に明治五年八月、軍艦をもって修交を迫ったが徒労に期していた。明治新政府も、かなり早くから辛抱強く交渉を続けていたのである。

当時、朝鮮では有名な大院君が排外鎖国政策をとっており、我が国の漁民や人民に危害を加えることもしばしば起こり、ここで西郷を首班とする内閣は、この問題を政治の議題として取り上げ、これを解決することにより、国力の進展と不平士族の不満に対処するために真剣に取り組むことになったのが、そもそもの明治六年の征韓論の本当の姿である。

ただこれが政府の役員の大半が外遊中であったこと、その外遊中には留守内閣は新規の事業を起こさないことが約束されていたのだが、そんな約束事には一顧だにせず、独自に決定した大問題に、外遊から帰った役員との間で意見の対立が起こり、折からの不平士族の動揺と重なり、両派が政治的主導権の争奪を巡って遂に国を揺るがす大事件に発展した。

したがってこの征韓論を論ずるときには、まず岩倉使節団と称する外遊から説き起こさなければならない。

其の二　岩倉使節団

右大臣・岩倉具視を大使とする政府役員、理事官、書記官、その他を含めて全部で百人を越す大使節団が、どんな理由で結成されたのか。

明治四年七月十四日に新政府の最大の懸案であった廃藩置県が、西郷の力強い推進力で断行され、政府の組織も内閣も一新し再編成された。

新内閣が第一に目指したのは、幕末に井伊直弼が諸外国と結んだ不平等条約を改正する必要に迫られており、まずは相手国との外交交渉から始めねばならなかった。

第二として近代国家へ脱皮するためには、各種制度を欧米並みに整備する必要がある。そのためには欧米の先進各国の視察が急務であると結論した。

条約改正については、井伊直弼の決めた日米通商条約には、

『今より（安政五年）百七十一ヵ月の後には、双方政府の存意を以て条約文を補い、或いは改むることを得べし。云々』

とあり、それが明治五年七月四日に迫っていた。これに対し、明治三年、新政府の外務省は省内に「条約改正掛」を設置して調査立案に着手していた。翌四年三月には内閣にも「各国条約改定掛」が置かれて参議の大隈重信が担当し、五月には日本側には、条約改正の意向があることを、各国の外交団に通知したが、諸外国の反応は、「日本はまだその時期ではない」と冷淡であり、改定交渉の前途はかなり困難であることが予想されていた。政府首脳は欧米諸国の対応に正当性を認め、

『国内整備をして国の体裁を整えねば、外交交渉も始められんですなぁ。我々はその前に欧米各国の事情をよく知る必要がありますぞ』

『先進国の文物を教えて貰うには、それなりの礼儀が必要であろう。ならば我が国も然るべき人物を立て、辞を低くして親善を旨とすべきじゃ』

今回は親善外交を主とし、併せて条約改正を行ない、各種事業の実際を見学調査しようと、盛り沢山な使命を帯びた使節団を編成することとなった。

親善外交ともなれば、外務省は訪問先の各国と緊密な連絡をとり、使節の目的、使節の官職氏名、会見交渉の日時場所、滞在に必要な日数その他をあらかじめ通知して予定を確約し、相手国の都合を勘案して遺漏《いろう》のないようにしなければならない。

また、先進国の各種事業の見学調査をする場合、外務省は各種事業の技術者を各分野から募集し、事前に各国へ通知して了解を取り付け、十二分に時間を与えて研究調査の任に当たらせるのが一般であるが、外交慣習《かんしゅう》に慣れない政府の対応は、実に幼稚《ようち》であった。

廃藩置県直後の明治四年七月二十九日には政府組織が大改革され、そのトップの太政大臣には三条実美が座り、参議には薩摩の西郷、長州の木戸、土佐の板垣、肥前の大隈が選任された。政府の実力者の大久保は大蔵卿となり、岩倉は外務卿におさまった。

明治四年八月二十日頃、参議であり条約改定御用掛である大隈は、今後の政局を左右するであろう条約改正問題を一手に処理して、内閣の主導権を握ろうと先手をうって使節団の派遣を発議した。大隈は新進気鋭の政治家で、薩摩や長州の先輩参議などほとんど無能視していて、自身は派手な政治活動を展開して全権首席大使を狙った。元々《もともと》言動が傍若無人《ぼうじゃくぶじん》で薩長勢力からの反感を買っていたが、ここで薩摩の大久保が大隈の前に立ち塞がった。

『条約改正は大問題じゃ。大隈の如き小わっぱに功を攫《さら》われては、今後の政治的主導権に差し支えが起こりもそ。岩倉どん、どぎゃんでごわす』

『大久保さんもそない思うてはるのか。麿も同感でっせ』

このコンビが組めば不可能ということはない。かくて大隈の野望は打ち砕かれ、代わりに岩倉使節団が結成され、大隈は居残りとなった。

大隈の無念は察するに余りあろう。ここでは省略するが、「大隈伯昔日譚」に詳しい。

しかし大隈もさる者、今後の政局の要《かなめ》は大久保と見て早くも擦《す》り寄っていた。

大隈を退けた大久保であったが、条約改正問題では失敗は出来なくなった。

『小わっぱを退けたが、条約改正では失敗は出来もはん。じゃっどん、おい一人が責任を負うこともなか。木戸さんにも行って貰って万全を期することにしもそ』

長州の重鎮、木戸を加える必要がある。

この頃、木戸は長い政治生活から引退したく、気楽に洋行したいとは思っていたが、大任を帯びる使節団に加わることを極度に嫌っていた。大久保にとってはこの際、木戸の都合なんか聞いていられない。木戸の側近である大蔵大輔・井上馨、兵武大輔・山県有朋、幕末からの木戸の子分の伊藤博文らを説得し、土佐の板垣に頼み込み、太政大臣・三条をも説き伏せ、西郷にも何度も足を運んで頼み、遂に無理やり木戸を承知させた。

大久保の政界での深慮遠謀《しんりょえんぼう》から来る暗躍は、正確無比の上、他人の思惑など斟酌せぬ冷酷凄絶《れいこくせいぜつ》なものがある。

使節団の正使には岩倉、副使には木戸、大久保、伊藤工部大輔、山口外務少輔、以下の使節団が結成された。西郷の信任厚い村田新八が加わっているのが目を引いた。随員、留学生、従者を入れると百人を越える。

この使節団が日本の横浜港を出港したのは、明治四年十一月十二日であった。行き先は一路、アメリカ合衆国首都ワシントンである。サンフランシスコ港には十二月六日に入港した。翌年の一月二十一日には無事にワシントンに到着した。

使節はアメリカ政府に対し条約改正の交渉に入ろうとしたが、肝心の全権委任状には、「条約改正の交渉及び調印の権限」が記載されていなかったので、アメリカ政府から使節へ交渉資格の疑問が提起《ていき》された。慌てたのは使節団の副使の大久保である。

『おいとしたことが、こいではまさに子供の使いではなかか』

大失態を演じた使節団は、さっそく、全権委任状を作成するため、大久保と伊藤が日本へと急ぎ帰った。当然、外務省ともいざこざがあって、二人がワシントンに帰り着いたのは六月十七日であった。早くもアメリカで五ヵ月近い日数を無駄に過ごしてしまった。

アメリカ政府には使節の無定見、軽率を見透かされて、時期尚早との印象を与えて交渉は失敗に終わった。

『おいはやはり外交は苦手じゃ。「生兵法は大怪我のもと」と言うが、これは難しいところへ差し掛かった。時期を見て帰りもそ』

大久保は、木戸の苦虫《にがむし》をかみつぶしたような顔を見るのが辛かった。

使節団の日程は十ヵ月半（うち各国滞在に六ヵ月半、旅行に四ヵ月）であったが、アメリカで予定の半分を費消し、だからと言って予定し訪問を通知した各国を省略することも出来ず、予定の日数を二十ヵ月半に延引しつつ親善旅行を続けざるを得なかった。

さて、日本に居残った留守内閣は、使節団とは違って廃藩置県後の内政改革を精力的、着実に推進していった。

一、封建的身分差別の撤廃。
一、徴兵告諭の布告。
一、地租改正の布告。
一、全国戸籍調査。
一、東京大坂間の電信開通。
一、近代教育制度創設。
一、裁判所体系整備。
一、新橋横浜間鉄道開通。
一、太陽暦採用。
一、国立銀行条令制定。
一、全国郵便制度実施。

等々、数え上げればキリがないくらいの改革が実施され、この他に計画、立案中のものを含めれば枚挙《まいきょ》にいとまがないほどであった。

何分、幕府を倒して王政復古を唱えた新政府は、政体を武家政治以前の状態にもどし、天皇を頂点に、その下に太政官代を置く旧態依然の政府で出発したが、これでは近代国家として世界に伍して行くことは出来ないと悟って、廃藩置県を断行し、それに続く構造改革に取り掛かったのであった。

廃藩置県後の構造改革の実践についても、大久保は深慮遠謀を巡らせていた。大久保の深慮遠謀と共に人使いのうまさは、あのうるさい久光に仕えて、磨きがかかり、真面目と誠意の塊で久光とは犬猿の仲の西郷との仲を取り持ち、維新を成功させた技量は更に磨きがかかり、まさに名人芸の域に達している。

人気は天下を覆い、その一言は大雷の如く人をして畏服《いふく》させ、慈眼をもってさし招けば、幼児もなつかせる西郷を内閣の首班に据えた今は、新政府の前に立ち塞がる難題の諸改革を成功させる絶好の好機であるとにらんだ。戊辰戦争の段階から早くも久光から西郷へと馬を乗り換え、ここに来て一気にゴール（内閣の実権を握ること）に駈け込む算段であった。

本来この構造改革を推し進めるためには、大久保が主導しなければならないが、廃藩置県後、かならず起こってくる士族の不平不満と旧主の島津久光の激怒は確実で、それを西郷に押しつけ、使節団に加わり難をかわしたのである。西郷は大久保よりも久光の怒りを買っていたからもちろん、知って引き受けたのだが、西郷の性格は困難を前にして利口に立ち回ることを許さない。

大久保は総てに抜かりなく手を打っていた。

廃藩置県後の構造改革は、大久保とてその難度は予想もつかない。同じく困難視する西郷を納得させるために、外遊を渋《しぶ》る木戸を連れ出すことによって、木戸とソリの合わない西郷の内閣運営を容易にさせることによって、西郷を説得し一任したのであった。その代わり西郷以下の留守内閣には人事の変更、新政策の立案実施は罷《まか》りならぬと釘を刺すことも忘れなかった。

大久保は政府に残った西郷の政治姿勢は、堯舜《ぎょうしゅん》の政治を模範とし、孔孟《こうもう》の教える儒教《じゅきょう》をもって人倫の指針として政府役人を律しようとするもので、その手法は、高邁な精神で政府の役人大官には、驕奢を戒め、無私無欲を強調することであり、留守内閣の首班としての認識は世界の大勢に遅れまいとする気概だけは十分だが、今後の複雑な政治運営、言い換えれば政界運営の核とも称される裏工作の才能は皆無《かいむ》と見ていた。

大久保としては西郷はすでに過去の人として、今度の改革を進める内閣の重石《おもし》であれば十分で、それさえ済めば無用の人と割り切っていた。

実際、西郷は日本が欧米諸国から取り残されずに、構造改革を推し進め、併《あわ》せて高邁な人倫の道を踏まえて前進するために全精力を傾けていたが、その改革の後に待ち受ける幾多の難問に対する処方によく対処できる人ではなかった。

留守内閣の閣僚たちとしては、維新第一の功臣であり人気は天下を覆い、清濁《せいだく》合わせ呑む西郷を後ろ盾にすることで、新進の大隈や井上、江藤たちは、うるさい大久保や木戸はおらず、まったく自由に構造改革に取り組むことが出来た。

構造改革は進み、新しい施策はどんどんと打ち出された。次から次へと繰り出されてくる案件に、西郷は一応の説明を受けるだけで精一杯でなかったろうか。十二分に理解するまでには至らなかったと思われる。それでなくとも西郷は郷党の誰かれからともなく、押し寄せる猟《りよう》官《かん》攻勢に忙殺《ぼうさつ》され、就職の斡旋《あっせん》に汲　々《きゆうきゆう》としていたのであった。

留守内閣で困難な構造改革の実際に立ち向かい、テキパキと改革を進める若手の大隈や井上に代表される政治家たちは、大久保の新規の事業は控えることとの達しには、

『欧米諸国と条約改正も出来ないで、のうのうと外遊旅行に大金をはたいている使節団のヤツらの言うことなど聞けるものか。人事はいかん、新政策の立案、実施がいかんなどを忠実に守っていてはこちらの頭も腐ってしまうわい。ええ加減にせんかい。役人を督励《とくれい》し、寸時も休ませては政治は停滞する。これでは何のための御一新か』

こうして彼らは張り切る。まずは司法卿の江藤新平が頑張りだした。江藤は留守内閣のこれ

までの改革にも積極的に活躍をしてきたけれど、その改革によって成立した制度を実地に運用して行く過程において、法律に拠る規定が大まかなものでは、将来に禍根《かこん》を残すことを予見して、司法制度の確立を狙った。

まず司法省自体の制度の確立と権限の確定を制定した。江藤はこの制度と権限を十二分に活用し、政務全般にわたって権力を揮《ふる》いだし、これで足場を固めた江藤は、これまで各府県の手中に握られていた裁判権の回収につとめ、これの統一を計った。

当時は地方官の主要な任務は徴税であり、彼らを大蔵省が管理している関係から裁判権は地方官に委ねられていたから地方の訴訟、裁判は大蔵省の管轄であったが、江藤は「司法職務定制」を制定し、各府県に裁判所を開設して、人民がその地方裁判所へ訴訟し、地方裁判所や地方官の裁判に不服のある者は司法省裁判所へ出訴してもよいと、現行の裁判に近い司法省達を発布した。これはハッキリ言って外遊後の大久保の専任事業であり、大蔵省の所管に踏み込んだことになる。帰国してから大蔵省を整備して政府の実権を握ろうとしていた大久保は、これを知ってその腹の中は煮え繰り返っていた。反面、江藤の得意はまさに絶頂であった。

其の三　士族の不平不満

新政府がこれらの構造改革を進める過程で、最大の障害として立ちはだかり、最大の懸案でありながら、不気味な鳴動を繰り返しつつ、未だ噴火に至らぬ大山塊を仰いで恐れ戦《おのの》いている大問題があった。それは今度の構造改革によって、封建的身分差別の撤廃を実施した後、必然的に起こる士族の特権と世襲制であった武士の「常職」の解消撤廃によって、現実に起こって来る全国に二百万人はいると言われる士族の不平不満であった。

判りやすく言えば、士族は家禄と職を失い生活出来なくなるのだ。武士でなくなれば禄を失うし、徴兵制の実施によって、士族が本来の任務としてきた軍人即国防が、百姓町人に奪われることになる。構造改革の全貌がハッキリしてくると、全国の士族の不平不満は次第に高まって来ていた。留守内閣はこれに善処しなくてはならない。もちろん、軍の頂点に立つ西郷にとってはもっとも身近な大問題である。

新政府はすでに士族に対し秩禄を与えることによって、一応の沈静化を計っていたが、秩禄に要する予算が政府を苦況に陥《おとしい》れていた。このため、明治五年二月、政府は華・士族の秩禄処分に着手することになった。明治五年度の政府の地租収入が約二千万円でその八割が秩禄、賞典禄に消えてしまう。明治六年には地租税収も確定し、約六千万円に増えたけれど、やはりその三割方はそれに当てなければならない。

これではとうてい政府の財政を賄《まかな》えないから、大隈参議と井上大蔵大輔は秩禄処分を立案し、明治五年二月には現在の秩禄の三割は削減《さくげん》し、残りも六年間は支給するが、以後は打ち切りとし、それに要する財源の一千万円は外債で賄うとの案を立てて政府の承認を得た。

この承認は、政府を仕切る西郷の責任に帰することは言うまでもない。しかし、これは士族の代表をもって任じている西郷にとっては大問題であった。西郷はようやく自分の置かれている位置は、引くに引けない断崖絶壁にいることを痛感していた。

財政に明るくない西郷は、身分制度改正や家禄廃止について、財政に明るい大隈や井上から、それらの実施の後に起こる財政対策について、どのように説明を受けていたのかと疑う。金銭のことには綺麗すぎるほど恬淡《てんたん》とした西郷など、うまく丸め込むのにそう時間が掛からなかったのではと思える。

ここに西郷が、一時アメリカから帰国していた大久保に明治五年二月十五日付けで出した手紙がある。少し長くなるがその要点を書いてみよう。

『旧藩の外債負債はすべて始末を付け候ところ、案外三百万にて留《とど》まり、大幸の事に御座候。今日より藩札引き替えの布告相成り居り候あいだ、是を引き換え相済《すま》し候えば、又一つ苦情もこれあるまじく、其の機会に乗じ家禄消却の方法相立て、大蔵省より申し立て候につき、三千万だけ米国より借り入れ候つもりに相決め、吉田差し遣わされ申し候。(中略)、この機会失うべからず、両全の良法と存じ奉り候。(以下略)』

この文章からも、西郷は士族の秩禄廃止には理解を示し、積極的であったことが判るが、あまりにも楽観的に考えているように思える。恐らくこのために引き起こされるであろう士族の猛反対の規模を予期していたとは思えない。

西郷は鹿児島県内の士族のためには、自身も質素を旨とし、皆にも乏しきを分かち合うことで沈静化を計ったが、これとて一時しのぎの感が免《まぬが》れない。今や内閣の頂点に立って、西郷の単純な処方では、全国の士族の不平を抑えることは出来ない。秩禄廃止の後にくる士族の生活に同情はしていても、澎湃《ほうはい》として起こってくる怒濤のような不平不満に対する対策は何一つ出来ていなかった。

さらに秩禄を失った士族の最後の拠点である軍隊が、一般徴募兵に取って代わられる事態を、戊辰戦争の余韻《よいん》の覚めやらぬこの時期に、すんなりと士族の沽券《こけん》と意地を捨てて見送るなどとは考えられるはずもなく、西郷の苦悩は募《つの》るばかりであった。

確かに内閣の首班である西郷としては、不平士族には誠意を示して了解を求め、それでも駄目なら、命を捨ててでも彼らの犠牲になることで理解して貰う、これまで同様の手法での解決を望んでいたのだろうか。ともあれ西郷は、旧大名であった華族、武士であった士族の慰撫のために奔走した。

その始めは、明治天皇の西日本の巡幸であった。

西郷が随行責任者となり、明治五年五月二十三日、東京を海路出発した。軍艦九隻を連ねて文武の大官七十余人、近衛兵一小隊、お召馬二頭の大所帯であった。その目的とするところは、廃藩置県を断行した天皇の尊厳、人民への仁慈と政府の威信を示すものであったことはもちろんだが、今なお、鹿児島にあって廃藩及び政府の欧化政策に不満を示す島津久光の慰撫にあった。西郷、大久保といえども久光には頭が上がらないばかりか、今では久光にとって二人は逆臣になっている。

西郷は馬上の明治天皇の後に続いて徒歩で供奉した。大将の軍服を着て、腰に白い兵児帯《へこおび》を巻いて大刀を差していたと言われる。天皇は鹿児島城で久光とご対面になった。久光は十四ヵ条の建白書を提出し、欧化政策を推進する現政府を非難し、最後には西郷、大久保の二人を政府から外すように進言したと言う。西郷をこよなく愛される天皇は、どのように思われただろうか。

この行幸中での西郷の有名な逸話がある。

『長崎に寄港した時のこと、或る者が陛下の召されている洋服の廃止を請う旨の建白書を奉った。徳大寺宮内卿より西郷参議に伝えられたが、西郷参議は一見するなり、

「世界の大勢を知らぬか」

と大声で叱り飛ばし、

「苦情は幾らでも拙者が引き受けてやるから、皆拙者のところへ寄越して頂きたい」』

意気軒高《いきけんこう》に言い放ったと言う。また、「明治天皇記」にはこの事件を、

『隆盛、県民某《ぼう》を引見し、大喝《だいかつ》して曰く、汝《なんじ》未だ世界の大勢を知らざるかと、其恐懼《きょうく》して退けりと言う』

簡潔《かんけつ》だがはっきりと記載されている。

天皇に供奉して鹿児島に下った西郷だが、旧主の久光を訪問することも出来ずに、重ねて久光を怒らせることになってしまった。

西郷が亡父の借金をようやく返したのはこの時である。

西郷は決して因循姑息《いんじゅんこそく》な保守的な人種でなく、世界の大勢を弁《わきま》えた新しい政治家であった。この後、数年して西南戦争を起こすが、それを以て反政府主義者だとか、政府転覆を狙っていたとかの評価は恐らく西郷が城山で戦死した後での一部の史家の悪評であろうが、それは余りにも西郷のここに至る苦悩に、思いを致さぬ皮相な公平を欠くものと言わざるを得ない。

天皇一行が四国丸亀に寄港していた時、西郷兄弟に急ぎ帰京せよとの連絡があり、天皇に先行して東京に帰った。

東京では西郷の後任として近衛軍長官に着任した山県が辞表を出す騒ぎが起きていた。近衛軍は天皇直属の軍隊として、陸軍の主柱を自負し意気盛んであった。特に近衛軍の中核は薩摩出身者であり、そのほとんどは西郷の親衛隊の感があった。西郷が内閣に出たために長州の山県が長官になってから、彼は旧藩以来の同志的結束を意図し、士官・兵の区別を鮮明にして階級差・給与差を導入する官僚的な方針を打ち出したが、同志的結束の薩摩系軍人が了解するはずはなく、たちまち藩閥《はんばつ》的対立へと進展していった。この緊迫した空気の中に、山県をめぐる

陸軍省汚職事件が発覚し、薩摩系と土佐系が団結して山県に辞表を提出させるまでに追い詰めたのであった。

其の四　波瀾の政局

山県とは高杉晋作の下で奇兵隊の総督をして、尊皇攘夷の昔から明治維新の成立まで、数々の戦さを戦って来た長州の古強者であり、高杉の亡き後、長州陸軍を代表する広沢兵助と大村益次郎が相次いで暗殺され、新政府の参議であり長州陸軍の代表であった前原一誠は木戸と意見が合わずに故郷に帰り、次々と先輩が姿を消す幸運に恵まれて、新政府の陸軍大輔に進み、西郷が内閣に出た後、遂に近衛軍の長官に出世した幸運児であった。

兵部省を牛耳る山県に、奇兵隊時代の同志である野村三千三は、今や山城屋和助と名をかえて、兵部省御用商人となり、軍需品の納入を一手に引き受けて有力な豪商になっていた。和助はここで一気に巨利を得ようと生糸相場に乗り出した。

『おい狂介、兵部省には金が余ってるだろう。十五万ドルほど貸してくれ。礼はたっぷりさせて貰うし。お前には心配はさせない』

『三千三、貴様にはまだ前の残りがあるが、いつ返せるのか』

『お前も気の小さい男よのう。高杉さんと奉行所へ斬り込んだ時の勇ましさはどこへ行った。今までもきちんきちんと返しているではないか。心配するな』

山城屋から賄賂《わいろ》を貰っている山県は断われない。

『よかろう。仕方のないヤツじゃ』

山城屋はお決まりの相場に失敗し、再度、名称の変わった陸軍省から、金を借り出し挽回《ばんかい》を計ったが、共に失敗して、六十四万九千円余の公金を費消してしまった。それにも懲《こ》りずに、今度はフランス商人に生糸を直接販売して一挙に損金を取り戻そうと、またも陸軍省から金を引き出して、フランスへ渡ったが、何を思ったのか、パリでは派手に遊び回って散財を続けた。これが駐在外交官の耳に入り、遂に近衛軍の中村半次郎少将の知るところとなった。往年の人斬り半次郎の血は騒いだ。

『許せぬ。今すぐ兵隊を連れて山城屋を取り囲み、和助を引き摺《ず》り出して山県と対面させ、事実なら即座に山県を叩っ斬る』

言うなり、大刀を摑んで駈け出そうとする。驚いたのは近衛軍の士官たちであった。すぐに篠原国幹少将を呼びにやり、中村の暴挙を留めさせた。篠原は、

『半次郎どん、おはんな山県を斬るのは易いこつじゃが、まずはせごどんに一声かけなされ。せごどんがよかと言うなら、おいはなんも言わん』

『せごどんがよか言うはずはなか。責任はおい一人が持ちもす』

『そいもよか。じゃっどん、長州と喧嘩になってはせごどんが困りもそ。おはんがそれでもやると言うなら、おいはせごどんに断わって兵隊を出さんぞ』

結局、これを司法卿の江藤が聞き込み、半次郎の暴挙は司法権を無視したものであると説明し、この件は司法省で処理すると約束してようやく治まった。一方、司直の手が伸びて絶体絶命の窮地に追い込まれた山県は、山城屋和助には明治五年十一月二十九日、陸軍省の一室で一足先に自殺されてしまい、まったく身動きが取れなくなっていた。

それは西郷が明治天皇に供奉して西日本を巡幸中であったが、急ぎ東京に戻ってこれの解決

をつけ、山県は救われたのであった。

西郷は兵部省改革には是非とも山県の存在は欠かせないものとし、近衛軍中でも維新の戦乱を潜り抜け、西郷と共に明治新政府を創った自負を振りかざす薩摩系軍人の横暴を、山県に任せていたのは自分にも一半の責任があるとして不問に付したのである。西郷のこの処置は、陸軍の改革を任せられるのは山県の他にはいないとはいえ、余りにも甘すぎると言われても仕方はあるまい。

今後は山県に任せるわけにも行かず、自分が今まで通り近衛軍を掌握し、新たに陸軍元帥・近衛都督となって山県には陸軍大輔として任務を全《まっと》うさせることで解決した。

近衛軍内部では、今までも薩摩、土佐、長州と旧藩閥で対立し、常に悶着《もんちゃく》を起こしていた。特に西郷でさえ「破裂弾中に昼寝致し居り候」とまで言わしめたほど、中村半次郎少将を頂点とする徴兵反対を唱える暴れ者の多い薩摩軍人には手を焼いていたのである。

西郷も近衛軍は早晩、解隊しなければと自らも考え、大久保にも洩らしていた。

山城屋事件は一見、それは明治初年の陸軍省の事件のように思われがちだが、征韓論、西南戦争へと続く大事件の導火線でもあったのだ。

山県は明治五年十一月二十八日、政府に「徴兵告諭」を発した。

これを立案し施行してゆく山県ら陸軍首脳は、新国軍建設計画について詳述した「四民論」と題した論文を正院に提出した。ここでは戸主以外の士族と卒、及び手作り地主や自作農上層の二、三男のみを徴兵の対象としていたが、正院から審議するよう回付された左院は、身分を理由に差別するのは、四民平等の理念に反すると陸軍省案に反対した。一説には左院の薩摩閥、土佐閥が山城屋事件で、汚職まみれの山県案に反対したとも言われるのも尤もだが、それよりも左院に存在する江藤の民権尊重、法治を優先した精神が、反骨をもたげたのであろうと思われる。当然、慎重審議を要求した。

山県は山城屋事件で、西郷よりも危険な近衛軍の破裂弾の導火線の上に寝ているような危機感の中でもがいていた。

『わしはここで薩摩、土佐系の暴れ者と差し違えている暇はない。せっかく、西郷さんに助けて貰っているのに、わしの案を通せば半次郎に今度は斬られる』

かくて四民平等の国民皆兵案が決定した。時に明治六年一月十日であった。

ここに出てくる正院、左院、右院について大略説明をすると、明治四年七月二十九日、廃藩置県に伴って太政官職制も改定され、太政官は三院制を取ることとなった。

左院は立法府、右院は各省の長、次官が集まって事務を審議する所、正院は天皇が臨席して万機を総覧する最高官庁で、太政大臣、左右大臣、参議がその構成員であった。明治六年五月二日の太政官職制がさらに改正されて、立法、行政の両権も左右した。

其の五　明治六年の政変

外遊内閣が去った後、留守内閣が行なった構造改革の反動が、早くも明治五年中ごろから起こってきた。永年馴れ親しんだ生活慣習が、次々と打ち出される新しい政令になじめず、一挙に変化を余儀なくされて右往左往する民衆は、幕末から続く不景気で生活そのものの不安が深刻化してくると最後は暴動となってゆく。各地で新法反対、地租改正反対、徴兵反対等々が起こってきた。士族ばかりか一般民衆にまで騒動が広がってきたのだ。

悪いことは重なる。島津久光が天皇行幸の際に奉った十四ヵ条の改革案が、なおざりにされていることに腹を立て、西郷に帰郷をうながしてきた。陸軍元帥・近衛都督・参議の西郷でも、久光には頭が上がらない。明治五年十一月十日、西郷は暗く重い心をさらに重くして、またも鹿児島へと下った。

『今回はまんまと一蔵さぁにしてやられもした。おいはなんてお人好しなんじゃろう』

悔やみつつ鹿児島への船旅であった。

西郷は帰郷するや直ぐに、久光の執事あてに手紙を送り、先に天皇に供奉して鹿児島へ来た時には、久光に拝謁を願わず、そのまま帰ったことを重々詫びたけれども、久光の機嫌は治らなかった。さらに久光に拝謁した西郷は、久光から激しい剣幕で叱られた。

『吉之助か。その方は余があれほど廃藩置県をするなときつく申し渡したのに、一蔵めと示し合わせて、一挙に余の領地も官位も取り上げ、それで余の家臣と申せるか。また余の最も嫌う欧米の風を取り入れ、日本古来の美風をそこない、巷に溢れる軽佻浮薄に浮かれる者共をどうするのか。何とか返答してみよ。そちは政治を昔に戻すことを考えていればよいのじゃ』

久光の叱責は常軌を逸していると思ったが、西郷は黙るより仕方がない。頭を畳にこすりつけて平伏していた。

『天子の行幸の折には十四ヵ条の意見書を出しておいたが何の沙汰もない。どうじゃ、やる気があるのかないのか』

『恐れながら申し上げます。その議につきましては現在外遊している政府役員が帰国致しますれば、さっそくに着手する所存であります』

『その言葉忘れるな。余は今少し暖かくなれば、上京して確かめようぞ。下がれ』

天下の西郷も、まったく良いところなしであった。

久光の怒りは、「昔の殿さんが領地も官位もなくなって腹を立てて怒っている」と済ませられるほど単純な問題ではない。久光は政府自体のやることが気に入らない。

第一、幕府を倒すためには大勢の家臣を自由に使い薩摩藩の金庫を空にして新政府を創れば、自分の領地も官位もすべてなくなっているでは、怒らぬ方がどうかしている。

久光の怒りは政府を仕切る西郷や大久保にとっては無茶苦茶であるが、討幕を推進した薩摩や長州の大名はもちろんだが、応分の軍資金の拠出を命ぜられた全国の殿様にとっても至極妥当な意見なのである。それはそのまま不平士族の不満となって社会を揺るがす大地震の震源地であった。大久保が敬遠するはずで、留守内閣を預かって右往左往する不器用な西郷は立つ瀬がなかった。もちろん、政府にとっても大問題である。

次が大蔵省の予算編成問題であった。大久保の留守の間は西郷が大蔵省の事務監督に当たることになっていたが、天皇行幸や陸軍省の問題で、体が幾つあっても足りないほどの忙しさであったから、明治六年度の予算編成の実務は大蔵大輔の井上馨と三等出仕の澁沢栄一に任せていた。井上は財政難を理由に各省の予算請求を大幅にカットしていった。例えば文部省の二百万円の要求を百万円に、司法省の九十六万円を四十五万円にカットした。ところが、陸軍省の八百万円は全額承認した。陸軍大輔の山県は山城屋事件で陸軍省の公金を費消しているに関わらず、これを認めたのは不公平もはなはだしいと、司法卿の江藤始め文部卿の大木も頑強に井上の専横独断《せんおうどくだん》を追及した。西郷のいない内閣を預かる三条公は、立ち往生してなすすべもない。

西郷が内閣を留守にしたのは、天皇行幸に供奉しそれが終わってほっとしているところへ、鹿児島では不平士族が大変な騒ぎを起こしているとの報《しら》せが入り、十一月下旬、西郷はまたしても鹿児島へ帰らねばならなかった事情による。岩礁に打ち寄せる大波のように大難が一難去って又一難と西郷の身に降り掛かってきたのである。帰ったところでどうなるものではなく、久光には怒鳴られ、保守派の不平士族の機嫌を取り結ぶだけでしかない。結局、彼らの重いお荷物を背負わされるだけであった。

まだある。台湾問題であった。明治四年十一月、遭難した沖縄八重山漁民が台湾に漂着し、うち五十四名が台湾原住民に虐殺されていた。この処理に当たった副島外務卿は、前清国アモイ駐在アメリカ領事リゼンドルから、

『日本が台湾と朝鮮を押さえれば、国際政治で優位に立てるし、清国は台湾支配については無関心であり、清国が台湾問題について適切な処置をとらない時は、日本が進んで台湾を占領するのが得策である。もちろん、事前に清国とは外交上の適切な処置をとらねばならないが』

日本にとっては親切な助言である。政府はここで副島を特命全権大使に任命して清国に派遣することにしたが、小心の三条は、戦争になるかも知れないこの問題を決定する度胸もなく、西郷の帰京を待ちわびていた。

西郷の留守中の内閣を預かる三条は、ほとんど政治が手に付かず、清国派遣の件も決済できずにいたが、遂に決心して明治六年三月十三日、副島には鹿児島に立ち寄り、西郷の了解を得ることを約束させて清国に向けて出発させた。副島は十九日に、鹿児島で西郷と会い、協議をすませて勇躍して清国に乗り込んだ。清国では使節が国王に謁見する際、拝跪《はいき》するのが通例であるが、副島は欧米先進国並みに直立して謁見の場に臨み、大いに日本の国威を示したのであった。

西郷のいない内閣を主催する三条は、何から手を付けていいやら分からない。遂に木戸と大

久保に帰朝して貰いたく一月十九日、勅命を発していた。

大久保と木戸がこの勅命に接したのは三月十九日、ベルリンであった。

大久保は今こそ帰国のチャンスだと、さっそくその意を岩倉に伝えた。木戸を連れ出し、厄介な仕事は西郷に押しつけている。自身はあれほど叩いた大隈をもチャッカリてなづけて、留守政府の情報はすべてキャッチしていた。どのみち政府の改革などスムースにゆくはずはなく、皆疲れて我々の帰りを待っていると期待していた。

一方、木戸はまだまだ巡遊を続けると言い張って聞かない。岩倉はなるべく一緒に帰国してやってくれと頼んでも承知しなかった。まさに犬猿の仲であった。

大久保は五月二十六日に帰国したが、木戸はこの後二ヵ月も各地を回って帰国したのは七月二十三日であった。

台湾問題で途方に暮れている政府に三条が勅命を発した後の一月二十四日、司法卿の江藤新平は大蔵省による予算削減に抗議して大長文の辞表を提出した。これは辞表に名を借りた大蔵省への弾劾《だんがい》文であった。論法鋭い江藤の辞表は三条公に一大衝撃を与え、正院に回った辞表は却下され、同時に予算の再検討を命じた。井上と大蔵省はこの一撃に揺らいだ。

このごたごたの最中の四月始めになって、ようやく西郷は帰京してきた。約四ヵ月、内閣を留守にしたことになる。西郷のいない内閣は揺らぎに揺らいでいた。またも山県にまつわる疑惑で、内閣を揺るがす事件が持ち上がっていた。今度は三井の番頭と蔑《さげす》まれ囁《ささや》かれている不潔な井上が加わっているとの新たな疑惑が取り沙汰されだした。

事件は油商・陸軍省御用商人、元は奇兵隊幹部・三谷三九郎が陸軍省の公金、三十五万円を使い込んで返せなくなった。山県は西郷の慰留にも関わらず辞職せざるを得ない。これを聞いて西郷の弟、従道もしばらく任務を離れて洋行すると言い出した。

二度ごと三度と言うが、悪いことはさらに続く。ここで鹿児島の久光が旧鹿児島士族を引き連れて上京してくるとの報に接した。いずれも腕に覚えの勇ましい者たちばかりであると言う。これが近衛の中村半次郎一派と対決すれば、血を見ないでは収まらない。

さすがの西郷も慌てた。山県は辞職する、陸軍小輔の弟の従道がいなくなっては、ごたごた続きの中では、西郷とて陸軍を掌握することは出来ない。上京してきた久光一派は、国元にいる反西郷派であった。これを抑えられるのはやはり強力な軍の力だけとなる。西郷は山県を説き伏せて陸軍省御用掛に任命した。山県は再度にわたって西郷に助けられたのである。ツキに恵まれた者は、いつまでも幸運に付き纏われるものだろうか。

西郷の周辺には難問が山積し、不穏な黒い雲が覆って一触即発の危機に瀕していたと言え、山県を切れなかった西郷の失態は弁護の余地はないといっても過言ではない。

久光は明治六年四月二十三日、二百五十人の旧鹿児島藩士族を従えて上京してきた。これは三条公が久光を上京させることで、鹿児島に行った西郷も帰京するだろうとの浅はかな思慮から、海軍大輔・勝海舟と侍従・西四辻公業を久光を迎えにやったのである。

久光の政策論は安政の昔なら罷《まか》り通っても、明治の今では世迷い事としか聞けないようなことを、平気で言うのには唯々呆れるほかないが、さりとて聞き流すわけにはいかない。

二重三重に重なった難問を抱えた西郷は、自分の取るべき方策について自分の心に問い掛けた。おそらく内閣を投げ出せるものなら投げ出したい気持ちであったろう。

一人自室に引き籠もって静かに端座していた。昼夜を分かたぬ激務のため、静かに冥想することなど近頃では珍しい。

『島では毎日が思索、懺悔、慚愧に明け暮れたが、ここでは多忙だけがあって自らを顧みる時間がなか。こいでは心身共に疲れ果ててしまう』

西の方に向かって膝の上で手を組み、無念無想になって心を沈めた。長い時間が流れて行く。さらに心を落ち着けていると、次第に自分が現実から遊離してゆくのがわかってきた。

西郷は樹間の小道を歩いていた。波の砕ける音が遙か下の方で聞こえる。左右から延びた大枝小枝は頭上を覆って、さながら樹々《きぎ》で出来たトンネルの中を行くようであった。海からの強風のためか木の幹も枝も複雑に曲がって怪奇な場所というにふさわしい。頭上に繁る葉は、何層にも重なって太陽の光を遮《さえぎ》ってはいるものの、木漏れ日は小道を微《かす》かに明るくしていた。空気は澄んで清新の気が満ちているのか、爽やかさが重い心を軽くする。

西郷はつと歩度を早めた。すると俄《にわか》に天空が開けて眩しい太陽の光と、光に照り返された広葉の濃い緑が待ち受けていた。

『ここはどこであろうか』

向こうのちょっとした広場に四阿《あずまや》がある。辺りは空気が澄み光が燦々と降り注ぎ、この世にあるべきところではないと覚った。四阿に一人の立派な武士が海の方を向いて座っている。

『どなたであろうか。こんなところでお休みとはさても羨《うらや》ましい』

西郷は半歩進んで近寄ろうとした。この時、件《くだん》の武士が振り向いた。西郷は雷に打たれたと思った。全身が硬直し、すぐには声も出ず平伏することも出来なかった。

『お殿様』

こう言うのがやっとであった。

主君はにこやかなお顔ですぐ目の前に在《おわ》す。路上に畏まった西郷は寒気さえ覚えながらもそれにも耐えていると、風がそよぎ、何やら芳しい匂いが漂《ただよ》ってくる。主君の持つ独特の匂いを思い出した。

西郷は聖域にいる自分を自覚し、主君のお言葉を待っていた。あの時がよみがえった。殿様の慈眼が迫る。その時、西郷は主君斉彬様のお声を聞いたような気がした。

『何を申す。その方は余の名代となって働け』

はっとなった西郷は、今のは確かに殿様のお声に違いないが、おいの空耳であろうかと茫然としているうちに、自分の居間で端座する自分に還っていた。

『殿様はこの世にはおられない。名代、だとすれば……そうか』

思い当たった西郷は深々と平伏していた。

明治六年四月二十九日から五月一日までの三日間、明治天皇を擁して千葉県の習志野で近衛軍の大演習を行なうこととなっていた。西郷は近衛兵の威容を久光と久光に随行した薩摩士族に見せつける又とない機会だと、部下一同を督励《とくれい》した。降りしぶく雨の中、終夜天皇のテントを守って天皇の威光を示したのはこの時のことである。

久光は時代に逆行するような建言を臆面もなく行なって、三条をも困らせた。政府も久光のご機嫌をとり、天皇も幾度となく久光を謁見し、邸宅を与え、久光邸に臨幸し、息子の珍彦《うずひこ》を侍従にするなど機嫌を取り続けて、遂に麝香間《じゃこうま》祗候（宮中の御間の一つで華族及び官吏の功労者を優待するために与えられる資格）に祭り上げることに成功し、一件は落着した。これを聞いた随行の者は失望した。久光に従って上京してきた二百五十人の士族のうち、二百人は久光公の説得で先に帰っていたが、残った五十人は腕に覚えのある猛者であった。近衛軍の士官との間で一触即発の危機となり、近衛軍の腕に覚えの士官たちが、

『久光公が麝香間祗候になられてご満足されているのに、いつまで東京でのさばってるのか。武力にかけても追っ払え』

との動きがきこえてきた。だが篠原国幹の才覚で何とか治まった。彼らも一ヵ月ほどの後には全員鹿児島へ帰って行った。

西郷はやれやれの思いであったろう。

『おいはやっぱり堅苦しい役職は向いてなか。殿様は名代と言われた。名代の勤めが果たせなければ知れたことよ。殿様の許へおわびに参るだけでごわす』

真実に死処を求めたのは、恐らくこの時であったのではなかろうか。

征韓論が、西郷の脳裏《のうり》に、それがあたかも燎原《りょうげん》の火となって燃え広がる火種となって熾《おこ》ってきたのは、内閣の大半が外遊に出て、その留守内閣において、士族の秩禄廃止が閣議で決議されて、全国の士族の不安と不平が一気に高まり、なかんずく、故郷、鹿児島からは久光を統領とする鹿児島の保守派の不平士族の圧力が加わり、内閣にあっては新進気鋭の若手官僚の矢継ぎ早の構造改革に突き上げられ、国内各所では改革反対の騒動が後をたたず、加えて国民皆兵、徴兵制を唱えながらも、山県を中心とする陸軍省の重なる汚職事件、それに端を発した西郷直属の近衛陸軍の憤激、彼らはまた徴兵反対の急先鋒でもあり、一触即発の危機をはらんで、その処理に心身共にすり減らすほどの苦境にさらされていた時、すなわち明治五年秋から明治六年春ごろであったろう。

さしもの西郷も、最後の手段として征韓論に行き着かざるを得なかった。

これまでにも見てきたように西郷という人は、争いを好まないし、むろん、対外戦など論外であった。それは第一次長州征討での処理を見ても分かるし、江戸城明け渡しに見せた平和的解決で明らかである。征韓論もまた然りで、これには西郷の得意の平和的解決法とも言うべき、まずは相手と腹打ち割って話し合い、戦さに訴えるのは最後の最後として譲れるものは譲り、人倫の道を踏まえて道義に訴えて相手の不実を諭《さと》し、よって起こる不幸には同情を先とする。そのためには命もいらず名もいらず、誠意を尽くして解決の道をさぐるのが得意中の得意わざである。

また、西郷は清濁合わせ呑む大器量の持ち主であるけれども、いったん自分が計画し実行に移そうとする時には、恐るべき緻密な計画と準備をする人でもある。それもまた、これまでの彼の足跡を見れば明らかであろう。

西郷は留守内閣を預かって、数々の難題に苦慮していた明治五年の中頃から六年春にかけて、征韓論についてぼつぼつ考え始めたのではなかろうか。もちろん、国家の大問題である征韓論を西郷一人が推し進めたのではない。軍事に詳しい土佐の板垣参議、対外問題では信頼する副島外務卿とも十分相談をしていた。両者の承諾を得て、手始めに陸軍中佐・北村重頼、大尉・別府晋介を朝鮮釜山近郊へ派遣し、陸軍少佐・池上四郎、大尉・武市熊吉を中国・山東省、南満州方面を視察させている。

折しも台湾問題が緊急に解決を要する問題として浮上して、鹿児島県大参事・大山綱良や、近衛軍・陸軍少将・桐野利秋、少佐・野津鎮雄らも台湾征討をくわだてた。事の重大性を察知した副島外務卿は、清国及び関係各国との了解をとった後にすることを説いて、しばらく時機を待たせていたが、西郷もそれに賛意を示し、同じく時機を待っていた。

前にも書いたが、朝鮮へは始めは対馬藩を通じて交渉していたが、埒《らち》が明かないと外務省が直接交渉に当たるようになった。当時の日本政府の官員の特権意識ははなはだしく、国内でも威張り散らし、未開国と軽蔑しきっている朝鮮に対してはかなり高圧的であった。これではいつかは問題が起こる。遂に明治六年五月、朝鮮役人は日本に対し、

『朝鮮の許可を受けない商人を潜入させ、密貿易をするのを厳重に取り締まる』

と、通告した。この文中に日本を蔑む字句があるとの抗議が朝野に高まり、国内で俄《にわか》に征韓論が高まってきたことも大きな理由の一つであった。

この時期、日本にとって対外的にも征韓の好条件が揃っていた。

第一に対馬を通じてではあるが、朝鮮とは幕府時代から交易もあり地理的にも極めて近く、朝鮮の国情も大体分かっていること。

第二に朝鮮侵攻は以前にもアメリカから示唆《しさ》されたこともあって、日本の対朝鮮政策には好意的であり、イギリスはむしろ日本の朝鮮侵攻を煽《あお》っていたくらいであったし、ロシアに至っては日本とカラフト問題で交渉が難航しており、この問題の矛先《ほこさき》を躱《かわ》す意味からも征韓論に支持を示し、副島外務卿に示唆していたこと。特に台湾問題で清国との交渉に臨んだ副島外務卿は、清国から台湾や朝鮮に対する日本の行動に干渉しないであろうと思われる発言をかちとっていたのである。（毛利敏彦著「明治六年政変」より参照）

外交上では何の問題もない、このような好状況はまたとない絶好の機会であると副島は力説する。軍事面では専門の西郷も板垣も、これなら大兵力を動員しなくとも成功できるに違いない、直ぐにでも実行すべしと考えていた。

西郷は、ロシアをもっとも警戒し恐れていた。

『副島さん、日本にとってロシアがこの問題に入って来るとなれば厄介でごわす。これは大丈夫でごわすな』

『西郷さん、アメリカとイギリスとの了解を得ておれば、今のロシアの武力は昔ほどではありませんし、もしも介入してくれれば、両国は和戦いずれにしても仲裁国となります。その時にはこの副島が存分に働いて見せます』

『おいはロシアとことを構えるに当たって、日本はイギリスとの同盟を確実にしておくことが肝要でごわす。ここのところは副島さん、間違いないでごわしょうな。頼みましたぞ』

西郷は副島にしつこく確かめた。

『では、征韓の議を内閣に出してもよろしいな。板垣さんはどげんお考えでごわすか』

『西郷さん、わしゃ戦さのことなら少しは分かるがよ、早いとこ副島さんに外交の決着をつけてもらいさえすれば、戦さはなんちゃないじゃろ』

『では、おいはこれで決めもす。お二人には後になって否《いな》やは申されませんでしょうな』

二人に念を押して始めて愁眉を開き決断した。

さて、この征韓論で、竹馬の友であった西郷と訣別《けつべつ》した大久保は、どのように考えていたのだろうか。

明治六年五月二十六日、大久保は使節団一行より先に日本に帰ってきた。自身は条約改正で大失敗をし、西郷に久光問題を押しつけて顔向けも出来ない。頼りにしていた大蔵省の子分である井上は、山県の汚職問題に関わっていると疑われて意気消沈しているし、大蔵省の予算編成で苦境に立ち、大蔵大輔を辞任してしまっている。てなづけていた大隈は、江藤の活躍で影が薄い。

『こりゃぁ、思惑違いもはなはだしい。八方塞がりじゃ。どうにもいかん。こんな時には病気を理由に隠れることが一番じゃ』

関西方面へ旅行して、内閣には一切出仕しなかった。またこの帰国した頃の留守内閣の状況はまだまだ問題山積して、征韓論が公然と叫ばれていたが政治問題化していない。それより大久保を嘆かせたのは大蔵省問題であったろう。

征韓論が閣議に計られ、朝鮮出兵が正式に議題に掛かったのは六月十二日であった。

閣議が征韓論中心になって板垣は、

『アメリカ、イギリス、両国とは副島外務卿からご説明があると思いますが、これは我が国に対して友好的であると言われます。問題はロシアでありますが、これもカラフト問題を先送りにしたいような風説で、交渉次第では我が方に有利に展開するとのことでございます。さて問題は清国でありますが、対清外交で副島外務卿の挙げた成功から察するに、征韓についての我が国を取り巻く状況は、まことによろしきかと存じます。急ぎ外交交渉に取り掛かり、好機を見て出兵すべきかと心得ます』

出兵論を唱えて議長の三条に迫った。副島外務卿も、

『ただ今、板垣参議の申された通り対外的にはかなりの勝算があり、直ちに取り掛かるのが良いかと心得ます。拙者もずいぶんと働くつもりであります』

口を揃えた。閣僚には公然とした反対はなかったが、ここで西郷は、

『物には順序がごわす。板垣どんのように外交交渉が整えば、それで良しとしていきなり兵を動かすことにはおいは承知できもはん。やはり日本から使節を派遣してお互い話し合いを十分にして、双方了解出来ればそれに越したことはごわはん。それにおいは戦さをすると言うのではなか。朝鮮国にも開国しなされと説き、両国があい携えて外国の侵略に備え、貿易を計りあい栄えて行こうと言うものでごわす』

妥当な主張で板垣を制した。

『西郷さん、貴方は彼の国の実情を知っておられるか。貴方がのこのこと出掛けて行けば、話し合いより先に殺されること間違いなしですぞ。それでもよろしいか』

『おいは殺されてもよか。朝鮮とは昔から通信使を通じて長い付き合いもある。彼の国から教えられたことは多《おお》か。決して話して分からぬ人ばかりではなか。おいはどげんしても行く。おいがもしも殺されたなら、後は板垣さぁよろしくお願いしもす。どうか行かしてくいやい。こん通りお頼み申します』

西郷は板垣に深々と頭を下げて頼み、行くと言い張った。三条は決心が着かなかった。

『西郷さんも板垣さんも、そない慌てて決めんでもよいやおへんか。外遊の皆さんが帰って来はってからでも遅うはおまへん。麿は心配や』

各閣僚からも種々意見が出たが、西郷は巨眼を剝《む》いて三条に迫り、遂に西郷案に内定した。明治六年八月十七日であった。三条は翌十八日、箱根で静養されている天皇に拝謁して、十七日の閣議の決定を報告して天皇の裁可を得た。但し、発令は岩倉大使の帰国後とした。三条はすぐさま東京に帰り、西郷を自邸に招いて裁可を伝えた。西郷は躍り上がらんばかりに喜んだと言う。

このことに関して、大久保は今さら内閣に顔を出して意見がましいことを言える状態ではないと静養に努めていたし、木戸は征台、征韓共に不可であり、まず内治を優先させるべきであるとの意見書を三条に提出はしたが、表立った反対行動は執らなかった。結局、使節団が帰るまで、真夏のことでもあるし、会議は休憩に入った。

ここでこの時の征韓論に決した西郷の心事について考えてみよう。

西郷は主君斉彬様の「余の名代」との示唆を、始めは征韓論をそのまま朝鮮征討の軍を起こすことと考えたが、冷静になって主君からの教えを反芻《はんすう》していると、清国、朝鮮に欧米に対抗する力がないならば、我が国が軍を送って共同してこれに当たるべきだとの、主君斉彬の大アジア主義を思い出していた。また力づくで相手を屈伏するやり方は、およそ政治を預かる者のすることではないとの主君の教えは、今も脈々とこの体の中で生きている。

されば朝鮮も儒教の国ではないか。孔孟の教えは活《い》きているはずであろう。わけの分からぬ者ばかりではない。誠意をもって話せば分かってもくれよう。

自分が朝鮮へ行けば殺される危険は十分あると言うが、自分は決して殺されるようなことにはならないとの自信を持っていた。西郷は自分から韓国使節となって韓国へ行っても「殺される」などとは一口も言っていない。この言葉は回りが言い立てたのであって、それを大久保が巧妙にすりかえて、征韓論反対の口実としたのである。もしも朝鮮と戦さになっても、兵力は前に視察した報告からすれば近衛軍だけで十分であり、それは自分が率いてゆくつもりであった。

また、殿様の「余の名代」の意味は、「今度の任務には決死で当たれ」との厳命と執り、朝鮮で殺されるか、はたまた今度の大任で失敗すれば、後は殿様の在《おわ》すところへ行く覚悟であった。

そしてそここそ自分がもっとも求めた地でなかったかと、いやむしろそれを望んでいたのではなかろうか。

竹馬の友の大久保に操《あやつ》られ、さんざん苦労させられたことに愚痴《ぐち》の一つもこぼさず、もちろん報復など露ほども考えていない。西郷の頭の中には、不平士族の嘆きを一身に背負って、潔く征韓論に身を投じ、決死の覚悟で朝鮮に使いすることで充満していた。

これこそ西郷の真骨頂である。今日では笑われそうな光景であろうが。

巨眼さぁは、一人大地を踏みしめて往く。巨眼さぁは往く。

どのみち生きている間は士族からの期待と突き上げは止まらないだろう。もうこの世に自分に適した仕事はない。朝鮮使節を成功させ、近衛軍を率いて野戦攻城の矢面に立つもよし、天命に従ってあの世で殿様の許で再びお仕えするのもまたよしであると、西郷の巨眼は我が往く果てに真っすぐ向かっていた。

第十三章——城山

其の一　使節団帰国

岩倉を正使とする使節団は明治六年九月十三日、帰国した。訪問国では外交慣習が未熟とはいえ主目的の条約改正には失敗するし、諸事為すところなく帰ってきたと言うのが本当の姿であった。先に帰った大久保は、内閣へも出られずに関西方面で静養しており、木戸も山県の陸軍省の公金使い込み事件、大蔵大輔の井上馨の陸軍の三谷三九郎事件にまつわる疑惑事件、同じく井上の尾去沢銅山事件にからまる疑惑事件、同じく政商小野組転籍事件その他長州閥の起こした疑惑事件のもみ消しに奔走していて、征韓論には反対を表明はしただけで表立った政治行動はしていないし出来なかった。

こんな不評の中では、右大臣・岩倉とて内閣をリードできるわけはなく、帰国を喜ぶ三条から留守中の諸案件、三条の言ういずれも頭の痛い「百事」をしかめっ面で聞いたが、特に注目すべきは、大蔵省の政府予算についての問題と、久光を始めとする不平士族の問題、それにカラフト問題であるとして、征韓論にはさして注意していなかった。

三条は岩倉に対し大久保を参議に是非と説き、岩倉も同意して大久保に参議就任を迫ったが、大久保の態度は固く受けようとしない。大久保には受けられない理由がある。外交交渉の失敗は留守内閣に対して顔向けならない大失敗であるし、廃藩置県によって久光の怒りはもちろんだが、秩禄廃止や徴兵令を控えて保守派の怒りが目に見えている。

木戸にも内閣に出席するようにと催促し、説得には幕末の昔から木戸の家来のようにして仕えた伊藤が当たり、大久保には同郷の後輩の黒田清隆と外遊中に急速に親密になった伊藤とが当たったが、それでも両人とも内閣へは出なかった。出られなかったのである。

内閣では西郷の朝鮮使節派遣は正式に決定しており、使節団が帰って来ているにも関わらず、いっこうに閣議が開かれないのを西郷は不審に思い、三条にしばしば催促した。

『三条公に申し上げる。すでに天皇の御裁可も下された決議を如何されるのか。私は九月二十日に朝鮮へ渡るとかねてから申している。公もよくご存じのはずで御座る。一時も早く閣議を召集して決定をして下され』

『西郷さん、それはよう分かってますがな。麿かて、岩倉はんに早うせなあかんちゅうて「早くしないと駄目だと言って」急《せ》かしてますのや。もうしばらく待っとくなはれ。麿があんじょう（うまく）しますよって』

西郷もお人好しの三条にこのように下手《したて》に出られると、あまり強くも言えない。包容力が大きいのも善し悪しで、この時は西郷の大度量が災いして、全てが後手後手に回って行く。大久保派の黒田は早くも反対派に回っていたし、弟の西郷従道は欧米で軍事の研究に出ている間に列強の国力の充実を見て、征韓論の尚早なことを悟っていた。伊藤はこれは自分の政界での地歩を拡大させる好機とにらんで、敏捷《びんしょう》に動き回っていた。

一方、西郷の部下には伊藤のようなヤリ手がいなかった。居たとすれば山県や井上の疑惑を追求して完全に主導権を握っていたであろう。唯一の切れ者の村田新八は岩倉使節団に加わっていて留守であった。西郷はたとえ伊藤の動きを知り、裏工作の必要なことを勧める者がいたとしても、決して同調しなかったであろう。

西郷は天皇の御裁可は何者も抗し得ない絶対不可侵であり、勅命とはそうでなければならぬと思っている。少しの延期ぐらいと思っていたのではなかろうか。それでなければ一ヵ月近くもの間、無為無策でいるはずはない。天皇に対しては純粋無垢で、ただただ誠心誠意仕える臣下の一人であった。したがって、岩倉や大久保の得意とする権謀術数の凄さをよく知りながら何の手段も講じなかった。

また御裁可からすでに一ヵ月が経とうとしているのに、西郷は征韓のための戦力は近衛軍だけで十分として、陸軍はもちろん、海軍にも知らせて居なかった。軍隊の渡航、物資の補給には海軍が絶対必要でありながら、報《しら》せていないのは大変な落度であるが、自分の対韓交渉には自信があり、すぐには戦争にまで発展はさせないし、もしも自分が殺害されて戦端が開かれれば、海軍はすぐさま協力するのが当然と思っていたのだろうか。

陸上戦の場合、戦争のプロとして以前に朝鮮、満州へ偵察にやった近衛軍の将校からの報告をもとに、対韓戦を検討すれば大兵力を必要としないし、短時日で終わらせる確信があったにしても、戦争を予測しての諸準備・対策はお粗末としか言えない。

もし国際紛争に発展したところで、副島の外交交渉は信頼できるし、英米の理解があれば、戦争は短時日に一方的に勝利を勝ち取っていれば、たとえロシアの干渉があっても、我が方に有利に展開するとの予想をしていたのではあるまいか。外交をこのように考えているとしたら、如何に草創の時代であるとは言え、まったくノー天気であると言わねばならない。

万一自分が殺害されるような事態が起これば、戦争の大義名分が立ち、それはそのまま我が求めた道を往くことであるとして、西郷は渡韓の日を心待ちに待っていた。

この間に岩倉は、大久保を説得して征韓論を潰すための陰謀を張り巡らせていた。

十月十一日、西郷は三条に手紙を送りつけた。

『もしも天皇から下された御裁可を変更するようなことがあれば、私は死をもって国友すなわち同郷の友人、近衛兵や士族たちに謝るしかありません。どうかそこのところをよくよく御憐《ごれん》察《さっ》ください』

小心の三条は気が動転《どうてん》してしまった。

『西郷が国友に顔向けならんと言うて死んだら、近衛の暴れ者が麿を殺しにくる。どないせえちゅうんや（どうせよと言うのか）。岩倉はん、助けとくなはれ』

三条は岩倉に手紙を送って助けを求めた。

岩倉は、「いよいよやな」と覚悟を決めて、まず大久保を参議に任命し、征韓派の副島をも参議に任命した。史家の間ではこれは征韓派の顔を立てるための偽装《ぎそう》であろうと言われるが、副島を参議に推挙したのは他ならぬ大久保であることを思えば、他に深い配慮が隠されているのではなかろうか。自身は副島に接近し、征韓論に同調を示す久光公の激怒をそらせる布石ではと思える。これは飽くまで私見としてとお断わりしておく。

十月十四日、閣議が開かれた。征韓派は西郷、板垣、副島、江藤、後藤の五人、反対派は岩倉、大久保、大隈、大木で、木戸は病気と称して欠席した。三条は議長で中立でなければならないが、岩倉と同心である。まず岩倉が発言した。

『今日、征韓の議が論じられているが、カラフト問題の方が朝鮮問題よりも急務であります。私は朝鮮へ西郷参議を派遣することには反対です』

　西郷は立ち上がった。

『カラフト問題の方が朝鮮問題より重大とは如何なることでごわすか。カラフトは日露両国民雑居の地で、私人どうしの争いに過ぎもはん。それに引き替え、朝鮮のことは、政府が政府に無礼を働いたのでごわすぞ。問題になりもはん』

　西郷は常日頃、怒りを面に現わさないし、よほどのことがない限り、大声を挙げたことはない。他人の悪口に至っては絶対口にしないが、この時は眉を吊り上げ、巨眼に朱を注いだ。はったとばかり三条を睨み付けると、小心の三条は縮み上がった。次いで岩倉に向かい、

『岩倉さぁ、おはんなこん大切な案件を長々と引き伸ばし、おいの朝鮮行きを妨害《ぼうがい》するとは如何なるお心でごわすか。畏れ多くも天皇の御裁可を何と心得る』

　顔面を朱に染めてあの眼光で睨み付け、大声で怒鳴り付けた。障子紙のびりりとたわむ音が部屋じゅうを圧し、何事かと皆は一瞬、耳をそばだたせた。平素は博徒の親分然とした風貌《ふうぼう》でふてぶてしい態度の岩倉も、この時は恐れをなし、小さくなって弁解した。

『西郷さん、よう分かりました。もう一日待って下さい。今日はこれで』

『明日は決定でごわすな。違えることは許しませんぞ』

　会議は翌日に持ち越されたが、西郷は欠席した。反対派に回った大久保は、七ヵ条の理路整然たる反対意見を述べ立てて熱弁を振るった。大事なことなので箇条書きにする。

　一、政府の基礎が確立していないこの時期に、不平士族や「頑民」がいつ、どんな大変を起こすか分からない時に、外戦を起こすべきではない。

二、国家財政が赤字であるのに、戦費をどのように都合するのか。
三、戦争は人民を苦しめ、政府の事業は中途廃絶になる。
四、輸出は減少し、兵器艦船の輸入が増えて貿易赤字は増大する。
五、ロシア公使が内々同意していると言うが信用ならない。かえってロシアはこれを利するであろう。
六、日本はイギリスに多大の負債がある。戦さが拡大でもして返済に困れば、イギリスはきっと内政に干渉するに違いない。
七、幕府が締結した不平等条約で、日本は属国のような状態である。一日も早く条約を改正して独立国としての体面を整えるのが先決である。

大久保はさらに朝鮮に使節を送って、それが殺されるのを待って出兵する理由にするなどとは、理由にならぬのもはなはだしいとこきおろした。これに対しては誰も反論はしなかった。

江藤がなぜ反論に立ち上がらなかったのだろうか。征韓論を薩摩閥の争いとし、両者の間に亀裂が生じることで、自身にとって最大の政敵である大久保に対する圧力が高まるとでも思っていたのだろうか。

大久保の論法には戦争になった場合、その戦費、兵力量、戦争期間等々、何一つ挙げていない。始めから戦争反対を訴えるだけで、裏を返せば西郷一派を政府から追い出すために終始している。このくらいの論法ならば平生の江藤ならば、

『西郷殺害をもって出兵の理由にするなど幼稚な理由であるとは如何なることか。西郷殿は初めから戦さを念頭に交渉するとは言っておられない。仮にもそのような一国の特使を殺害して、それで両国共にそのままで済むものと思っておられるのか』

江藤なら、無理にでもここを切り口に突き崩しにかかり、大して時間もかけずに論破し終わったであろう。それより西郷がなぜ欠席したのかと疑う。この日の決定は確実と決め込んでいたのであろうが、今一歩の詰めを欠くことになるのを予想できなかったとすれば、何とも間の抜けた話である。僅かに板垣と副島は、

『大久保さん、征韓の議があなた方によって取り止めになったと知れた時には、恐らく近衛軍はもちろん、全国の不平士族が騒ぎ立てるでしょうが、今度は西郷さんもおらず、どうしますか。私どもではどうすることも出来ませんよ。ここは西郷さんの見込みに任せた方がよろしいのではないでしょうか』

これには三条と岩倉は動揺した。大久保も内心の不安に顔が引きつっていた。

『岩倉はんどないしまひょ。ここはそっとしておく方がよろしやおへんか』

『そうどすなぁ。ここは西郷さんの言うようにしまひょ』

三条と岩倉は相談し、西郷の見込み通りにしようと決定した。大久保は苦《にが》り切った。

遂に征韓の議も、西郷の使節任命もここに決定した。

大久保は直ぐに辞表を表明し、十七日、三条に提出した。木戸、大隈、大木も共に辞職した。

大久保の辞職は表面上のことで、その日から大久保の活躍が始まった。

岩倉を励まし、大隈、伊藤、黒田らを叱咤《しった》して秘策を練った。

十七日は御裁可を受ける日であったが、岩倉はわざと閣議を欠席した。出席したのは勝ち誇った征韓派の五人だけである。西郷は三条に上奏を迫った。この時の西郷の気迫は、先日以上であったに違いない。この日は岩倉も大久保もいない。たった一人で西郷の気迫に立ち向かう三条は気は動転し、その剣幕の恐ろしさに、一日の余裕を求めるだけで精一杯であった。西郷

はこれを承認した。この一日が事態を逆転させたのである。

三条は俄に脳病となって参内が出来なくなった。二十日には天皇が三条を見舞い、岩倉に太政大臣代理を命じた。いつものことながら、鮮やかな岩倉・大久保コンビの陰謀の勝利であった。岩倉は征韓反対、大使派遣無用の私見を上奏して御裁可を得たのである。

西郷の長短得失を知り抜いた大久保の一人勝ちに終わった。大久保はこれで頭上を覆う何者もいなくなった。政界運営にかけては、西郷などまるで子供扱いであった。

西郷は参議、近衛都督、陸軍大将のすべてを辞して、十月二十八日、中村半次郎を伴い東京を発って鹿児島の武村の我が家へ急いだ。

『天皇を政争の具にする輩とは倶《とも》に談ずるに足らぬ。何のための御一新であったのか。はや、この国の行く末も見えた。淋しいかぎりでごわす』

私は西南戦争の真因はここにあると思う。天皇の在《おわ》す場所がなくなったのだ。

確かに不平士族の憤激が頂点に達して、遂に西南戦争が勃発したのはまぎれもない事実ではあるが、征韓論をはさんで両論が対立し、一派を退けるために天皇を政争の具にしたことが、西郷をして遂に立たしめることになったのであろう。

大久保、岩倉の言うように国の基礎も安定していない時期に、たとえ朝鮮とは言え外征は控えるべきだとするのは正論であろう。

一方、西郷のロシアの南下に備えて、朝鮮に軍を進めるに当たり、英米の好意的な理解があり、清国、朝鮮に国力はなく、朝鮮出兵の正当な大義名分も整い、我が国の事情に照らしても、この時が絶好のタイミングであったことも確かである。

両者の主張はいずれが是、いずれが非と言い切れない。まったくの日本国内の政争でしかない。もしも西郷が岩倉や大久保程度の人物であったなら、近衛軍を動かし、クーデターを断行しただろう。多くの人たちは西南戦争の非を、あげて西郷を非難するが、政府の生殺与奪《せいさつよだつ》の大権を握っていた西郷が、国内での争乱を圧《おさ》え誰にも告げずに故郷へ帰っていった功績を称賛していない。

西郷の下野後、大久保は明治七年四月四日、台湾出兵を、明治八年五月七日、ロシアと千島・カラフト交換条約を締結した。千島全島を日本領とし、千島、カラフトに在住する日露両国民は国籍を維持したまま居住することが認められたが、これは日本にとって有利であることは間違いない。当時のロシア人によれば、

『日本はクリル列島の放棄をロシアに対して力づくで行なった。そのためにそこに住んでいたロシア人全員とアイヌ人の一部はカラフトへと移住し、残るアイヌ人たちは日本人の手によって列島中の一番南の島に連れて行かれた』（ウラジミール・ジリノフスキー）

ロシア人特有の身勝手な嘆きだが、反面真実の声が聞こえるような一文である。これから推測してロシアの実力もクリミヤ戦争で敗退以後は、かなり弱体化していたと見られ、西郷の征韓論は好機であったと言える。

明治八年九月二十日、日本軍艦が朝鮮に示威を加え江華島事件を起こし、陸戦隊を上陸させて威圧を加えた。この時には木戸が朝鮮を詰問する大使を買って出ている。結局、木戸は行かなかったが、江華条約を締結させて一件落着となっている。

この一連の外征は、西郷の下野後の翌年から始まったのである。大久保の挙げた国家財政、貿易赤字、イギリスの外債などの心配は、一体どうなっているのかと言いたい。征韓論を制したのは、大久保の西郷派追い出しの陰謀と言われても不思議ではなかろう。

其の二　西南戦争勃発

明治六年十一月十日、西郷がすべての官職を辞任して鹿児島に帰ったことを知った近衛軍の薩摩と土佐系の士官たちは、大挙して故郷へ帰った。薩摩へ帰った者だけで三百人に達した。

『せごどん、なぜ帰る時に岩倉と大久保の陰謀をおいに一声かけてくれなんだ。もしかけてくれていれば、おぃは岩倉さぁと大久保さぁを叩き斬っていもした。無念でごわす』

中村半次郎は刀の柄を叩いて口惜しがった。これを口火に叫び声が高くなった。

『先生がおいどもになぁも言いなはらんから、知らんでおりもしたが、先生がそげん苦しんでおらるると知ってれば、近衛の兵隊を引き連れて内閣を取り囲み申《も》したぞ。今からでも遅くはなか。なぁ皆』

彼らは口々に激昂《げっこう》の言葉を吐き、今からでも東京へ押し出そうとする気配であった。

『おいが一言洩らせば、おはんらがきっと暴れるだろうと心配しとったでごわす。おはんらが騒げばおいが取り締まらねばないもはん。こいではどないもこないもないではごわはんか』

西郷は大笑いして皆を静めた。

『もはや終わったことでごわす。今後のことは皆で計りもそ』

こう言った西郷であったが、皆より少しおくれて近衛軍司令長官の篠原国幹少将が帰ってきたと聞いて、

『冬一郎どんまでが』

絶句したと伝えられている。西郷は自分のいない近衛軍を纏めるのは、「篠原どんに任せば

良か」と常々そう考えていたのであったが、篠原は西郷の恩義を重んじても、自負することを嫌う薩摩武士の誇りを捨てられなかった。

『巨眼さぁは気の毒じゃ。おいども、近衛軍のために辞められたのじゃ。岩倉さぁに謀られた。それに付いてる大久保さぁは許せぬ』

皆は口々に言いながら、それぞれ引き取って行った。

鹿児島では西郷は政府の冷酷無情の岩倉、大久保に破れて帰ってきたと認識されて、ますます、薩摩士族だけではなく、全国の不平士族の敬慕を受けることになった。もはや、西郷は好むと好まざるにかかわらず、全国の不平士族の大棟梁になってしまっていた。

こんな時に岩倉使節団に加わって洋行していた村田新八が、鹿児島へ帰ってきた。

『東京へ帰ると、せごどんがおられぬ。おいはせごどんの胸の内を聞きたくて、鹿児島へ来たのでごわす。せごどんとは少ししか話はしちょりませんが、帰れなくなりもした』

これが新八の決断であった。篠原と同じ人間がいたのである。これが西郷の西郷たる所以《ゆえん》である。

外遊中、新八の人物を見込んだ大久保は、

『おいの後を任せられるのは新八どんしかなか』

将来を嘱望《しょくぼう》された新八であったが、彼もまた自負するところはなく西郷と行を共にした。

明治七年二月一日、政敵処断を企てる大久保の奸計《かんけい》に引っ掛かった江藤新平、島義勇らが佐賀の乱を起こすが、政府軍に破れ、三月一日、江藤は鹿児島に来て、西郷に蹶起《けっき》をうながす。

翌日、また来て催促するが、

『三千人もの兵を見殺しにして逃げてくるような男には用はない』

大声で叱り、その翌日には指宿まで共に送った。

七年八月、西郷の弟、従道の要請により台湾出兵のための徴兵隊八百人を長崎に送っている。この台湾出兵の一事をもってしても、国の大事のためには、鹿児島から徴兵隊を送った西郷の大度量に敬服する。

六月に西郷は鹿児島に私学校を開いて青少年の教育に乗り出した。その綱領には、
一　道同じく義協《かな》うを以て暗に集合す、乃《すなわ》ち益々其理を研究して、道義に於いては一身を顧みず必ず践行すべし。
一　王を尊び民を憫《あわれ》むは学問の本旨なり。乃ち此理を究め、王事民義に於いては、一意難に当たり必ず一同の義をたつべし
書かれている内容は封建的なものは皆無で、多分に近代を意識し次代を担う人物の養成を目指した。

私学校は篠原国幹と村田新八に任せ、自身は一野人として悠悠自適の生活に入った。霧島白鳥温泉に行き、ここで長逗留を決め込むことになった。この後、日当山温泉はじめ各地の温泉地を巡り、ある時は鉄砲を携え、愛犬を供に山野を駈け巡って楽しんでいた。

明治九年十月二十四日、熊本に神風連の乱が起こるが、翌日には鎮圧される。

同月二十七日、福岡で秋月の乱が起こる。間もなく小倉鎮台兵に制圧される。

同月二十八日、前参議・前原一誠が萩の乱を起こす。強勢であったが鎮圧された。

西郷もこれら一連の不平士族の騒動を耳にし、時節の切迫してきたことを感じていた。親友の桂久武に手紙を送り、

『近ごろ愉快なことを聞きました。私が急いで鹿児島に帰ったら私学校徒たちが騒ぎ立てるか

ら、決して自分の挙動は人には見せません。しかし、一度、動く時は天下が驚くことをするつもりであります』

西郷は身辺がきな臭くなってきたことを切実に感じていた。西郷暗殺のために東京から巡査が潜入していると言う。

『郷士の川路を抜擢して警視庁の大将にしてやったが、一蔵どんに擦り寄っておいを殺すために暗殺団を送るとは、利口者と言えばそれに違いはないが、警察の下僚がこれを見る時には、人民の保護を忘れて立身出世だけになってしまう。おいはこんなヤツらが出しゃばらないようにしたかったのじゃ』

『一蔵さぁも、おいやら鹿児島士族を挑発して戦さに持ち込むつもりじゃろうが、心得違いもはなはだしか。薩摩が起てば大戦《おおいく》さになる。誰であっても戦さを好む者はないはずでごわす。それより不平士族の嘆きも聞いてやらんで、ただ押さえ付けるだけでは、いつまで経っても押さえ続けねばないもはん。どうするつもりでごわす』

こう言っていきり立つ私学校の生徒たちを押さえていた。とは言うものの、各地での士族の反乱、それに台湾出兵、千島カラフト交換、江華島事件と、薩摩の不平士族の顔を逆撫《さかな》ぜするような事件が続いて起こってくると、もう押さえようにも押さえきれなくなっていた。

明治十年一月二十日頃、辺見十郎太と従僕を連れて大隅小根占に行き、平瀬十助宅に泊まって、鉄砲を持って猟を楽しんでいた。

私学校徒が政府の火薬庫を襲ったことを知らされて西郷が「しまった」と叫んだのは、この時であった。

鹿児島郊外の宇都谷で開墾に励んでいた桐野利秋（半次郎）も同じく、「早まった」と叫んだと言われる。

一月二十九日の夜、陸軍省草牟田火薬庫の火薬、銃弾を政府汽船赤竜丸に運んでいると誰かが言い触らした。これを聞きつけた私学校の生徒は襲撃に立ち上がった。翌日はもっと大がかりになった。三十一日からはさらに人数も増えて、三日三晩にわたって海軍火薬庫も襲ったのである。西郷に急を告げたのは弟の小兵衛であった。

『兄さぁ、私学校の者が草牟田の火薬庫を襲いもした』

『何っ、火薬庫となっ、しもうた（しまった）』

西郷が桂久武に語った「天下が驚くこと」とはまったく違った事件が発生したのであった。この「天下が驚くこと」とはどんなことであるのか、それは誰も知らない永遠の謎である。小人の詮索《せんさく》は慎みたい。

西郷は庭に突っ立ったまま、しばらく小兵衛を睨みつけていたが、大きく息を吸い込むと天を仰いで瞑目した。腕を組み無言、小兵衛も無言で立ち尽くした。二人の周りには余人を立ち入らせぬほどの気合いが張り詰めていた。見ている十助は動くことも出来ず、体の震えが止まらない。西郷先生がこれほど大きく恐ろしく見えたことはない。やがて西郷は弟に声を掛けた。弟は黙って礼をした。

『遠いところをご苦労であった。めしにしよう。今晩は泊まってゆけ』

小兵衛は翌日帰り、その後、辺見が来て三日午前九時、自宅へ帰り着いた。西郷が、大軍を率いて大雪の鹿児島を出発したのが十七日である。この間、僅かに十四日である。決意したのが二月七日であった。

『桐野の戦略を聞いていると、とても勝つ戦さとは思えぬ。敵の兵備もよく研究せずに、熊本城を抜くぐらい、この竹竿一本でよかと言う。一蔵さぁはこん戦さは始めから予想して軍備に努めてきたはずじゃ。勝つことだけの作戦なら、こん鹿児島に立て籠もって政府軍を悩まし、よかところで話し合いに持ち込むか、それぞれ条件を出し合って有利に話を進めりゃええ。じゃっどん、今さら大義じゃ正義じゃと言うたとて、政府のヤツらには通じまい』

西郷は自分の置かれている位置は誰よりもよく知っていたが、なかなか決心が着かなかった。ある日のこと、この寒い冬に庭を何十匹もの大小の蛇が、一列になって横切ってゆくではないか。西郷は見るとはなく見ていたが、ぽつりと囁《ささや》いた。

『決めもそ』

ここに出陣の決意が固まったと言う。

沈没する船には鼠もいなくなるという。信じられないようなことがこの世にあるのは確かである。西郷が鹿児島を出征する日、南国には珍しい積雪二十センチもの大雪が降ったという。それよりももっと不思議なことは、西郷がこの世から消えることを察した蛇の群れの移住ではなかったか。

私が取材のため鹿児島を訪れた時、案内のタクシーの老運転手が、

『お客さん、私の親は桜島出身です。親はまだ小さかった時ですが、桜島が噴火したのです。それももっとも被害を受けた黒神村に住んで居りました。そりぁえらいことだったらしいです。親の一つ話に、噴火のあったのは大正三年一月十二日ですが、その少し前、冬の最中なのに、大小の蛇が群れを成して道を横切っていったと話しておりました』

こう言うではないか。私が鹿児島を訪れたのは、平成十三年十一月二十六日であった。暖かい日であったが、私は身の毛のよだつのを覚えた。西郷が同じものを見たのも、冬のちょうど

その頃ではなかったろうか。私は西郷に出陣の決意をさせたこの事実を知っている。不思議なことを聞く思いで、十年の役（西南戦争）を身近に感じた。

南国鹿児島では珍しい大雪の朝、一万三千の兵を率いて西郷は鹿児島を後にした。

其の三　城山

戦運利あらず、薩南健児は政府軍に追い詰められて鹿児島に帰ってきた。西郷の立て籠る城山を包囲する政府軍は、連日大砲を撃ち掛け、包囲網を縮めてゆく。

城山と言うからには、この山には薩摩島津氏の居城があったところと思われそうだが、城はこの山の麓にあっただけで、単に鹿児島市に居座る小高い山塊であって、付近には昔より人家も多かった。西郷らはこの山の岩崎谷にある幾つかの洞窟や横穴を掘って潜んだのであった。

連日、政府軍からの大砲が鳴り響き、錦江湾に浮かんだ軍艦からは艦砲射撃が続いた。

西郷は時には、村田新八を相手に将棋を指して勝負に夢中になっていた。

『せごどん、もう一丁やりもすか』

『新八さぁ、おいは眠たか。一寝入りしもす』

『なら、おいも眠りもそ』

西郷はすぐに横になった。明日は政府軍の総攻撃であると知ってはいたが、そのうち、寝入っていびきを立てていた。西郷は夢を見た。

主君・斉彬様の前に出て両手をついて平伏しているのは自分であった。

『殿様お許し下さい。吉之助、殿様の名代たる大命を受けながら、しくじりばかりで申し訳ございません』

『なるほどな、そちはしくじりじゃと申すが、わが国の人間どもは熱し易く、すぐかっかとい きり立つ。上古、聖徳太子は十七条の憲法を立てられ、「和を以て尊しと為す」をもって第一 と定められた。そちはこの意義をよく弁《わきま》え、明治維新を成功させたのは余人に出来ることでは ない。話し合いを第一として、事に当たる者には辛抱やしくじりは当然じゃが、それにも屈せ ずよくやった。褒《ほ》めてとらすぞ』

『勿体ないお言葉を賜わり、吉之助身に余る幸せでございます』

『そちは天からこの維新のためにこの国に遣わされた者に違いない。長い間ご苦労であった。 これからはこちらへ参って余の話相手になってくれ』

殿様は何もかも見抜き見通しであると懼《おそ》れた。自分は「和を以て尊しと為す」の憲法を守っ て事を進めたわけではないが、主君は和とか天とかおいが殿様から学び信じたものをしっかり 見ていてくれている。有り難いことだと感激した。そう思って辺りを見回すと、土佐の坂本竜 馬が現われた。竜馬には面目ないと思った。土持正照が現われ、月照の白い顔が見える。勝先 生もいる。山岡鉄太郎がその後に控えていた。あのお人とはずっとお交際《つきあい》してゆきたいと思っ た。そのうち、またも眠たくなって何も見えなくなった。

村田新八もまた夢を見ていた。

清国との開戦について、伊藤や山県と論戦の真っ最中であった。

『ロシアの南下は今に始まったことではごわはん。六年のことが惜しまれもす』

伊藤も山県も一言もなかった。すでに大久保はいないし、岩倉も昔の面影はない。

場面は変わって、新八は西郷と話をしている自分を見つけた。

『せごどん、日本はどげんなって行くでごわそ』

『一蔵どんは天子様の在す位置を棚の上に上げてしもうた。畏れ多いことじゃ。これからは絶対と言う有りもしないことが、幅を利かしてくっじゃろう』

『じゃとすれば、またまた御一新ですかな。お忙しいことでごわすな』

新八は今まで聞こえていた西郷の声も聞こえなくなっているのに気付いた。そう思うと姿も見えない。「せごどんはどこへいったのだろう」と見回すと、一段高いところで主君斉彬様と相対していた。近くには見えるのだが、余りにも清浄の気が満ちて、自分には近寄りがたい場所のようである。主君の前のせごどんは、膝を揃え両手をついて畏まっている。とても行ける場所ではない。そう思って行くのを躊躇していると、こちらを向いたせごどんが指し招くではないか。恐る恐る近寄った。

『吉之助、ようやく来たか。余は待っていたぞ。お前のような人間が必要になるのは百年も二百年も後じゃろうなぁ。ま、しばらくは余とまた楽しい時を過ごそうぞ』

『殿様、吉之助、身に余る光栄でございます』

そんな言葉のやりとりが、低い声ながらハッキリ聞こえた。新八は一瞬、立ち眩《くら》みに似た発作に辺りが見えなくなって、二人を探したがどこにも見えなかった。

西郷は主君からお褒めの言葉を頂いて、感激し頭を上げたが、主君のお姿が見えない。そう思って自分は今、どこにいるのだろうと見回したが、西郷自身の姿も見えない。

『おいは一体、どこへ行ったのだろう』

よく見ると、大きな男がのっしのっしと歩いて行く後ろ姿が見えるではないか。何の屈託もないような歩きぶりで真っすぐ歩いて行く。

『ほい、ありゃおいではなかか。ぼつぼつ目が醒《さ》める。山を降りよう』

もはや一発の弾もなければ楯《たて》もない。西郷は残る薩摩健児を引き連れて、雨霰と撃ってくる弾の中を坂を下った。死は元より覚悟の上だが、「生死は天がお決めになる」と突き進んだ。後世、この行動を「西郷は政府軍に降伏する積もりではなかったか」と言う者もいるが、最期の最期まで戦うことによって、落ちこぼれ行く士族と戦死した者に対する義を守った、これこそが西郷の本当の最期の姿ではなかったかと思う。

『人は死のうと思っても死ねるものではなか。生死は天がお決めになる。おいは天を信じ、殿様を信じて往くだけでごわす』

天命を信じ、主君斉彬様を信じた西郷の行為そのものであった。

西郷は「おいに当たる弾があれば当たれ。それからでも遅くはなか」と歩み続けた。一弾が腰に当たり動けなくなった西郷は、別府晋介の介錯《かいしゃく》で城山の露と消えたのである。

明治十年九月二十四日午前七時頃であった。

西郷の死の報に接した時、佐賀士族を挑発して江藤を葬り、いままた鹿児島士族を挑発して西郷を死なせた大久保は、自身も含めて誰かがやらねばならなかったこの不平士族の後始末を、冷然と見返しただけではなかっただろうか。また、現場に立ち合ってつぶさに大恩ある死した西郷と対面した山県には何の感慨も無かったのだろうか。恐らく山県もこれこそ枯盛衰世のならいとしか考えていなかったに違いない。それは彼らが狂わせた日本の針路が、元へ戻らなかったことで、七十年後にハッキリとした形で現わされた。

【引用・参考文献】

「幕末おもしろ事典」奈良本辰也著　三笠書房
「高杉晋作」同右　中公新書
「吉田松陰」同右　同右
「坂本竜馬」池田敬正著　同右
「酔って候」司馬遼太郎著　文藝春秋新社
「竜馬がゆく」同右　文藝文庫
「翔ぶが如く」同右　同右
「手掘り日本史」同右　毎日新聞社
「歴史雑学事典」毎日新聞社編　同右
「日本歴史を点検する」海音寺潮五郎・司馬遼太郎対談　講談社
「海江田信義と幕末維新」東郷尚武著　文春新書
「おかげまいりとえいじゃないか」藤谷俊雄著　岩波新書
「日本うら外史」尾崎秀樹著　日本交通公社
「黒船」吉村昭著　中央公論社
「桜田門外の変」同右　新潮社
「目明かし文吉」西村望著　天山出版
「日本の青春」童門冬二著　三笠書房
「徳川慶喜の幕末維新」同右　中央公論社
「竜馬暗殺」早乙女貢著　広済堂

「論考・八切史観」八切止夫著　日本シェル出版
「南州残影」江藤淳著　文藝春秋社
「義理」源了園著　三省堂
「兵法孫子」北村佳逸著　立命館出版部
「埋み火」大室了皓著　国税解説協会
「敬天愛人・西郷隆盛」海音寺潮五郎著　学研M文庫
「勝海舟・氷川清話」江藤淳・松浦玲著　学研文庫
「最後の幕臣・小栗上野介」星亮一著　中公文庫
「よみなおし戊辰戦争」同右　ちくま新書
「鹿児島方言集」鹿児島県教育会　図書刊行会
「えらぶの西郷さん」和泊西郷顕彰会　同右
「西郷隆盛順逆の軌跡」栗原隆一著　株式会社エルム
「ことわざ・名言集」創元社編集部編　創元社
「竜馬の手紙」宮地佐一郎著　ＰＨＰ研究所
「敬天愛人・六号」財団法人西郷南州顕彰会　同上
「同・七号」同右　同右
「同・十九号」同右　同右
「詳説西郷隆盛年譜」山田尚二著　財団法人西郷南州顕彰会
「西郷と薩長同盟」芳即正著　同右
「桐野利秋のすべて」新人物往来社編　新人物往来社
「西南役伝説」石牟礼道子著　朝日新聞社

「幕末の三舟」松本健一著　講談社選書
「鹿児島県の歴史散歩」鹿児島県高等学校歴史部会（代表・野沢繁二）同右
「朝焼けの賦」赤瀬川隼著
「明治維新と下級武士」木村礎著　名著出版
「日本歴史大辞典」日本歴史大辞典編集委員会　河出書房新社
「世界大百科事典」下中邦彦編集　平凡社
「西郷隆盛」井上清著　中公新書
「戊辰戦争から西南戦争へ」小島慶三著　同右
「西郷南州十七号」西郷南州顕彰会　同上
「河井継之助」稲川明雄著　恒文社
「明治六年政変」毛利俊彦著　中公新書
「ロシヤ史」田中陽児・倉持俊一・和田春樹共著　山川出版社
「大村益次郎」絲屋寿雄著　中公新書
「彰義隊戦史」　山崎有信著
「日本史史料（四）近代」歴史学研究会著　岩波書店
「明治維新と下級武士」木村礎著　名著出版

あとがき

『巨眼さぁ開眼』に続いて『巨眼さぁ往く』を書きおわった。

高杉晋作も坂本竜馬も天馬空《てんばくう》を往くそんな人であった。竜馬は凶刃《きょうじん》によって往ってしまったし、晋作は肺病が連れ去った。西郷は郷党に担ぎあげられて、そして往った。

こんな個性ゆたかで面白い芝居を見せてくれる英雄たちに接していると、西郷の後半生については、「西郷の真骨頂はこれからだ」と思うと、私はそれこそ熱病に冒されたような勢いで書き出した。熱して書き出したのである。

有名な林芙美子さんの言葉に、

『どんな幼い書きぶりでもいいのです。作家自身が燃えて書いたものでなくてはそれは芸術的な作品とは言い難いのです』

『小説は工夫や技術ではありません。その作家の思想なのです。人間を見る目の旅愁を持つか持たぬかの道です』

この言葉を信条として書き進むと共に、

『私は作家ではない。従って作家先生のような確たる思想など持ってはいない』

『私の作文の実力は中学生の綴り方程度でしかないし、芸術的などと考えたこともない』

これだけを自分自身に言い聞かせて書き続けてきた。

「往く」とは往生である。往生とは「この土から他の土に往って生まれること」と事典に出ている。仏教上、仏の国である浄土に生まれることを意味するが、転じて死ぬことに用いられているとも出ている。往生する所はいろいろあるが、極楽往生が一般的である。

西郷の往生の行き先はただ一所、それは主君・斉彬様の下《もと》であった。主君を唯一の神と信じ、脇目も振らない純真さで、一路往きに往く姿が美しくもいじらしい。

得意の時と失意の時が交互に入り来たって、有能な作家先生の手になれば、もしも主人公が女性の悲恋ものならば、一気に読ませるだろうし、大男の西郷が主人公であっても、手に汗を握らせて読み進ませるシナリオではあるが、いかんせん、私の文章ではとうてい無理であるが、私は私なりに、私の内なる炎をカッカと燃え続けさせて、とうとう西郷隆盛の終焉《しゅうえん》にまで辿《たど》り着くことが出来た。

振り返って「この年齢でよくも書いたな」が実感である。

実際、これは難行苦行であった。四百字詰めの原稿用紙にして約千二百枚余になる。要した月日も一年半以上に及ぶ。病気にも事故にも遭《あ》わずによくも書かせてくれたと、今は感謝の念で一杯である。

作品は作者自身を書くことに他ならない。西郷隆盛は今まで数知れずの方々が書いておられるが、皆それぞれに違う。私の作品をお読みになられた方が、少しでも私と言う人間を読み取って下されば、これに過ぎる幸せはない。今回も書くことで、私に貴重な経験と幸せな時間を、与えてくれたことに深く感謝する次第である。

この作品を書くに当たって、多くの方々のご助力とご支援に深くお礼を申し上げる次第である。紙上を借りて厚く御礼を申し上げる。特に編集から校正、製本、そして営業と多岐にわたって素人の私に何くれとご親切にご尽力を頂いた株式会社・元就出版社の浜正史社長には厚く御礼申し上げたい。私のような素人で出版を志す方には是非、元就出版社をお薦めする。

また、執筆に当たって私事で恐縮ですが、西郷先生は勿論だが、義を守りそれを貫く男達の美しさに、幾度か感動に胸が迫り眼前が曇り哭いたことを、恥ずかしながらここに告白する次第である。愛を信じた男女が幾多の艱難にもめげずにまもり通す美しさもさりながら、男たちが命をかけて守り通す、今日忘れ去られようとしている義もまた誠に美しいものだ。

鹿児島弁については、私の勉強不足で不適切な箇所が多々あることを深くお詫びすると共に、寛大なお心でお読み下されることをお願いします。

平成十四年夏

阪口雄三

巨眼《うどめ》さぁ往《ゆ》く

二〇〇二年九月一六日　第一刷

著者　阪口雄三

発行人　浜　正史

発行所　元《げん》就《しゅう》出版社

〒171-0022　東京都豊島区南池袋四—二〇—九
サンロードビル三〇一
電話　〇三—三九八六—七七三六
FAX〇三—三九八七—二五八〇
振替〇〇一二〇—三—三一〇七八

印刷　東洋経済印刷

ISBN4-906631-87-8　C0095